奇甸青史路

关义秀◎著

上海人民出版社

目　　录

附录　传世诗文

后　记 / 262

序

　　海南的历史人物，是海南文化的一部分，而且是非常重要的一部分。不论是历史的积淀还是文化的积淀，本质上都是人的积淀，找到人即找到了文。我们常说海南文化，文雅一点的说法是指器物、制度和观念的三个体系；日常生活中的文化，除了衣食住行的特定范式与活跃着的各种文化存在，尤其还有那些进入博物馆的、进入图书馆的。而更多的是那些被遗忘的与被湮没的，没有人再提起、想起，没有人知道它们曾经存在，它们似乎与如今的生活没有任何牵连，也没有任何意义。只有少数人，极少数事，可以走进历史的记忆。

　　友人关义秀放在我眼前的这部书稿，写的是关于那些进入图书馆的海南历史人物。众所周知，海南与中原有一个巨大的地理障碍，这是历史上海南开发相对较晚的主要原因；这也导致海南的文化积累层的独特性。自魏晋以来，中原多故，礼乐文化的流布开始滋润海南这块宁静的土地；时至明清，本地走出一批进入国家视野的文化人物，逐渐形成自己的文化现象。我们走进这些历史人物及相关文献，依然可以窥探到一个丰饶有趣的性情世界；斯人虽逝，文思才情犹存。遗憾的是，对于这个世界，后人的关注和了解，只能说还很欠缺。所以，这部《奇甸青史路》，我乐见其成；一位原来侧重于小说创作的海南本土作家，开始从事本地历史人物的研究与叙述，成果丰硕的同时，文字生猛活泼，观之甚为欣慰。

这组以海南历史文化人物为主题的历史散文，21篇文章涵括18位海南文化人物，从有海南"明代五贤"之称的丘濬、海瑞、钟芳、许子伟、郑廷鹄，到海南第一位进士符确，到张岳崧、薛远、唐胄、王佐、邢宥、白玉蟾、王义方、云茂琦、林仕元、黄河清、王国宪等，都是一时俊杰，历代海南本土杰出文人大都在此册。这些文章有一部分在《海南周刊》等报刊发表过，《丘濬：遥远的回响》曾发表于《中国作家》杂志2018年第10期的"经典中国"栏目。如今这组历史散文结集成册，蔚然大观；作者索序，我很高兴应允。

浏览集子中的文章，看到一个明显的共同特点，即努力以史笔写古人。具体地说，首先，面对这些历史人物，作者的主要材料来源于正史有关人物的传记和传主个人的传世文集，这两类文献材料是这组文章的基础。但作者显然不能以正史传记的方式而是尽可能以叙议自由的散文化手段，去勾勒这些在历史长河中早已远去的先哲形象，在还算完备的材料体系中，人物的思想和面貌不同程度地清晰起来：先哲们如何成就个人功业，他们的人格何以成就个人名节，其名节又何以让他们名垂青史。

其次，作者显然非常重视从传主的诗文里去窥探他们的情怀、抱负与家国担当。古代士大夫对于修齐治平的追求是一种普遍特征，概莫能外，这些海南先贤也是如此。这种家国情怀，从人物的诗文中，能看到具体的个性与抱负、感情与思量。比如《尺幅千里　星斗其文》

中有关丘濬对张九龄的评价，就颇具才趣："丘濬的《张文献公〈曲江集〉序》，满怀崇敬之情指出，张九龄不仅是岭南第一流人物，而且是江南第一流人物；不仅是江南第一流人物，而且是唐代第一流人物。不但以其相业闻名，也以其文才闻名。丘濬所举史料和张说、柳宗元等人的评价，足为有力证据。如此评价张的历史地位，足以跟其人相匹配。其眼光恢宏，所就者大，所见者远。"

其三，既然是史笔书写，摆脱民间传说的影响理所当然。民间对于历史人物往往有各种或有事实依据或纯粹杜撰的传说，海南本地历史人物也是如此，海南民间流传各种有关他们的传说。如何对待这些传说，是一个比较复杂的问题。作者是这些历史人物的老乡，海南本地民间关于这些人物是流传很多奇闻轶事的，作者想必也耳闻甚多。如何处理这些更易于书写的传说？从文章看，作者将这些传说中比较真实可靠的部分采纳入文章作为材料，以稳当的方式书写，让这些传说进入文献序列而非搜罗奇谈怪论式的趣闻，进一步丰富了这些人物的可信材料。如童稚钟芳撰《卖马契》的传说，在崖州地区广泛流传。当年，钟芳的祖父钟锦堂将家中的一匹马卖给西里陈士郎。价钱谈好了，卖主要他七岁的孙子写一张卖马契。孙子眨眨眼，稚嫩的童声蹦出一首诗："立契高山钟锦堂，西里买马陈士郎。家中早养马一匹，今年天旱马难当。聚首会面先商议，善价而沽不久长。钱马过交后不反，任君骑到罗浮山。"经过比较认真的甄别与书写，这些传说因此大抵可以跟信史并列了。

其四，作者以先哲们老乡的身份怀古忆人，文章中一方面可以看到对先哲的敬仰和推崇，另一方面也看到一种客观公允的态度：对先哲们崇敬而不溢美，赞美而不滥情，甚至也指出这些历史人物在世之时及身后的一些争议。在这18人中，丘濬是作者着墨最多的一位，共写了4篇关于丘濬的文章，首篇《丘濬：遥远的回响》从丘濬的成长与仕宦历程到治国之策，描绘一位名噪一时且留下巨大身影的理学名臣的形象，点出丘濬在经济方略与海防思想上的先进观念，尤其是劳动决定价值的论点。另两篇《丘濬的诗词世界》《尺幅千里　星斗其文》，是以诗文为基本素材，勾画在诗文中的丘濬形象。《丘濬与奇甸书院》则是梳理丘濬对海南教育的贡献。这4篇文章的内容板块，大概也体现在其他文章结构中，只不过是于丘濬分而为四，其他人合而为一。

面对这十多位海南历史上的著名人物，沿着作者的思路，依旧可以发现很多至今依然非常有生命力、非常有温度的东西。傲然而立又刚烈无比的海瑞固然无须赘言，而另外的每一个人，静下心来走进他们的世界，照样可以体悟到他们人格的魅力：譬如严格修身、孝事继母的钟芳，或耿直又仗义的黄河清等等。先贤是一个地方的文化宝藏和精神宝藏，尤其是在中国这样一个习惯上以士人阶层来传承文化精神与族群气节的国度，先贤文人不仅具有这样一些文化属性，更具一种精神属性。

回顾先贤，即感悟传统文化精神的人文温度；先贤们的背影显然远去了，现实世界的焦虑与日常生活的压力，似乎也在朝他们的身上散落更多的尘埃；这时，需要新时代的文人站出来做一番回顾。历史是定格了的，但是现实是变化着的，每一个时代的人对过往历史的回顾和解读，都可能对这些看起来定格了的历史给予新的评价并产生一些影响。有时候对历史的解读，也可以成为历史的一部分。历史人物是定格了，但对这些人物的每一次回顾、阐释和缅怀，应该都是可以产生新的含义的。关义秀这部历史散文集，或许就可以提供这样一些新的含义。

周伟民

2020年国庆节于海南大学

时虚度八十有八

（序作者系享受国务院政府特殊津贴专家，著名文史专家、作家）

先贤如峰

丘濬：遥远的回响

一、人生的第一次彩排

公元 1454 年（明代宗景泰五年），有位从遥远的乡关来到京城的年轻人在刚刚考罢的廷试中获得二甲第一名的骄人成绩，赐进士，并被选为翰林院庶吉士。真可谓"春风得意马蹄疾，一日看尽长安花"。没想到正在兴头上，到任的当天，却被人兜头泼了一瓢凉水。原来，同僚翰林院洗马李绍有意嘲讽他："无乃奇之为奇独钟于物，而遗于人耶？"在中原人物李绍的心目中，海南乃蛮荒之地。然而，太祖朱元璋说了，"南溟之浩瀚，中有奇甸千里。"太祖认为，海南乃钟灵毓秀之地，借给李绍一万个胆子，他也不敢推翻海南这个定位。但李绍却顽固地认为海南虽然钟灵毓秀，却"钟物不钟人"，出了眼前这个年轻人，实在是百年难得一见的异数。

面对同僚的轻视和刁难，年轻人不慌不忙地施了一礼，然后侃侃而谈，海南"草经冬而不零，花非春而亦放"，山川风物之美已备，而人文之美更甚，"今则礼仪之俗日新矣，弦歌而相闻矣，衣冠礼乐彬彬然盛矣。北仕于中国，而与四方髦士相后先矣。策名天府，列迹缙绅。"年轻人反问李绍，"孰云所谓'奇'者颛于物而不在人哉？"难道海南这一块钟灵毓秀之地，只钟于物不钟于人吗？这个李绍，也是明史上一个响当当的人物，当下听了，心中不由对眼前这位新来的同僚暗暗称奇，料定他将来必定前程似锦，不可限量。但这天的李绍仍然不会想到，这位年轻人将来会成为明朝一代宗师，官至武英殿大学士（相当于宰相），其文名、相业，毫不逊色于唐朝名相、大诗人张九龄。这位年轻人叫丘濬，五百多年后，海南人谈起他，仍然津津乐道。

丘濬早慧，六岁就写下了《五指山》诗：

> 五峰如指翠相连，撑起炎荒半壁天。
> 夜盟银河摘星斗，朝探碧落弄云烟。
> 雨霁玉笋空中现，月出明珠掌上悬。
> 岂是巨灵伸一臂，遥从海外数中原。

这首在海南家喻户晓的诗作，借五指山的雄奇秀丽，寄托自己的胸襟抱负。一个六龄童就能写出这样的诗歌，多少人为之惊叹。可也有人觉得结句"岂是巨灵伸一臂，遥从海外数中原"，流露出他年少轻狂，将来未必能成材。说来也怪，丘濬的一生，从童年开始就毁誉参半。

40多年宦海生涯中，这种毁誉参半一直如影随形。譬如，一些同僚非议丘濬，说他以一种"阁老饼"取宠于皇上才获得大学士职位的；他心胸狭窄，与两广巡抚叶某不和，"每投间毁之"，使叶某受谤不能升官；还有几位身为给事中、御史的官员甚至呈上奏章弹劾丘濬，说他不宜再当宰相。

而且这种毁誉参半不仅伴随他一生，甚至他百年之后，都如影随形。纪昀就在《四库提要》中说他"相业不足称""其人不足重"。纪昀是清代有名的高官、学者和文学家，担任《四库全书》总纂修官。不知他是不是在用《阅微草堂笔记》的笔法评价历史人物？

米兰·昆德拉说："我们经历着生活中突然降临的一切，毫无防备，就像演员进入初排。如果生活中的第一次彩排便是生活本身，那生活有什么价值呢？"

那么，屡遭这些质疑、非议和弹劾，也即面对生活中的第一次彩排之时，丘濬是怎样的人生态度呢？

"嗟予生于遐僻兮。"这一句慨叹，表明丘濬清醒地认识自己出生的环境。海南固然是南溟中的奇甸，但一海之隔，烟波浩茫，在那漫长的年代里它被视为天堑，自古以来它就远离中原文化。唐李德裕登崖州城时曾悲叹："独上高楼望帝京，鸟飞犹是半年程。"人生旷达如苏东坡，也称海南为"南荒"。丘濬的先祖是从福建晋江迁琼的移民。其曾祖父均禄曾在元朝任职元帅府，由于战乱，家道中落，人丁不旺。1412年（明永乐十九年）十一月初十日，丘濬诞生于今琼山府城镇金花村"可继堂"。他的父亲丘传是丘家单传一脉的独子，三十三岁病逝，丘濬时年七岁，唯一的兄长丘源也仅九岁。丘家孤儿寡母，生活的艰辛可想而知。

"可继"，这两个字，支撑着丘濬的人生脉络。这是从他祖父所题堂楣对句中摘取的。丘濬父亲早逝，祖父丘普膝下幸存嗷嗷待哺的两个孙子。他把自己的伤痛，自己的期望寄托在十四个字上："嗟无一儿堪供老，喜有双孙可继宗。"年幼的丘濬从这两个字里读出了期望，读出了自信，读出了坚守，读出了砥砺前行。后来，他在《可继堂记》一文中，回首往事，无限感慨。尽管当年他"幼稚愚笨"，"然自是亦知惕历自持，不敢失坠"。

这种戒惧和自我控制，缘于丘濬从小就对儒家传统的接受和自觉。这是他毕生的信念坚守和言行承诺之所在。哪怕物欲横流，拜金至上，这"惕历自持"也会让人抵御种种诱惑。这并不是与生俱来的，而是他的祖父和母亲李氏对他童蒙教育的结果。丘濬年仅两岁时，担任琼州临高县医学训科的祖父就教他识字和礼仪，稍长，丘普又训导他："尔立门户，拓吾祖业，达而为良相，以济天下可矣。"丘普不仅言传，而且身教。丘濬十四岁那年，城乡饥殍遍地。丘普舍弃土地，修筑坟墓，多达百余所，以安葬死者，而且常在清明节，以酒饭祭奠。他一己善行，称誉乡里，也为年幼的孙子树立楷模，对丘濬的毕生产生重大影响。丘濬由家而国，看到天下苍生的疾苦，心底蕴蓄一种悲天悯人的大仁大爱。

年幼的丘濬酷爱读书。七岁，接受正统教育。十三岁时，他已经熟读五经。然而，他借书读书的历程充满艰辛，没有心怀远大目标的人难于筚路蓝缕。他在《藏书石室记》中，述说书的功用之大。肉体之躯，生命有限，道德文章却被他奉为永恒。借书不易，却付之一腔真挚、虔诚。"乃遍于内外姻戚交往之家，访求质问。苟有所蓄，不问其为何书，辄假以归。"有时为了借到一本书，他远涉数百里路，请托十几人，而直到三五年之久才得到。甚至遭人厌恶、轻视，严词厉色拒绝，他也甘愿忍受，不敢怨恨，以求一得。他忍辱负重地给自己加油、充电，默默地回答人们的质疑。丘濬后来位高权重，为保护文献，让人们有书可读，他特地给明孝宗进献《请访求遗书奏》，提出了许多积极可行的建议。丘濬的身上充分体现了"穷则独善其身，达则兼济天下"的儒家思想。

学识的积淀，使少年丘濬显得卓尔不群。每当听到民间活灵活现地流传他那神童般的故事时，我都禁不住感慨不已。其实，神童故事还只是他正式登上人生舞台的预演。聪颖，勤奋，冷静面对种种目光，不忘初衷，才构成一加一大于二的不等式。难怪《明名臣录》载："丘文庄公颖悟绝伦，无书不读……国朝大臣严于律己，理学之博，著述之富者，无有出其右者。"

像封建时代许多知识分子一样，丘濬也从科举寻找出路。"凤有志于匡时。"他在撰写的《雁集琼庠记》一文中，已经透露出以文字治天下的理想。他于1444年第一次参加广东乡试，在50名考取举人的考生中，最为主考官王来所赞赏。然而，以后几年，他却在两番京试中名落孙山，难掩失落的心情，发出了"无钱堪使鬼，下笔或通神"的悲愤。历经几年磨难和奋发努力，他终于在1454年经过殿试，荣登二甲第一，被赐以"进士出身"。殿试的策问有四层意思：当今以什么作为治理天下之根和治乱的良策；如何加强本朝的边备，处理好民族关系；国家如何加强教化与人才培养；如何处理好国家的刑赏与灾异（林日举、王启芬著：《明代通儒丘濬》）。这些策问事关治国安邦，丘濬对答如流。

丘濬实现了金榜题名的愿望，但是，他在今后的仕途中还面临一道道"殿试"，还得不断地在种种非议中为自己正名，在人生中不断"突围"，体现了超越那个朝代的精神价值。

二、从"理学名臣"到"中兴贤辅"

朱熹是孔、孟几千年来儒家文化薪火的传承者，理学集大成者。丘濬赞扬朱熹的功绩，在1475年写的《会试录序》中指出："窃惟六经之道，始于伏羲画卦，历二帝三王之世数千年，至孔子而后其书始成。孔子没，其微言奥义几绝，又历经汉唐宋千数百年之间，至朱子而后其义始明。"他还在《道南书院记》中写道："朱子者出，斯道乃大明于瓯闽之间，使天下后世，知有圣贤全体大用之学，帝王大中至正之道，万世行之而无弊者，其功大矣。"他继承朱熹的思想和学说。1463年（明天顺七年），他时年四十三岁，就选辑朱熹的言论编成《朱子学的》一书。朱熹阐述"体"为理，"用"为理的实践。丘濬更注重"体"和"用"在实践方面的意义，认为"体"是修身的道理，而"用"则是将这道理用于政治，这和儒家关于儒者始于修身、继而治国平天下的观念一脉相承。丘濬特别强调"全体大用"的重要性，明显是为了标榜程朱理学的精粹，抗衡成化时期心学的崛起（李焯然语）。他对当时的程朱学者流于形式的发展趋势感到担忧，把矫正这种不良风气视为己任。

作为一个理学名臣，丘濬尊崇朱熹关于"三代"的政治思想。所谓"三代"，既指尧、舜、禹三个远古时期，又指夏、商、周三个中古时期。儒家认为，三代是王政修明，礼义教化风行于天下的太平盛世，是最理想的社会存在形态。"若论三代之世，则封建好处，便是君民之情相亲，可以久安而无患，不似后世郡县，一二年辄易，虽有贤者，善政亦做不成。"（朱熹语）丘濬也言多称"三代""先王之意"，把"三代"的社会形态奉为楷模，这无疑是丘濬在思想上的一种局限性。这是历史退化论，以古非今，尊经崇古，使丘濬的一些思想不能自圆其说，甚至达到自相矛盾的地步，如关于井田制的论述，就是如此。然而，丘濬对"三代"的向往，也体现出他对一种理想社会的追求。当然，其最终目的乃是维系皇帝的"万世基业"，这是封建官吏的宿命思想。可是其中也有精华，丘濬的身上体现追求一种平等、正义的思想价值，一种清廉、自律的人格魅力，一种锐意进取、砥砺前行的精神。

自古以来，巩固边防是实现国家长治久安的一项重要举措。1449年土木堡事件之后，明朝的边防直面很大挑战，丘濬认为只有正确对待外夷，才能有力地防御外敌。"天地间有华夷，犹天之有阴阳。有此必有彼，决无灭绝其类之理。""彼戎夷越疆界而犯我地，害我华人，奉天命以行天过，是为王者之师。彼处其域中，而我兴师出境，出其无意无备而袭之，欺其衰落败亡而杀之，则曲在我矣。"丘濬既主张做好防备以自卫，又反对穷兵黩武。强调的是"华夷"和平共处，民族平等。

"千锤万击出深山，烈火焚烧若等闲。粉骨碎身全不惜，要留清白在人间。"于谦以《石灰吟》一诗流传于世，也许不少人并不知道他是明保卫京师之战的军事统帅。1449 年，明军主力在土木堡之战中溃败，明英宗被俘，蒙古瓦剌军乘胜进攻京师。形势如累卵之危，大臣们惶惶不安，竟然奏请迁都。于谦反对迁都，主持军务，多次击败瓦剌军的进攻，迫使蒙古军释放英宗回京。其时，丘濬二十九岁，正是国子监太学生，不仅身历其事，还亲自参加了京师保卫战。后来，借着夺门之变，英宗重登帝位。然而，不久于谦却惨遭奸雄陷害。当时，流传一首歌谣："鹭鸶冰上走，何处觅鱼鳞。"鱼鳞是于谦的谐音。人民借歌谣痛斥邪恶，深深悼念这位民族英雄。后来，丘濬参与纂修《英宗实录》，仍然有人诬蔑于谦，说应该写上他的图谋不轨。丘濬断然说："己巳之变，微于公社稷危矣。事久论定，诬不可不白。"可见丘濬顺应民心，大义凛然，仗义执言，掷地有声。

丘濬读书既博且精，文章雄浑壮丽，名满天下，四方求索其文的人络绎不绝。但他秉持以诗言志，以文载道，怡情养性，绝不以文渔利，沽名钓誉。他不认可的人，即便出重金请他撰文，他也决不答应。

丘濬为官四十多年，两袖清风，除了俸禄所得，根本没有什么隐形收入、灰色收入，平生没有多少储存。他的住所"惟得指挥张淮一园而已，京师城东私第，始终不易"。他官居"一人之下，万人之上"，但绝不"一人得道，鸡犬升天"。他的妻子和最小的儿子丘京远在琼山府城老家。长子丘敦严守家风，节俭朴素，俨然一介寒士。那些纨绔子弟喜欢乘坐高头大马，当街耀武扬威，而丘敦偶有外出，则独自徒步，靠路边行走。一次，琼州太守叫打官司的人送五百金给丘敦，请他出面排解纠纷，却遭到丘敦的斥责。

像丘濬这样一生严于自律，高风亮节的人，真不知道纪昀所说的"其人不足重"，从何而来？

丘濬尽管早被视为国器，但他进入仕途二十多年一直在翰林院担任一般官吏，身居下僚，对于这些，他安之若素。他自言："人生但得平平过，不用标词更问天。"可是"天下兴亡匹夫有责"，即使人微言轻，也要多为国家着想。这个时期，丘濬身上有两件事令人称道。一是奏请免调海南卫所的官兵到大陆参加防务，使他们能专心负责海南的治安；二是向大学士李贤提出解决两广"平乱"难题。这些建议务实有效，显示了他的政治才能，引起朝廷关注。可是直到六十岁，丘濬才被提升为礼部侍郎。直到七十一岁，才以礼部尚书的身份进入内阁。可以说，丘濬是一步一个台阶登上了相位。假如善于"钻营"，想必早早就凌空而上。而丘濬被孝宗皇帝赏识，当上大学士之后，他考虑到身体的原因，竟进献入阁辞任三道奏章，为贤让路。"方臣强壮之时，反躬自省，尚不敢受此重任。""今犬马之齿七十有一矣，年岁已去，病势日加，无能为之力，无可待之势，古人所谓日暮途穷、钟鸣漏尽之时也。"其言词之恳切，令读者动容。那些非议他以"阁老饼"讨好皇上以谋求相位的人，能否扪心自问？

辞任不被皇帝接受，丘濬唯有以身报国。他在《入阁谢恩表》说，"苦无奈恩伸义重，而无以为报，敢不委身徇国，自顶至踵，毕一献于官家。……"丘濬的肺腑之言，竟与诸葛亮《出师表》有异曲同工之妙。丘濬参与军政大事的决策，不仅给皇帝提供《大学衍义补》这部治国平天下的读本，而且在短暂的四五年间，向皇帝上奏《论厘革时政奏》这有名的奏章，纵横古今，条陈时政，提出改革的二十多条有针对性、有建设性的措施，勉励当朝皇帝抓住历史节点，励精图治，力图一番作为，其整顿吏治、抑制兼并、节省开支等建议，可谓振聋发聩。他还上奏《乞储养贤才奏》《请访求遗书奏》等奏章，这些对弘治中兴无疑起到积极的作用。当然，由于身体等原因，丘濬还有一些未竟之事。但无论如何，弘治中兴有他的杰出贡献。孝宗皇帝之所以器重他，就足以说明问题。明代名臣何乔新在为丘濬撰写的《墓志铭》中如此评价丘濬："晚登政府，疾病半之，故见于功业者仅若此。然《大学衍义补》一书，其经济之才可见矣；《朱子学的》一书，其为理学亦可知亦。经济、理学兼而有之，使得久于位，尽其其言，相业岂三君子可及哉！"三君子指的是唐代贤相张九龄、宋代余靖等岭南名臣。何这番评价，客观，公正，还带有几分惋惜。真不知纪昀那"相业不足称"之论，从何而来？

三、经济思想领先世界

明朝商业出现许多前所未有的新情况。由于农业、手工业的发展，国内市场扩大了，新的商业城市不断兴起。商人、手工业工人也随之增加，形成了一个市民阶层，建立了行会。内地一些官僚地主也参加商业活动，经营手工工场。

但是，当时社会出现很多弊病。正统五年，大理寺官员李畛进奏：北直隶洪武永乐年时人稀，富家隐藏逃户，辟地多而纳粮少，故积有余财而越富，贫家地少而差役繁重，故典卖土地，户去税而越贫。

面对商业出现的新情况，丘濬一改"重农抑商"的传统观念，提出"所谓财者，谷与货而已。谷，所以资民食；货，所以资民用。"把"谷"和"货"相提并论，显然认定"农""商"并重的对策。

丘濬主张政府监管商业，但反对政府干预商业。由于当时所行"重商税"之策造成了商"困辱"，而且诸如酒、醋等生活用品的税收增多，丘濬提出减免课税的办法。他还主张政府对盐的生产、运销，予以规范并进行监控。

"余少有志用世，于凡天下户口、边塞、兵马、盐铁之事，无不究诸心。""是时年少，谓天下事无不可为者，顾无为之地耳。"（丘濬语）

后来，他参与编纂《寰宇通志》，对国家山川、物产、赋税、风俗，又进一步了解。作为一个来自边地的家道式微的学子，对于民生的困苦感同身受。他对许多经济问题卓有研究，自然对商品经济的发展趋势有一种自觉的认同。

从明成祖永乐三年（1405）到明宣宗八年（1433），郑和乘坐"宝船"，率领浩浩荡荡的船队，南下印度半岛、马来半岛、印尼、婆罗洲等地区，进行平等交易。有人说，这是为了寻找建文帝的下落而已。或许，明成祖夺取了建文帝的皇位，念念不忘侄子的生死，因为这影响到他政权的稳定。但郑和七下西洋这个壮举，主要还是为了经济上的需要。

在战争的废墟上建立起来的大明帝国，洪武时期施行了恢复生产、发展生产的措施，取得一定的成效，耕地扩大了，人口增加了；粮食、棉花等农作物的产量也提高，从而增强了国力，也改善了老百姓的生活。国力的强大不仅增加了对国内物资的需求，也刺激了对国外物资的需求。香料、染料、珠宝等，都是老百姓日常生活之需，尤其是达官贵人须臾离不开的物资。另外，江苏、浙江一带出产的绸缎、江西出产的瓷器等等，都是可供出口的物资。拓宽对外贸易的海上通道，既有必要，也有可能。中国始于秦朝的海外通商，到明朝已经积累了丰富的航海知识和经验，有了足以胜任使命的人员和船队。

但是，后来正常的海外贸易曾被迫中断，一些官员从眼前的、局部的利益出发，反对海外贸易，主张把国门关上。博学如纪昀，也在几百年之后批评丘濬"好事"，说海运死人太多，丘濬只懂得算经济账，等等。

当时的丘濬的确算的是一笔经济账，他用统计数据证明海运利大于弊。更有深远意义的是，海运为东南沿海一带老百姓开辟了一条新的生路，将中华文明传播到海外。至于纪昀所说的"死人太多"，这却与丘濬的初衷相违背，丘濬一向主张加强海上贸易，却立场鲜明，讲求策略。他允许商人在规定的航线上，与"暹罗、爪哇诸蕃"通商，却坚决主张不与日本通商。由于"日本一国，号为倭奴"，多年在沿海一带烧抢掠夺。后来，外国列强的坚船利炮，给中华民族带来永远的伤痛，那是清政府的缺钙以及侥幸心理所致，而非海外贸易的过错，更非丘濬的过错。

丘濬的商业观念只是其经济思想的一个组成部分。在明代，所谓"经济"并不是当代经济学包含的社会物质生产和再生产的活动，而是"经国理财，济世活民"的思想。杜甫有诗："古来经济才，何事独罕有。"《宋史》评述王安石："以文章节行高经济世，而尤以道德经济为己任。"这里面的"经济"就是这种意思。丘濬的《大学衍义补》，是一部不朽的巨著，"考据精详，论述该博，有俾政治"（孝宗皇帝语），乃资政方面不可多得的读本。《大学衍义补》含有富民思想、田利思想、工商业思想和理财思想，而"固邦本"和"制国用"，则是他的经济思想核心。

"国家之大务，莫大于恤民。"（朱熹）恤民就是朱熹经济思想的核心。丘濬传承了朱熹的思想。从明朝初期的"必当阜民之财，而息民之力"的宽仁政策，到明中叶之被"敛民之食用者，以贮于官，而为官用度者"所取代，激起了一些社会矛盾，"逃户""流民""民变"事件不断发生。面对这历史背景，丘濬认识到："为人上者，诚知其所以为君而得以安其为者，由乎有民也。可不想厚民之生，而使之得其安乎。民生安，则君得所依附，而其位安矣。"他援引朱熹的话："人君厚下得以安其民，则其位亦安而不摇。"这强调的就是"民惟邦本，本固邦宁"的思想。以民为本，民安则君安，民富则君富，这是丘濬贯穿于"固邦本"的思想。他提出许多解决当时社会矛盾、有利于国计民生的措施，如"配丁田法"，就有利于抵制豪强的土地兼并。围绕着以民为本这个中心，他论述了民生、民产、民事、民力、民穷、民患等课题。

朱熹提出"撙节财用"的财政方针。节用既是理财的有效措施，又是爱民的重要手段。丘濬既有所继承，又提出更全面的主张。"制国用"的中心就是理财。"生之有道，取之有度，用之有节"，是丘濬"制国用"的大纲。他鼓励农民发展棉花、茶叶等经济作物，鼓励农民将农产品投入市场。他主张培育市场，反对垄断市场，主张官府应设官专管市场，保证公平交易。他还注意到货币的作用，价格的调节作用，重视财政的预算。他在这些方面的论述涉及经济学的领域，这比西方的经济学还要早。

"固邦本"的一个着眼点是人力。"民生以蕃，户口必增，而国家之本以固，元气以壮。"他在《大学衍义补》中指出："世间之物虽生于天地，然皆必资以人力后能成其用，其体有大小，精粗，其功力有深浅，其价有多少，直而至于千钱，其体非大则精，必非一日之功所能成也……"赵靖等学者指出，丘濬在《大学衍义补》中，"以相当明确的形式提出了劳动决定价值的论点"。英国经济学家配第指出价值量与劳动时间成正比，与劳动生产率成反比，奠定了英国古典经济学的基础。但是，丘濬提出的观点却比配第提前174年，尽管丘濬之论还不成为一个体系。但不管怎么说，这是天才的发现。当年，六岁的丘濬"数中原"，还是一种诗性的想象，而此时丘濬已然抬起目光眺望世界市场经济。哪怕这只是划过天宇的闪电，也意味着市场经济风雨的来临。当代著名学者钱穆说，丘濬"乃中国史上之第一流人物也"；日本小叶淳教授说，丘濬"特别对于经济策尤为卓越，他是孝宗手里录用的贤相之一"。

丘濬的影响极其深远。他的许多建议不仅为当世也被后世所采纳。明神宗时，张居正推行改革，整顿吏治，整饬边防。他的"一条鞭法"

抑制豪强地主对土地的兼并，保护农民的利益，与丘濬的思想一脉相承。

丘濬留给后世的不仅有他撰写的《大学衍义补》《世史正纲》《家礼仪节》《朱子学的》等著作，还有参与编撰的《寰宇通志》等多部著作。他是举世闻名的政治家、史学家、经济学家、文学家和教育家。这个被称为"通儒"、"大儒"的人，实现了学术与教化的结合。他的一生，体现了有一种品质比生命还要永恒，那就是坚守；有一种坚忍比钢锋还要势不可挡，那就是面对质疑和非议所体现的从容和砥砺。他心系民生的悲悯情怀，他对于公平正义的追求，他敏锐地站在市场经济潮头的超前意识和创新精神，无疑具有现代性，让我们一想起他，就仿佛听到那遥远的回响，在耳际和心头回荡……

月是故乡明

——丘濬的诗词世界

《海南周刊》主编按：丘濬（1421—1495 年），一生历经景泰、天顺、成化、弘治等八朝，这正是台阁体由盛而衰、茶陵体方兴未艾的时期。作为一个重臣，丘濬的诗词必然带有台阁体的局限。可贵的是，这位成化、弘治时代著名的政治家、思想家，被称为"中兴贤辅"的大儒，一生秉承经国济世的宗旨，这也贯穿在他的文学思想和诗词观之中，他的"诗出乎天趣自然"的主张，开一代诗风，是中国诗界所认同的诗歌创作最高境界。

丘濬勤于实践，因而取得巨大的创作成就，成了成化、弘治时代的一名诗词大家，被称为"有明一代文臣之宗"。

他在诗文创作中，践行政教文学观和平易正大文风，在一定程度上纠正台阁体末流之失，这种革新精神具有现实意义。

从台阁体中"突围"

中国诗词领域里曾经出现唐诗、宋词两座高峰，但到了明朝，昔日的辉煌已经渐行渐远。在这段历史时期内，再也难以找出能跟李白、杜甫相比肩的诗仙、诗圣。然而，这并不意味着明朝诗坛已经归于沉寂，先后出现的以杨士奇等人为代表的台阁体和以李东阳为代表的茶陵派等流派，曾撑起了诗坛的半壁江山。

台阁体指的是在内阁与翰林院供职的馆阁文臣间的一种文学创作风气，诗歌多为应酬、应制、题赠之作，形式雍容典雅掩饰不了内容的空虚浮泛。因此，它统治明朝文坛几十年后，日渐式微。茶陵派兴起于台阁体的衰退期。由于这一流派的诗人也长期过着一种馆阁生活，一些人的作品还保留着台阁体的遗迹。但毋庸置疑的是，他们不仅首开复古运动的先河，而且从文学本身的立场出发努力探求诗歌艺术的审美特征，有些诗篇能反映民生疾苦，抒发个人真情实感。

在这时代大背景下，丘濬登场了。作为一个重臣，丘濬的诗词必然带有台阁体的局限。可贵的是，这位成化、弘治时代著名的政治家、思想家，被称为"中兴贤辅"的大儒，一生秉承经国济世的宗旨，这也贯穿在他的文学思想和诗词观之中，他的"诗出乎天趣自然"的主张，开一代诗风，是中国诗界信奉的诗歌创作最高境界。他在《大学衍义补》卷七十四《崇教化·本经术以为教》中，引用《诗》《书》等经典和朱熹等人的观点，比较系统地阐发了儒家的政教诗学观，肯定了朱熹提出的"故先王以《诗》为教，使人兴于善，而戒其失"的思想。《诗》就是《诗经》，这是中国诗歌的经典，中国诗歌的源头。丘濬指出《诗》使人从善行中得到激励，戒除过失，从而肯定了诗歌的教化作用。他在对儒家经典进行深入分析的基础上，提出"由是而人伦厚，教化美，风俗移，皆出于诗之功用"的观点。这些思想，说到底，其实是针对台阁体流于形式，缺乏教化功用的弊端做了纠正和拯救。

丘濬还在同一卷文中引经据典。

"故《诗》有六义焉。一曰风，二曰赋，三曰比，四曰兴，五曰雅，六曰颂。"在中国古典诗歌理论体系中，赋、比、兴是诗歌艺术主要的表现手法。朱熹说："赋者，敷陈其事而直言之者也。""比者，以彼物比物者也。""兴者，先言他物以引起所咏之词也。"刘勰在《文心雕龙》里也指出："赋者，铺也；铺采摛文，体物写志也"，"比者，附也；兴者，起也。"朱熹的阐述比刘勰更深入、更具体。朱熹指出，"凡诗之所谓风者，多出于里巷歌谣之作，所谓男女相与咏歌，各言其情者也。"而"雅者正也，正乐之歌也""正小雅燕享之乐也，正大雅朝会之乐。""颂者宗庙之乐歌"。这"六义"之说，构建了中国古典诗歌的理论体系，对后世产生了深远的影响。

作为一代理学名臣，丘濬肯定了朱熹这些观点，并给予发挥，继承和发扬了古典诗歌传统。

丘濬注重从诗歌的经国济世的教化角度，对"风""雅""颂"进行阐述。

"是以一国之事，系一人之本，谓之风。言天下之事，形四方之风，谓之雅。雅者，正也，言王政之所由废兴也。政有大小，故有小雅焉，有大雅焉。颂者，美盛德之形容，以其成功告于神明也。"

他还写道："盖人之生也，性情具于中，志趣见于外，必假言而发之也。言以发其心之所蕴。志有所抑扬，言不能无短长，心有所喜怒，言不能无悲欢，动于心而发之口，有自然之理致，有自然之音响。天机自动，天籁自鸣，此诗之所以作也。"

这些话强调诗歌要有感而发，不能无病呻吟。要抒发人的性情志趣，人的喜怒哀乐，人生际遇。强调"诗之作也，原于天理之固有。出于天趣之自然"。要融入自然的理致和音响。这些，无疑突出了诗歌的审美特征。

丘濬不仅在理论上传承，而且天资聪颖，七岁就写诗如流。《琼台诗话》载："七八岁时从大父往乡间，过道旁学馆。适教者以鸲鹆为题，命学子作诗。因属丘潜作，丘濬即口占以答。其中一联云：应以凤凰为近侍，敢与鹦鹉斗聪明。"鸲鹆又叫八歌，羽毛美丽，能模仿人说话，将它与凤凰、鹦鹉相比，可谓贴切，足见丘濬早慧。难怪"教者惊曰：是儿年少如此，而能作此诗，他日所就其可量乎。"况且丘濬又勤于实践，因而取得巨大的创作成就，成了成化、弘治时代的一名诗词大家，被称为"有明一代文臣之宗"。

接古通今不步他人窠臼

丘濬一生最有影响力的著作，首推《大学衍义补》这一巨著。他的创作理论主要散见于一些论著之中，但他毕生还写了大量诗词，从而为中国诗坛做了贡献。丘濬一生创作了多少诗词，不能举出确凿的数字证实，被收进《四库全书》的《琼台诗文会稿》一书（以下简称《会稿》），收有他的诗词 200 多首。对于这些作品，他的学生蒋冕作了评价："皆足见其正大光明之蕴，和平易见之心，开济扩充之学，凡忠君爱国之心，待客处友之诚意，修身正己之大节，一于是乎，发之至于风云、月露、山川、泉石、嗤笑唾骂，莫不疏越飘逸，而卒归于彝理。"

《会稿》中的诗，涵盖五言古诗、拟古乐府、七言古诗、五言绝句、五言排律、六言、七言绝句、七言律诗、七言排律、回文、集句、歌行等多种体裁。词作中也有《沁园春》《满江红》等十几种词牌。其中，不乏题画诗、应酬诗、赠别诗、挽诗，也有咏物诗、悼亡诗、感怀诗和山水田园诗等。尽管有些诗作还带有台阁体的印记，但许多诗作关注民生，抒发个人的真情实感。

在《会稿》中，笔者读出了丘濬的宇宙人生情怀。从《诗经》开始，诗人就把人的平安祸福跟上天的意志联系在一起。《天作》强调的是天之赐与，把这视为吉祥。天作之合，沿用至今，表示对婚嫁的衷心祝福。《敬之》一诗，表达的是天命有常，告诫群臣严格自律。屈原的《天问》，充满浪漫的想象，穷极宇宙的源头，从宇宙之巨，深入到人事之微，汪洋恣肆，瑰丽雄奇。在层层问天中，体现了一种史诗品格。而丘濬《物理》写的是天下万物，皆为天所生，要倍加珍惜。"惜物即惜福，自然延寿期。"表达一种哲理，善待万物，就是善待自己。

"哀民生之多艰"，历来是现实主义诗歌的一个重大主题，文学史上流传无数脍炙人口的佳作。毫无疑问，丘濬从杜甫等人的优秀作品中汲取丰富营养，借以滋润自己的诗园，但他决不落别人的窠臼。同样关注民生，同是写雨，表现一种高尚的人格，杜诗写的是《春夜喜雨》，丘诗写的是《七月大雨不止感之有作》，一喜一忧。杜诗的"随风潜入夜，润物细无声"，用的是拟人化手法，而丘诗的"飔飔风雨声，点点吾心头。叹息对妻子，泪与雨同流"，则是用白描，摹写感人的细节。杜诗的"晓看红湿处，花重锦官城"，表现了一种想象中的情景，丘诗的白描，既有想象，更有现实中的情景，而且融情入景，浸透了他情系百姓的人格魅力。丘濬"端居高堂上"，个人生活安逸，却想到雨下不停，稻谷将会歉收，百姓有一秋好收成的希望将付之东流。于是，他因困惑而问天，老百姓究竟有何过失。他唯愿天早日放晴，哪怕能得到一半收成也好。字里行间，浸透了他对百姓的关切之情。

他的《书百牛图后》以一个京官的身份，回忆一个农家儿童牧牛时的欢悦，抒发观看百牛图后的感慨。"泛观天下物，无物似牛犊。""论功亦莫比，论苦亦良酷。"高度赞美牛的劳苦功高，对牛的命运寓予十分同情，对"既然食其力，何忍食其肉"的"世上人"，则表示极大的愤慨。诗歌以牛隐喻。对于牛的讴歌与怜悯，实际上是对那处于社会底层的劳苦百姓，表示无限同情，对那些食肉者给予无情鞭挞。

真情至性史诗品格

《会稿》中，还有《闻人说海北事有感二首》等诗，也是关乎民生的佳作。其中有相当一部分诗歌属于怀人之作，或怀妻子，或怀亲友，皆见出真情至性，引起历代读者共鸣。

《悼亡十首》是丘濬怀念他的结发妻子崖州金百户桂公之女之作。对于妻子，他倾诉了深情的赞美与沉痛、难以忘怀的缅怀。全诗贯穿了一个"情"字。夫妻恩爱，而相守之日短；期望建立功名，却屡遭失意；丧妻失子，悲愁交加。全诗紧扣一个"情"字，运用诗歌张力，把感情的真挚，人生的离合悲欢，淋漓尽致地表现出来，具有较高的艺术价值。他有感而发，实践了他的言其情者的诗学思想。

丘濬的十几首悼念妻子的诗歌，表达了一种超越阴阳时空的思念之情。其实，他的不少闺情诗，同样表达了一种人性的深刻。1449年，丘濬考场失意，留读太学。他写了《捣衣曲》。一个江南女子，独守空房，深秋的寒风穿透窗纱，想起了戍边远在阴山的丈夫，不禁在明月下捣衣。"一声孤闷添，两声双泪堕，三声四声情转多，无数离愁捶不破，须臾捣到千万声，中有万恨千愁并，不知游子在万里，今夜魂神宁不宁？"丘濬孤身一人，远离亲人，也许是借这女子之口，寄托对亲人的思念。诗中写一江南女子捣洗寒衣的情景，不仅抒发了闺情，更表达了一种忠君爱国的思想，这就比一般的闺情诗更有价值。其余，像《拟古四首》《征妇》《闻莺》等，都是抒发离情别绪之作。

感怀诗，也在《会稿》中占有一定篇幅，而且颇有艺术价值。他的《即事戊申》写："岂有随时志？常怀隔世忧，许心徒稷契，知己却孙刘，海上孤飞燕，沙去诀去鸥，敛将经世志，终老向菟裘。"这一年，1488年，即弘治元年，丘濬时年六十八岁。他借用典故，抒发了知己难遇的落寞。

他长于咏物。菊、梅、松、荔子、雪等入诗，马也入诗。同是咏菊，他写有《叹菊》《咏菊》《瑞菊颂》《十月见菊》等；同是咏梅，则有《题墨梅》《红梅》《题梅二首》《梅窗》《梅窗琴乐》等七首。而且写得自然清新，寄意深刻，各具特色。他在《荔子》诗中写道："世间珍果更无如，玉雪肌肤罩绛纱。一种天然美滋味，可怜生处是天涯。"此诗不仅咏颂天涯物产，而且以荔子作比，对海南的人才、不居其位的人才得不到重视，深表同情和惋惜。

月是故乡明

"月是故乡明。"这不是自夸、炫耀，更多的是骨子里对家乡的挚爱。

况且，丘濬的故乡海南是美丽的。

流泻在笔端的是他对海南风物的热爱和赞美。《琼台诗话》云，丘濬少时曾作琼山八景诗，其脍炙人口的《五指参天》系他六岁时所作。优美的文字，夸张的手法，描绘了五指山的景色与气势，表现了五指山的变幻、神奇，气韵生动，仪态万方，诗的结句尤其抒发了他非凡的胸中块垒。诗是这样写的："五峰如指翠相连，撑起炎荒半壁天。夜盥银河摘星斗，朝探碧波弄云烟。雨余玉笋空中现，月出明珠掌上悬。岂是巨灵伸一臂，遥从海外数中原。"可惜，《琼台八景》其余诗作已湮没于岁月的烟雨之中。可喜的是，他写的《岐山八景诗》流传了下来，屏山耸翠、带水湾环、椰林挺秀、榕树屯阴、月池夜色、花鸟春香、山市晓晴和洋田朝雨等八种风光，给我们美的享受。在诗中，他不断变化角度，选取优美意象，从不同层次描绘了家乡这个人间仙境，表达了热爱家乡的感情。

丘濬赋诗反映了海南浓郁的民俗风情。《送陈汝翼归琼山诗序》赋诗八首，每首以"亿昔吾乡全盛时"领起，赞美昔日风俗之厚，乡亲憨直仁慈、孝悌忠厚，不论富贵贫贱都能融洽相处的品质，其中一首还描写家乡节日民俗活动的热闹场面。诗云："亿昔吾乡全盛时，每逢时节共游戏。元宵灯火明城郭，断午龙舟竞水湄。书语摘为灯上谜，乡歌暗射帕中词。只今无复当年盛，怀古思乡重叹咨。"《归田乐诗序》也赋诗八首，《醉花》《吟月》《竞渡》《赛社》《观渔》《督耕》《结会》和《厚俗》这八曲民俗乐章，让读者了解海南源远流长的民俗风情。

丘濬始终情系故土。1488年，弘治元年，他位列九卿，作诗《我本农家子》，指出"世业在犁锄"，不忘自己的出身。"有人问我居何处，朱橘金花满下田。"这是对家乡的由衷赞美。他写了《思家》："故园松竹渐成林，无夜思家不上心。何日得酬投老志，枝藜随意踏花阴。"他对这片土地真是爱得深沉，唯一的愿望，就是希望能够老归故里，扶着杖藜在花阴下随心所欲地行走。《得家书》写："老来肌骨怕寒侵，无夜家园不上心。万里路程经半载，一封家书值万金。"这样的家书，跟杜甫的家书一样，何其珍贵！《客有谈及家林者偶成》云："八月秋高露气凉，悲时感物倍思乡。白头倦值文渊阁，清梦频归学士庄。椰壳脂凝将减水，椰胎子出正分房。尚方珍馔径尝遍，却忆家林野味长。"写这首诗时，丘濬擢升文渊阁大学士。这种思乡之情，使他接连上书，求皇帝恩准他归田。弘治五年（1492）年，丘濬时年七十二岁，他写《壬子再乞休致奏》。痛陈他"右目丧明，左眼又将昏暗"等"即已笃废"的情况，"伏望皇上哀臣孤苦，鉴臣诚恳……放归田里，俾全名节。"拳拳之心，谁不动容？

丘濬诗词与当代价值

丘濬的时代离我们已经有五百多年时光。但是，当许多眼花缭乱的文字冲击我们的感官的时候，读一读丘濬这些诗词，感到亲切，它们其实离开我们并不遥远，为这些文字里的真情实意所感动。

丘濬那些悼念妻子的诗歌，是一种心灵的对话，一种娓娓动情的倾诉。"临终啮我指，与作终天诀。双泪注不流，恋恋不忍别。"这些心窝的话，让人读了，感到悲怆，催人泪下。陶渊明的《桃花源记》里有这些文字："土地平旷，屋舍俨然，有良田美池桑竹之属；阡陌相通，鸡犬相闻。其中往来种作，男女衣着，悉如外人；黄发垂髫，并怡然自乐。"大白话里蕴藏着真情实感。

民生无小事。丘濬对民生的关注，不仅表现于他对以牛为象征的劳苦大众的同情和歌颂，也表现于对于大雨下不止的担忧。他远居京城，边陲之忧触动着他的神经，写下《闻人说海北事有感二首》等诗作。这"感"，感得深沉。"村藩日中眠虎豹，田园雨后长蒿莱。"虎豹，在诗中指的是倭寇与海盗。这是14世纪至16世纪劫掠我国沿海地区的日本海盗集团，成了明朝沿海地区的一大祸患。他选取这触目惊心的现象入诗，表现了他对民生的极度关切之情。"荆棘满山行不得，不知当日是谁栽。"这一追问，直揭造成这一祸患的根源，表现丘濬忧愤之深，痛心疾首，对遭此荼毒的百姓表示深切同情。

乡愁，历来是诗人歌咏的一个重大主题。中国几千年的悠久文明，积淀着许多让人能久久回味、也让人怦然心动的乡愁。从原始先民钻木取火开始，在《诗经》的"之子与归"里，乡愁就集攒，传承下来。汉语这种方块字，是美丽的、含蓄的语言乡愁，司马迁的《史记》里有诸子百家，有志士仁人，演绎过慷慨悲歌、壮怀激烈的乡愁。而丘濬则着眼于那块生于斯长于斯的土地，他的许多献给海南献给家乡的诗作，始于他独具慧眼，能在平常的事物中发现美，发现具有艺术价值的东西。他在家乡的风物中发现乡愁，在民情风俗中表现乡愁，在怀念亲人中弹拨乡愁的悠悠音符。这里有他的赞美，有他的眷恋，当然，他也在《送陈汝翼归琼山诗序》里写："近来风俗殊非易""无奈浮风日渐漓"，表现出一种无奈、一种叹息。而这正足见一个赤子的情怀。

丘濬生活的成化、弘治朝，台阁体由盛行期走入衰变期。他明乎此，身体力行，构建自己的诗风。在担任国子监祭酒十年间（1477—1487），凭借他的地位和影响力，致力于整顿当时写作风气。国子监是明代最高学府，其祭酒主要职责就是掌管封建国家的高等教育，定期为太学生讲授儒家经典。李焯然指出："丘濬认为，文章的大旨是取决的关键，而文藻措辞则不是首要的考量。"《明史》记载："时经生文尚险怪，浚王南几乡试，分考会试皆痛抑之。及是，课国学生尤谆切告诫，返文体于正。"丘濬在诗文创作中，践行政教文学观和平易正大文风，在一定程度上纠正台阁体末流之失，这种革新精神具有现实意义。

尺幅千里　星斗其文

——丘濬的短篇佳构

丘濬学富五车，毕生勤于著述，著作等身。流传于世的巨著《大学衍义补》《世史正纲》等，在当时都是具有重大意义的长篇杰作，而他的大量短章篇什，同样享誉天下。《四库全书总目提要》评价他："濬记诵渊博，冠绝一时，文章尔雅，有明一代，不得不置作者之列。"明朝翰林院修撰焦竑编有《国朝献征录》，辑录明朝许多著名人物的传记资料。他说："丘濬文章雄浑壮丽，四方求者沓至。碑铭志序记词赋之作，流布远迩。"

丘濬为文秉承经国济世宗旨，其文章关系到治国安邦，关系到民生所盼，实现学术与教化的结合，因而不仅被皇帝所瞩目、采纳，在朝堂上产生很大影响，也能深入社会民间，传播于天下芸芸众生之中，堪为"流布远迩"一个注脚。据朱逸辉等人校注的《琼台诗文会稿》（以下简称《会稿》）所载，丘濬的文章有奏章、策问、序、记、传、录、题跋、杂说、赋、颂、箴、铭、赞、墓志铭、神道碑和祭文等多种体裁，涵盖政治、经济、教育、人事、建筑、世俗、礼仪林林总总，许多奏章、序、记等力作，都体现了这些特点。

为弘治新政建言献策

自古以来，许多臣子为了陈述自己的政见，实现其政治理想，抒发个人志趣，往往向帝王进献奏章。历史上，西汉晁错的《论贵粟疏》、三国诸葛亮的《前出师表》、晋李密的《陈情表》等，都是流传千古的名篇。

收进《会稿》里的奏章有 23 篇。丘濬这些奏章固然没有上述名篇那样脍炙人口，却不乏重要的历史意义。

成化二十三年（1487）十一月，丘濬花了十年心血编撰的巨著《大学衍义补》，终于大功告成。之后，他就给登基不久的明孝宗献奏章《进〈大学衍义补〉奏》。这篇千字文，短则短矣，意义却非同小可。《大学衍义》是宋朝大儒真德秀花了十年时间完成的一部力作，其写作的初衷是给宋理宗提供治国理政经验读本。他认为"《大学》一书，君天下者之律令格例也，本之则必治，违之则必乱"。其《大学衍义》是推衍《大学》要旨而成。对于真氏这部著作，丘濬诚然重视，却并不盲从。他的奏章开宗明义指出，宋儒真德秀的《大学衍义》四十三卷，于八条目中有"格物、致知之要，诚意、正心之要，修身之要，齐家之要，而于治国平天下之要阙焉"。因此，他"窃仿德秀凡例，采辑五经诸史百氏之言补其阙略，以为'治国'、'平天下'之要"。正如他所言，《大学衍义补》补的就是治国平天下之要，这正是编撰《大学衍义补》的宗旨。奏章还指出，《大学衍义》"主于理，而不出乎身家之外，故其所衍之义大而简。而《大学衍义补》主于事，而有以包乎天地之大，故其所衍之义细而详"。"若合二书言之，前书其体，此书其用也。"丘濬这些评介，一针见血，提纲挈领，兼容并蓄，取长补短，体现了一个政治家的胸襟和见识。

丘濬还在奏章中对明孝宗恳切陈词，他之所以编撰这部巨著在于："伏念臣濬远方下士，叨冒朝廷厚禄，六转官阶……常恐一旦委命九泉，有负国恩，无以为报。"丘濬凭一介来自海外"蛮荒"之地的学子之身，登进士第，不断升迁，成为翰林院学士，官至礼部尚书、文渊阁大学士等职，主要归结于他一生勤于政事，忠于职守，功勋卓著，从而得到孝宗的赏识和重用。然而，他却称自己受之有愧，冒领朝廷厚禄，战战兢兢，害怕一旦身死，有负皇家恩典，没有功绩报答朝廷。因此，尽管他自谓"所见不能无偏，所纂不能不误"，仍然呕心沥血撰写这部巨著。见诸这些文字之外，他奉献的是一颗拳拳的忠君爱国之心。这发力点，使奏章力透纸背。贯穿在奏章中的是他那强烈的愿望，一种古为今用、经世济用的精神："虽曰掇拾古人之绪余，亦或有以裨助圣政之万一。伏望皇上宽其妄作之诛，察其愿忠之意，……遇用人则检正百官之类，遇理财则检制国用之类，……酌古准今，因时制宜，以应天下之务。"丘濬说得恳切、委婉，自谦之中，蕴含一种热切的期待。可以说，这种愿望一以贯之。他在《入阁辞任第三奏》中，希望孝宗"虽不用臣身，而用臣言，有胜于臣身"。他引用《易经》的话："惟几也，故能成天下之务。"强调唯有实行正确的方针，才能完成天下的大业。可以说，丘濬不是为了《大学衍义补》能刊刻名山而进奏，而是希冀《大学衍义补》能成为明孝宗的治国理政读本而进奏，为弘治新政、为明朝的振兴而进奏。

　　年仅十八的孝宗皇帝于1488年登基，是年为弘治元年。这时离朱元璋建立明朝的1368年，已有120多年。当时，明朝正处于一个历史节点。年轻的孝宗皇帝励精图治，立志有一番作为。"至孝宗朝，始有修明之举。""弘治一朝，多用正士。"（孟森《明史讲义》）正是由于君臣协力，弘治年间出现了朝政清明的局面，历史上因此有"弘治中兴"之说。其中，丘濬的奏章无疑发挥了一定的作用。

但是，后世有些人对丘濬缺乏全面、深入的了解和研究，见其树木不见森林，其议论造成了一些负面影响，有损于他的厚度、高度和亮度。其实，明朝早就有人肯定丘濬对推动弘治新政所做的贡献，称他为"中兴贤辅"。明朝官至刑部尚书的何乔远是著名的史学家，他把丘濬跟唐朝名相张九龄等人相提并论，称之为岭南最杰出的四位人物。连近人、日本小叶田淳教授也说：丘濬"是孝宗手里录用的贤相之一"。

当然，浏览《会稿》中丘濬的《壬子再乞休致奏》等奏章，也触摸到丘濬的感伤。年迈，多病，丧子之痛，思乡之苦，情感的浪涛一次次无情地袭击，他无奈地进献《壬子再乞休致奏》，"伏望皇上哀臣孤苦，鉴臣诚恳，乞如薛瑄致仕事例，放归田里，俾全晚节。"尽管请辞未获批准，他仍然感激孝宗皇帝的器重和恩遇，挺起病躯，尽心尽职地工作。许多奏章是他建言的利器，发挥了兴利除弊的作用。

1492 年，也即弘治壬子年四月十日，丘濬进献《论厘革时政奏》。虽然弘治新政已经推行五年，但明朝积习依旧未除，仍然面对许多极待改革的课题。此时，丘濬已被擢升内阁，进入权力中枢，不再人微言轻。这份奏章的进献正当其时。朱元璋登基年份的干支号，跟弘治同在戊申，"谓上天无意可乎？谓圣祖在天之灵无意可乎？"奏章这设问，让孝宗的登基笼罩了神秘的色彩。但是，丘濬着力点，是对历代王朝的兴衰、更替，进行分析："是以汉唐宋之后，自百五六十年后往往中微。"他纵观历史，汉、唐、宋等封建王朝，都在建国一百五六十年后走下坡路，这似乎是个宿命。而走向衰亡，说到底，是由于"中世继体之君，皆生于世道丰亨之际，宫闱安乐之中，不历险阻，不经忧患，天示变而不知畏，民失所而不知恤，人有言而不知信，好尚失其正，用度无其节，信任非其人，因循苟且，无有奋发之志，颠倒错乱，甘为败亡之故也"。话锋直指汉唐宋的亡国之君，而弦外之音却规劝孝宗皇帝以史为鉴，避免重蹈覆辙，显示了丘濬的胆识、见识和忠诚。

接着，奏章纵论古今，从天象征兆、王朝治乱、历史经验等层面剖析，指出当今明朝正处于历史分水岭："是时也，其世道升降之会，而治乱安危之机乎。由此而上，可治可安；由此而下，可乱可危。"这是挑战，也是历史给孝宗皇帝提供的机遇。"皇上当此大任，当可为之时，有可为之势，乌可泛然苟然坐失其机会，而不思所以预为之计哉。"话说得如此恳切、明确，忠君爱国之心，溢于言表。他恳求孝宗临事要深思熟虑，以是否顺乎天理人心，是否能于圣贤经史中找到依据，是否违背祖宗的堂训，是否对当世军民有利等为依归。根本标准，就是要以社稷为重，以天下苍生利益为重。

在这份奏章中，丘濬虽不指名道姓，却给某些人画像："求差遣，乞恩泽，希爵赏，觅田宅，无非欲攘货以肥家，结亲幸以固宠，冒爵禄以贻后，是皆为其身谋，为其家谋，为其亲识及所交私人谋，岂有毫发谋国之心哉。"这些话，戳穿那些为家谋为身谋为私人谋为子孙后代谋而一点也不念及国家利益者的本质，显示他锐利的政治眼光和疾恶如仇的性格。他有些话直指那些朝廷中结党营私、排除异己的投机分子，规劝孝宗不要给他们可乘之机："然而小人各执其一偏之见，各徇其一家之说，各骋其一己之私。互相标榜，交相证助，迭相游说，屡变以求胜，多方以遮饰，左使以乱真，必欲践其所言，成其所谋，遂其大欲而后已。"针对明朝闲官冗员多，丘濬在奏章中告诉孝宗皇帝：如果有人认为工匠劳苦，应该得到升赏，那就与之指明，国家对于百工技艺，有官职的已给俸禄，无官职的也有粮给，他们的劳作成效，这是分内的事，不能随便封赏。有的人，提出其部门人手不足，请求朝廷额外增员；举荐工巧之人，以谋官职；要求给有技艺杂流之辈，赐与文武要职；要求在官员正常编制之外，增聘无出身的人。针对于此，丘濬恳请孝宗皇帝或指正，或驳斥，以绝谋官求财之路。这些奏议，对孝宗皇帝提出忠告，希望他远离那些阿谀奉承图谋得到升赏得到高官厚禄的小人。

以外，丘濬还提出五项措施，恳求孝宗节流开源，在朝廷封赏、修缮皇宫陵殿、采购奇珍异石等方面，都要缩减超额开支，防止贪官从中牟利。他的"止印经、停织造、杜塞希求升官等项"等奏议，切中时弊。丘濬进献奏章，其目的是营造"纪纲振作，治教休明"的政治生态，以求"国势隆重而运祚灵长"。总之，《论厘革时政奏》为新政建言，鼓舞人心，目标明确，措施具体，为革新力排障碍。

1493 年，也即弘治壬子年五月十二，丘濬又上《请访求遗书奏》。正如题目所示，这份奏章的主要议题就是寻求和保护文献遗籍。其奏章对于文献典籍的意义及作用的认识，达到了一个高度："惟夫所谓经籍图书者，乃万年百世之事焉。是皆自古圣帝、明王、贤人、君子精神心术之微，道德文章之懿，行义事功之大，建置议论之详，今世赖之以知古，后世赖之知今者。"作为一种极其重要的载体，经籍图书的作用，是奇珍异宝所无法比拟的。

奏章援引史实，说明自古以来帝王对于寻求和保护文献遗籍就很重视。针对遗籍保护中存在的问题，提出了五项可以操作、行之有效的具体方案——

自古以来，藏书的处所，不止一个。然而，现在天下书籍尽归内府收藏。因而，要调查南京内府书籍的收藏情况。采取措施，做到一种书籍有数本藏贮，避免书籍可能出现的疏失。

明朝开国皇帝藏书丰富，超出万古帝王之上。可是，书籍都藏在内府，天下臣民能幸得一见的尚属极少。丘濬建议，请内阁大臣督领翰林官府部门，将秘阁所藏已编卷的书籍，逐一校对无差，雕印颁行。假如其辞语缺乏文采，不能流传；卷帙浩繁难以全部公布，则摘其要点，列举大纲，分门别类，以成一书，命工刻印，颁布天下，流传后世，使学校用以教人，科举用以录取学子，朝廷用以资政治理。

他建议将现有书籍，详列细目，分发到有关部门。其收藏的书籍，只要是内阁书目没有或不周全的，允许一月以内送到官府，设法搜采，期望尽获无遗。

奏章建议完善地保管典籍。要仿效前人，用金匮石室收藏文献遗籍。请求朝廷于文渊阁附近方便处，另建重楼一所，专用瓦石建筑，收贮紧要文书，以防止意外。

藏书之所分为三处，二处在京师，一处在南京。这样，一种藏书就保有三本。一处有失，尚有二处保存。

丘濬对于人才的培养和任用也极为重视。他的《乞储养贤才奏》，建议将政府任命新晋进士为庶吉士送翰林院读书、培训，而且要形成制度。1494年，丘濬进献他生命中的最后一份奏章《请昧爽视朝奏》，感戴孝宗皇帝的知遇之恩，赞扬他即位以来，七年如一日临朝议事、孜孜图治的精神，同时又对他开始懈怠于朝事进行劝告。奏章纵横古今，引经据点，以史为鉴，体现了丘濬一贯的风格。

"序"中的高论与情怀

《会稿》中收有序文152篇，涵盖了评论、介绍作品的书序、诗序和临别赠言的赠序两大类文体。看似应酬之作，其实不泛高论，蕴含真挚的情怀。

书序中，既有为名家作品、为一些族谱所写的评介文字，如《程子全书序》《文昌邢氏谱系序》等；也有给自己的著作、诗词所撰写的佳作，如《学的后序》《归田乐诗序》等。但不管他序还是自序，丘濬都站在较高的思想高度立论，对作品题旨作必要的点明，提供一些必要的缘由等重要信息。同是书序，丘濬不仅持宏论，而且有所侧重，行文不拘一格。丘濬从小就仰慕唐朝张九龄的为人和功业，发誓要搜求张的文集《曲江集》，以得研读。历经曲折，丘濬才在成化五年（1469年）从馆阁藏书中找到《曲江集》的手抄本，并不惮年迈体弱，亲手抄完。最终，颇费周折，才使该书刻本问世，得以流传。丘濬的《张文献公〈曲江集〉序》，满怀崇敬之情指出，张九龄不仅是岭南第一流人物，而且是江南第一流人物；不仅是江南第一流人物，而且是唐代第一流人物。不但以其相业闻名，也以其文才闻名。丘濬所举史料和张说、柳宗元等人的评价，足为有力证据。如此评价张的历史地位，足以跟人物相匹配。其视野恢宏，所就者大，所见者远。丘濬与张九龄同为边地之人，文名功业，可谓势均力敌，显然有惺惺惜惺惺之感。之后，丘濬又叙述他得到《曲江集》的始末，感叹："嗟乎，公之相业世孰不知，其文则不尽知也。"点出为之作序的目的。集中，《〈武溪集〉序》等序，也采用这种笔法。

如果说《曲江集》序采用仰视角度，表达了丘濬对远代前贤张九龄的崇敬之情，那么《〈云庵集〉序》则主要以文论人，评介与他同朝为官的刘五云的一生功业，回忆他与刘的交往，对刘深表怀念。序中，丘濬首先指出，"古之言文者，必与人俱。"而"后世之论文者，歧而二之。故近世大儒，有以人论文，以文论人之说"。从人文相提并论，演变为以人论文、以文论人，这是评论的一个重要变化。以文论人，司马光就是一个最好的例子。他文名不如欧阳修、苏东坡，"然心术正，伦纪厚，持守严，践履实，积中发外，词气和平，非徒言之为尚也"。首先着眼于人品、文品，这是只凭文辞立论所不能企及的。接着，丘濬水到渠成，引出他对刘的评价："今观五云刘公《云庵集》，殆亦近于《涑水传家集》与。"后者是司马光的文集。把刘的文集同司马光相提并论，似乎把刘抬高了。但是，这有刘的人品作为依据。"濬对大庭时，公为读卷官，得区区所对策，甚欲置之举首，为当笔者所抑，不果。公，于濬不可谓不知己也。"作为一个读卷官，在认可了丘濬朝廷对答策问时，刘五云就要把它放在卷首，于公是为朝廷推介贤才，在私是成为丘濬的知己。可是，刘五云去世，丘濬竟未能为他洒祭酒一杯。能为刘的文集写一点文字，于丘诚然是一件幸事，心灵能得到些许安慰。与其说这是一篇序言，不如说它是知遇与感恩的真情碰撞。

丘濬从小怀抱大志，希望有朝一日能够继承朱熹的思想和学说。他终于在天顺七年，也即1463年，选辑朱熹的言论，编纂成《朱子学的》一书。何乔新说："《朱子学的》一书，其为理学亦可知矣。"丘濬之所以被称为理学名臣，跟该书有密不可分的关系。然而，《四库全书总目提要》却有微词，认为该书"摹拟《论语》，使之貌似圣人"。似乎预见到这一点，丘濬在《学的后序》中，一开篇就指出："王通自著书，以己拟孔子。愚则采辑朱子语而窃推之，以继孔子之后，非效通也，效曾子、有子之门人也。"《论语》不是个人编撰的作品，而是几十年间由子思之徒、曾子门人等人收集、记录孔子及其门人言行的一部重要典籍。王通著书，自比孔子，《提要》之言有据。但是，丘濬采辑朱熹的言论以成一书，是为了发扬孔子的学说，这决非仿效王通，而是效仿孔子弟子曾子、有若的做法，这怎么能加以非议呢？那么，朱熹的言论既已在天下流传，人皆习而诵之，为何有此一举？这是在丘濬看来，朱熹虽有著述，却未尝自为一书的缘故。该书为何取名学的？学者志必于当圣贤，这就如射箭的人志于射中靶子一样。丘濬的序言层层设问，自问自答，步步深入，以理服人。之后，丘濬指出该书的编排体例。书分为上下两卷，上卷为下学等十篇，下学也为上达等十篇。"人之为学，必自下学人事始，下学则可以上达矣。""学者下学人事，而至于上达天理，如此岂非儒者全体大用之学乎。"这里提出

"体""用"两个重要的概念，提升立论高度。他为自己的著作《朱子学的》作序，始于解答质疑，最终揭示旨意。

《会稿》中，有不少赠别序。官场应酬，送同僚赴任，与好友交往，免不了这些文字。回忆作者与对方的交往，分享对方经历的世事沧桑，给予赴任的友人、同僚一番勉励，几乎成了一般套路，丘濬也似乎不能免俗。然而，即便如此，丘濬也在"一般"中写出不一般的文章来，《送乡友林茂才赣州府学训导序》是其中一例。此文，记述在京人士聚款设酒席为林钱行的场面，表现林茂才卓尔不凡的品质。当众人酒兴正浓作歌对歌时，林却"敛容端坐，不出一语。有问焉，唯唯而已"。这严肃恭敬的表情，跟人们的纵情之态，形成对比，也跟林同学少年时的意气风发形成对比，人物的形象跃然纸上。而丘濬把友人的表现比喻为秋水，这般作比，尤有新意，蕴含哲理。秋水正当百川暴涨之时，"触木而折，冲岸而崩""怒号哮吼，声震远迩"。而"霜降水落之后""疏而成川，潴而成湖""润泽之功，沾溉之利，无所不有"。所以，"人至于敛华就实之时，是惟不用，用之而无不可。"乡友林茂才正处这敛华就实之时，故有异于常人举动。"惜其官拘地冷，不足以尽其用矣。"丘濬不仅褒奖人才，尤其对人才不能尽其用表示惋惜，体现珍惜人才的可贵情怀。

其"记"常新　其旨亦远

《会稿》中的70多篇"记"，可分为各种庙学府学记、进士题名记、县治记、祠堂记，以各种雅号命名的堂、斋、轩、楼、庄、亭记，以及新修水利记，等等。可谓官学私学，宗族祠堂，私人别墅、厅堂，以及一些筑塘、积堰，建桥等事，尽在记中；教育科举，州县建置，宗教礼仪，地方大事，人物掌故，应有尽有。

其中,《霸州庙学记》《高州府学记》等,记述的是各地兴建学校的一些大事。而《琼山县学记》也对琼山办学,有比较详细的记载,它可以说是有关琼山教育的史料性文献。从汉代开始,海南已开启教育的序幕,然而由于种种原因,海南教育在明代才得到较大发展。其一个重要标志,就是州县等官办学校实现了常规化,而书院、义学等民间办学形式也得到一定发展。早在洪武年间,琼山、澄迈、文昌、定安等十几所县学已经兴办、重建。丘濬的《琼山县学记》这篇记,包含几方面内容。丘濬指出,当今离孔子的时代已有二千多年,琼山距孔子的故乡有万里之遥,可是这个最后接受孔子教化的边远之地,教育已经得到较大发展:"今日衣冠礼乐之盛,固无以异于中州。"不错,"邑有学,肇于宋,始迁今地,则在国朝九年。自是以来,虽屡加修缮,而仅仅苟完,无经久计。"可见琼山县官办学校,开始于宋,筚路蓝缕,直至明朝成化元年(1465年),办学的规模才进一步扩大。广东按察副使唐质夫、宪副涂佰辅在琼山办学,尤其功不可没。丘濬生于斯,希望诸位学子不要辜负两人的盛意,自加勉励,切勿自暴自弃。《万州迁学记》《崖州学记》等,也可以看作珍贵的历史文献,让我们对几百年前的海南教育有一些具体了解。至于《道南书院记》则保留有关私人办教育的珍贵资料。

《会稿》中的许多文章,对于了解丘濬及明代历史都是很有价值的,《可继堂记》是了解丘濬及家世的一份珍贵资料。开篇,丘濬揭示堂以"可继"命名之由来。丘濬生父早逝,丘濬时年七岁。"先祖平生只生一子,上无伯叔,旁无兄弟群从。推而远之,亦无宗族。茕茕然仅二孙存。上系宗祀之重,如一丝置引千钧也。"丘濬的祖父遭逢家道变故,痛失独子,哀痛至极,对两个孙子寄予厚望。他手书两句:"嗟无一子堪供老,喜有双孙可继宗。"老人期望丘濬"尔立门户,拓吾祖业,达而为良相,以济天下可也"。当时,年幼的丘濬并不知道"先祖之言为何意，然自是亦知惕厉自持，不敢失坠。"这种警惕、清廉自持，使他能一步步走向人生的广阔天地。但他认识到，"可继"的内涵太大了。"天有可继之道"，"父有可继之业"。关键在继承什么，才能继而无穷。"然为之先者，必为所可继，而不可继者弗为。为之后者，必继其可继，而凡可以继者无不为。"丘濬的话，把"可继"的境界拓大了，由家而国，体现一种博大的家国情怀，由当下而千秋万代，上升到形而上的哲学。一篇堂记，可谓意旨深远。作为长辈，开创的就是应该让子孙一代代继承、发扬光大的事业，而不该让后辈继承的事情就千万不要做。作为晚辈，则一定要接过前辈的接力棒，可以继承的事业就全力以赴。这是丘氏家训，也是中国的家训和一种传统道德准则。丘濬一直遵循这家训，因而达而为良相，干出兼济天下的一番大业。

在众多的堂记、轩记、庄记之中，《学士庄记》是很有价值的一篇佳作。丘濬"历官40年，俸禄所入，惟得指挥张淮一园而已。京师城东私第，始终不易。"学士庄是家乡人为他修建的一所别墅。在《学士庄记》中，丘濬设问：一个以官为家、以文为业的人，为何建有这所别墅？他的回答是："世业虽以士，而率亦未尝废农，盖士者其暂，而耕者其常也"。把仕途看作短暂的一段人生历程，而务农才是常规的职业，这不仅体现了一个农耕国家的重农思想，也表现丘濬的志趣，对老百姓保有的一种情怀。少年时候，丘濬以为海外之地自古以来没有高人名士，因而没有赏心悦目的地方。想不到凭一块丹阳田，竟然辟出一处胜景。在记中，他采用移步换景的手法，写其地理形胜，建筑，摆设。小三山，有如道家的蓬莱、方丈、瀛洲。其堂既成，四顾而望，"一城之景，咸会于斯。"其间，那座朝廷表彰他母亲的华表、那官吏所树立的绰楔赫然在目，承载着一家的荣耀。然后，他由近而远，由低而高，转换视角。登山四望，"一郡之景亦莫不毕会于斯。"山脉穿海底而南，印证苏东坡"沧海何曾断地脉"诗句。东石，雷虎，铜鼓松林，气象万千。发源于五指山的南渡江，"会诸溪以入于海。""汪洋浩渺之间，舟杳杳如一线。晨昏蜃气，结成楼台。峰岫千态万状，日光射之，错杂如锦绣，光耀如珠玑。"丘濬擅长写景，善于融情于景。这些美妙的文字里，光、色、形、神、实景、虚景兼而有之，不乏人文底蕴，也有故园情怀，所谓雄浑壮丽，正在于此。这样的文字和意境，历久弥新。其记写作目的是"使天下四方，知吾穷荒绝岛之间，有此奇伟秀绝之景。"由一庄，而写出海南之胜景，写出他对海南这片热土和百姓的挚爱。而"俾得以守其世业，遂其初志"一句，不仅照应开头，又回到他的志向上来。

《会稿》中，还收有丘濬写的《夏忠靖公传》等人物传记数篇。这些文章大多采用史传笔法，写人物事迹。而《学拙先生传》，更写得生动、深刻。作了一些介绍后，丘濬大处着眼，小处落笔，集中笔墨，写了主人公萧旺侍奉老师和救济邻居两件事情。对于前者，文章不仅写萧旺从生活上关心老师，一应供应必需品，而且写老师死后，萧旺以事父之礼服丧三年。至于抚恤、救济邻居，文章主要写了一件事。一家姓徐的邻居遭疫疠，死了十几口人，其祖母年老生病，不能行动。但那些亲人，竟害怕传染，置她于死地而不顾。萧旺却早晚侍奉身旁，亲自端上稠粥，让她食用。老人一死，又为她收丧。这两件事，都是那些取巧的人所不屑做的。萧旺所为，在世俗看来，不能不说拙得很。然而，他却得到上天的回报。萧旺死时，仅四十八岁。他的儿子为官，升为郎中，朝廷"赠先生如其子官"。因而有人评论："先生非拙者也。拙于取利，而巧于取善。拙于得人，而巧于得天。"然而，"取善易，取利速。得人易，得天难。"因而，世间取巧的人越来越多，而取拙的人越来越少。丘濬可谓眼光如炬，穿透世道人心。文章意旨深远，难道不应该引起读者深思吗？

丘濬与奇甸书院

奇甸书院的缘起

奇甸书院早已湮没于岁月的烟雨之中。因而，三年前我远道寻找它的遗址时竟一无所得。然而，四顾茫然之际，眼前却恍然出现一个伟岸的身影。明窗净几，书声琅琅。他手捋发亮的胡子，目光如炬，穿越辽阔的时空……

这是他人生中不可或缺的一个节点。

明成化六年（1470），他的母亲在家乡逝世。母亲含辛茹苦把他抚养成人，他"缅怀劬瘁恩，莫能报涓尘"。对于母亲的离去，他是极其悲痛的。可是守孝三年，他始终牵挂海南教育事业，义不容辞，筹资在现今的海南师范大学之北创办奇甸书院，并在今琼山中学后面修建一间藏书石屋。在《南溟奇甸赋》的描述中，奇甸是一块钟灵毓秀的神奇之地："草经冬而不零，花非春而亦放""民生存古朴之风，物产有瑰奇之状""今则礼义之俗日新矣，弦诵之声相闻矣，衣冠礼乐彬彬然盛矣。北士于中国，而与四方髦士相后先矣"。书院取名"奇甸"，显然寄希望于她人杰地灵，人才辈出。这不仅是他人生的一个节点，也是海南教育史上的一个节点，由此写上一个千古抹不掉的名字：丘濬。

明朝海南出现了一个人文丕开的局面。丘濬、海瑞是灿然夺目的双子星座，而他们的周围还簇拥着熠熠发亮的群星。两百多年间，荣登进士榜的有六十多人，丘濬考中进士之后，名登金榜的人就更多了，出现了唐胄、唐穆、唐舟、唐亮，钟芳、钟允谦以及黄显、黄宏宇等父子进士，他们都是丘濬的晚辈。

这当然跟明代海南教育的发展密不可分。与以往朝代相比，海南教育的一个突出特点就是官办学校步上了常规化的轨道，各地普遍兴办县学、小学、卫所学，实现了常规化、制度化，而以书院、义学等为主的民间办学阵地也不断扩大。毫无疑问，奇甸书院是当时办得最好、影响最为深远的一所书院，但由于时代久远、史料缺失，现在已无从叙述她办学的情况和许多细节了，我所能做的就是找一个参照，大致了解其概貌及价值所在。

从朱熹到丘濬

作为中华文明书香漫溢之所，作为中国文化曾经的重要脊梁，书院萌芽于汉代，其前身就是"精舍""精庐"这些私家讲学之所。中国最早的官办书院始于唐朝，是中书省修书的一个机构。唐末至五代，官学衰败于战乱，而书院则崛起于山林。迨至北宋，休养生息，国力趋于强盛，士子纷纷有就学读书的诉求，书院应运而生，范仲淹执掌的南都府学可谓盛极一时，而这时出现的庐山白鹿洞书院、善化的岳麓书院、衡阳的石鼓书院和商丘的应天书院，则为著名的四大书院。经历了南宋、元代的发展，明朝初年书院由盛转衰，后来再度兴盛，但其间竟发生了四次烧毁书院的事件。然而，书院毁而不绝，显示其顽强的生命力。

丘濬创办奇甸书院，是一种适应潮流之举。

白鹿洞书院之负盛名久矣。它位于庐山南麓，东临鄱阳湖，西倚五老峰，可谓地理形胜。然而，从宋初书院创办以来，她也历经兴衰。南宋淳安六年（1179）十月，朱熹当地方官，得以在遗址上修复书院。陆九渊等理学大师曾莅临讲学，一时声名鹊起。书院影响深远的当然是它的教育理念。朱熹提出了全人教育的思想："知足以穷理，廉足以养心，勇足以力行，艺足以泛应，而又节之以礼，和之以乐，使德成于内，而文见乎外，则才全德备，浑然不见一善成名之迹；中正和乐，粹然无复偏倚复杂之弊，而其为人亦已成矣。"《朱子白鹿洞书院教条》碑文不仅强调"父子有亲，君臣有义，长幼有序，朋友有信"的伦理纲常，而且强调"学者所以学之序也有五焉，起列于左：博学之，审问之，慎思之，明辨之，笃行之"，这是指明学子的治学精神；强调"言忠信，行笃敬，惩忿窒欲，迁善改过"，这是要求学子应有的修身态度。

　　作为一个理学名臣，丘濬的思想不仅与朱熹一脉相承，而且对他的功业久已心仪。因而，丘濬创办奇甸书院，必然从白鹿洞书院的经验中找到借鉴。奇甸书院的办学宗旨、教学、治学等，必定秉持白鹿洞书院的原则，这是毫无疑问的。当时，他聘请名师授课，牵动海内外视听，直到清代，岛内外仍有不少学者慕名而至，足见其影响之大。

　　但是，丘濬既继承，又有所发展。他在《大学衍义补》中，对他的教育观做了比较系统、深入的阐述。

　　他指出：教育要着眼于"养育人才，以为治具"。"是故人君之治，莫大于崇教化，欲崇教化，莫先于学古训，欲民之学古训则在乎立学校焉。学校既立，有师儒之以为之指教，有经书以为之准则，俾知善之当为，恶之不当为……"他又说："是故明君在上，知教化为治道之急务，则必设学校，立条教，以晓谕而导之，使之皆囿于道义之中，而为淳厚之俗。而必择守令之人，布吾之政教，叮咛告诫，使其知朝廷意向所在。而其为政必以教化为先，变不美之俗以为美，化不良之人以为良，使人人皆善良，家家皆和顺。"总之，学校教育应以推行教化为己任。

丘濬的话，强调了教化也即教育使人向善的作用，强调了教育的引导作用，这跟朱熹的观念是一脉相承的。朱熹指出，教育的宗旨"须是格物致知，诚意、正心、修身而推之以至于齐家、治国、可以平天下，方是正当学问……"他强调教育要使人向善："圣人千言万语，只是使人反其固有而复其性耳。"

丘濬的理念是有历史意义的。他所处的成化时代处于明朝早期商品时代，孟森在《明史讲义》一书中，列举了许多事件，说明"成化时朝政之秽浊"，加之商品经济的刺激，使社会风气为之一变，造成了人心的迷失。因此，丘濬之论无疑是有针对性的。赵玉田就指出了丘濬此时提出的"养民教育"，主张"立政以养民"，为救时之大计。

藏书石室与学记

荀子说："故不积跬步，无以至千里；不积小流，无以成江海。"丘濬被誉为神童，但学问之渊博也得益于勤学，日积月累。他为了借到书曾经遭人白眼，甚至被人讥笑为愚笨、迂腐，此中滋味让他终生难忘。而他推己及人，希望那些晚辈后学读书不像他那样艰苦、辛酸，不仅有书可读，而且日后可成有用之才。这就是他"竭平生积蓄，鸠工凿石为屋"，费尽心血修建藏书石屋的初衷。这种博大的襟怀显得难能可贵。后来，他进献《请访求遗书奏》，则把这种精神发扬光大。

石屋刚刚落成，丘濬就返京续职。他念念不忘的是藏书之事。石屋虽小，但它涵盖的事情不可谓不大。他撰写的《藏书石室记》，不足1300字。在这短小的篇幅中，他以朴实、生动的文字，叙述了自己借书的遭遇，其诚感人，其情动人。"有远涉至百里，转浼至十数人，积久至三五年而后得者，甚至为人所厌薄，厉声色以拒绝，亦甘受之，不敢怨怼，期于必得而已。"这样的文字催人泪下，又使人精神振奋。这过来人的经历当会触动读者的神经，与之产生共鸣。学问渊博是跟他的刻苦、忍辱负重、执着地追求知识的治学精神分不开的。他深刻地认识到书的功用之大。书是知识和文明最重要的载体，是薪火相传不可或缺的纽带。由于书，"圣人死也久矣，而道德万世如见，古人往也多矣，而事业终古常新"。但是，要读好书，就要掌握科学的读书方法。朱熹的读书方法归纳起来就是：循序渐进、熟读精思、虚心涵咏、切己体察、著紧用力、居敬持志。"读书做人，打成一片"，是其要旨。丘濬写的《藏书石室记》一文，结合自己的经验对读书方法进行很好的总结。他强调了读书的日积月累，主张博览群书。"一书之不读，则一书之事缺焉。""书之在天下，自五经而下，若传、若史、若诸子、若百家。上而天，下而地，中而人与物，固无一事之不具，亦无一理之不该，学者诚即是而求焉，则可以贯三才。"然而，他又强调"书不贵多，而贵精。学必由约，而后可以致于博。精而约之，以致其多而博，则气质由是而变化，心志由是而开明，德业由是而崇广"。这里所说的意思就是由博而精，把一点吃透，再推而广之，举一反三，由精而博，以达到一个新境界。

丘濬当过十年国子监祭酒，这是中国古代最高的教育管理机关。当时监生水平参差不齐。但丘濬感到有责任把他们培养成合格品，而不仅仅让他们徒有虚名而已。他对监生区别对待，采取因材施教的方法，取得显著的成效。他的门生遍布天下，人人诵读他的文章，家家藏有他的著作，不管读书人还是老百姓都知道他的名字。

丘濬在家守孝期间，全岛各地的官员和士绅登门求教者络绎不绝。他花了不少精力，做了许多考证工作，为各地府学、县学和庙学撰写了"记"，提出了许多建议。这些"记"，可谓宝贵的教育文献。

《琼山县学记》指出，琼山"今日衣冠礼乐之盛，固无以异于中州"，"郡有琼山，譬则人身之有头首面。而邑有学校，譬则首面之有眉目也"。这篇记不仅叙述县学之缘起、县学的建筑、设备，肯定了办学者的功绩，而且引用苏轼的话，说明"谓自汉末至五代，中原避乱之人，多家于此。今衣冠礼乐，盖班班然矣"，纠正"说者谓琼士未知学，盖自宋姜君弼，从学苏公子瞻始"的论调，并希望学子自勉，不要自暴自弃。

《崖州学记》这篇文章是丘濬应知州徐君琦之请而写的。他一丝不苟，深入考证了崖州办学的沿革，肯定了崖州历任地方官和士民所做的贡献。他感到高兴，"从今而后，诵说有其地"，而"犹不知所以奋发勉励以求渐进乎？"一句，更寄托了他无限的关切、衷心的希冀。这是他一以贯之的精神。

源头水深大江流

清康熙四十四年（1705）陕西武功人焦映汉抵琼赴任，舟车劳顿，来不及舒展一下筋骨，就瞻仰了奇甸书院遗址。他登高四望，看到烟波万顷，波光日月涵育着一颗硕大的明珠；眺望远处，似乎看到五指山撑起五指，直指云天，拔地而起，与海光相映。他浮想千载，想起了海南人才辈出的盛况，而丘濬、海瑞之文章、气节，更是令人钦佩。

这是一种心灵的感召，一种穿越时空的感召，促成了他下定决心，办一件大事。

琼台书院是一所官办学府，这是带有一定私塾意味的奇甸书院所不同的，而且，琼台书院历史悠久，办学规模不断扩大，这更是奇甸书院所不能比拟的。但是，穿越岁月的精神血脉的源头就是奇甸书院，就是丘濬的教育理念和治学精神。

焦映汉这个地方官，为海南文化做出了贡献。他主修《康熙琼州府志》，留下了珍贵的文献，而他更不遗余力创办琼台书院。在《创建琼台书院碑记》一文中，他写道："自维陋劣，抱愧前贤，而勤宣德教，扶植士气之心，未尝一日忘。"这篇记，不仅记述了书院的筹办、规模等，更重要的是表现了焦对莘莘学子的期望："尔朝于斯夕于斯，敬业乐群而激昂奋发，将淬砺之余，光芒立见，如锥处囊，如硎发刃，黼黻休明，润色鸿业，无负海山之灵，而文章气节与丘海其人辉映后先。"这始终是以丘濬的精神激励学子。

正是这样，琼台书院几经变更，但它始终是海南教育的摇篮。书院在那个特定的时代成了一种薪火传承的阵地，使海南的教育发扬光大。当年海南唯一的探花张岳崧等人曾在书院执教。海南脍炙人口的琼剧《搜书院》的故事，就是以书院为背景展开的。这是正气、智慧对邪恶的斗争。其实，剧中人物的原型谢宝、张日旻都是进士。丘濬的精神养育了一代又一代学子，琼台书院也结下硕果，培养出进士二十多名，举人一百多名。乾隆皇帝亲自为张日旻题写"进士"匾额。

当我走进书院的旧址，一间规模宏大的专科师范学校兀地出现眼前，庄严的校门撑起更加广阔、明丽的蓝天，不禁浮想千载，想起她办学理念更加先进，教学条件今非昔比，一代代人物脱颖而出，书写海南教育的传奇和辉煌，内心是何等快慰！

琼台师范专科学校由琼台师范升级而成，后者前身就是琼台书院，而这又必然追溯到奇甸书院。所以，奇甸书院是海南教育史上一个出发点。有这渊源，有这传承，有这发展和变革，海南教育文化从传统走向现代，走向未来！

四五百年前的石破天惊

从"心学"接受什么

明武宗正德八年十二月二十七日（公元1514年1月22日），一记撕破四周沉寂的男婴啼声从一个世族的家里破门而出。当时其地属广东琼州府琼山县左所，现为海口市府城。沧海桑田，昔日的房屋早已湮没在历史的烟雨中，只有后来建造的故居矗立眼前。故居门前，车水马龙川流不息，而门口匾额上"南海青天"四个大字，却让络绎不绝的瞻仰者走进另一个时空。故居主人的塑像把一个不屈的生命定格，他眼光深邃，深情凝望着前面的红湖清波……

这个人就是与丘濬齐名、被誉为海南双子星座之一的海瑞。

在戏剧跌宕的情节里，在说书人的举手投足之间，在民间的赞叹声中，我早已听过这如雷贯耳的名字。虽然有些事情终究混淆了，我分不清哪些是史实，哪些是传说，甚至是随意发挥，但是，我却认得"海青天"三个大字。

是的，这三个大字概括了海瑞的本质，统领了海瑞烙印青史的人生，让四五百年来海瑞一直那样有血肉有温度。当然，它们也像三棱镜一样，给人们提供对这历史人物解读的多种视角。

虽然出生在一个诗礼相传的世族之家，但不幸的是，海瑞四岁时父亲就去世，他母亲谢氏守节抚孤，既为人母，亦为人父，双肩托起抚育幼儿的重任。她作为一个启蒙老师，给幼儿口授《大学》《中庸》等典籍，然后送他到海口一家私塾攻读，使这株过早受到寒霜摧打的幼苗汲取雨露和养分。后来，张子翼称赞她："教子为名臣，直声动朝野。"由此，海瑞从小就受到儒家道德与礼教的滋润，立下"必为圣贤，不为乡愿"的宏愿。立志当圣贤，而不做那貌似谨愿忠厚、实际却与恶俗同流合污的小人，海瑞鲜明地、坚决地表明了他的人生态度，也躬行毕生。

为了实现自己的宏愿，海瑞一生秉持知行合一这个思想和行动准则。

早在《严师教诫》一文中，海瑞就借着面对召神的质询，进行深刻的反省，告诫自己，面对权势、金钱和华堂美女的诱惑，不为之所动；哪怕身居卿相之位，只要无所作为，就会问心有愧。他说："将言者而不能行，抑行则愧影，寝则愧衾，徒对人口语以自雄乎？"这是说，将要言却不付诸行动，言行不一，对不起自己的形象，只不过以空话虚张声势而已。这发自内心的话，强调的是做人要言行一致，知行合一，表明海瑞贯彻始终的信念，哪怕泰山崩于面前，也不改其本色的信念。

这是家庭教育的结果，更是社会思潮影响的结果。

海瑞生活的时代，明朝社会面临着严重的危机。一方面是王阳明所说的"山中贼"盛行，主要表现为社会各阶层斗争错综复杂，阶级矛盾尖锐；另一方面则是王阳明所说的"心中贼"泛滥成灾，其重要原因就是明代中期商品经济快速发展，导致私欲膨胀，拜金主义、奢侈之风甚嚣尘上，这有如洪水猛兽，猛烈冲击传统伦理道德。相比之下，"破山中贼易，破心中贼难"（王阳明语），于是，以破解"心中贼"为己任的王阳明心学应运而生。

王阳明何许人也？

他是明朝著名的哲学家、军事家、教育家和文学家，生于1472年，死于1529年，比海瑞早生42年。他青年时代就步入仕途，之后，由于触犯权倾朝野的宦官刘瑾，被贬谪到穷山恶水的边远山区。在那极其恶劣的生存环境下，他悟出了"知行合一"之道，明确提出"知是行的主意，行是知的功夫，知是行之始，行是知之成"和"致良知"的思想，创立了"心学"。当然，由于混淆了意识和实践的界限，王阳明心学陷入主观唯心主义，但其强调道德意识和道德实践的观念，却具有积极的意义，因而受到曾国藩、梁启超等人物的一致推崇。据说日本人窃取了它的唾余，便改造了一个衰弱萎靡的日本。诚然，它并不是救治明朝社会机体的灵丹妙药。尽管它在明朝流行了150多年，使"心中贼"和"山中贼"受了一些皮肉之伤，但这两"贼"最终还是像两道魔咒那样，把风雨飘摇的大明帝国推进万丈深渊。然而，它所具有的积极意义却跟海瑞的追求合拍。

海瑞固然以理学为正宗，他的精神核心是"仁：成己治人"，继承孔子所明确的自己想要站立得住，也要使别人站立得住；自己想要前途通达也要别人前途通达的思想，这跟王阳明心学蕴含的积极性十分契合。由于海瑞自身固有的刚正不阿的天性，他产生了破除"山中贼"和"心中贼"的强烈愿望，因此他虽以理学为正宗，却也接受了心学知行合一的思想。他一身浩然正气，其经世致用，勤政爱民、廉洁为官，严于律己，深入务实，跟这无不密切关系。

不为艰危而易行

海瑞虽然为步上仕途漫漫长夜陪伴黄卷青灯，但仍然在嘉靖二十八年（1549）才考取举人，时年三十七岁。后来他先后两次参加会试，却都名落孙山。于是，便接受分配，出任福建南平县教谕，成了县学的主管教官。

当时南平县学设施完备，颇具规模。大门后边，左为文昌阁、教谕衙署；右为魁星阁、训导衙署。走进县学，海瑞远眺近观，九峰山、虎头岭一派苍翠，乔木奇花，拱桥流水，心中是何等快慰。不过，不久海瑞的心情便有些沉重了。他熟读韩愈的《师说》，明白自己肩挑授业传道解惑、为国家培养人才的责任。然而，在任职中他认识到，南平县学存在学风不正等诸多问题。有些生员冒名顶替，虚报年龄，平时不读书，却会抄袭，请客送礼，走后门。更为严重的是，有的生员只挂个名而已，视县学形同虚设，把进学当做儿戏。海瑞深知这积习久矣，且已侵入机体，决非一朝一夕所能革除。既有所知，必然有所行动。他订出的《教约》十六条，就是针砭时弊开出的一剂良药。《教约》要求"诸生五日内，一一将年甲、籍贯、三代角色，从实填报本学，请提学道另行造册籍"，"勿以恶小而为之"。《教约》痛斥那些胡作非为的"不逊不弟"之为，申明"纵有司见容，本职也不汝贷"，态度之严厉可见一斑。《教约》重申了读书六法，具体规定了"应月考"、"应日考"细则，要求"诸弟子行之"。《教约》严格要求县学师生遵守国家规定的有关礼节，特别要求"今后于明伦堂见官，不许行跪，学前迎接亦然"，并付诸行动。他明知此举会触犯世俗之视听，会触犯上司。危及仕途。却仍然我行我素。他严禁教官盘剥诸生以中饱私囊，不许诸生行贿而得上进，这竟让一些人觉得海瑞不可理喻。

嘉靖三十七年（1558）春天升任浙江淳安知县。从教谕到知县，海瑞步上人生的一个拐点，初步凸显清官的本色。穿布衣，吃粗粮，仆人在衙中空地种菜，以求自给。尽管那时官吏薪俸微薄，但如此行为也让人难以置信。但是，要求自己和下属做到清廉还容易一些，而对待过境的上级，就不那么好办了。海瑞当然知道当时"宁可刻民，不可取怒于上；宁可薄下，不可不厚于过往"的官场习气。命运似乎要考验海瑞，就在他担任淳安知县的第三年，鄢懋卿奉命处理盐务，取道淳安。鄢是严嵩党羽，挟权相总制八省盐政，威风凛凛，每次"巡行郡县，所至招权吓财，叱咤风生"。所到之处，官员争相贿赂。给钱的是好官，送钱多的就能升官。侍候不好他，必然惨遭暗算。海瑞明白，别人还巴不得有这个献媚邀功的机会呢，而他则不屑一顾。当时，鄢懋卿为了掩人耳目，发下"宪牌"，要求地方接待从简。海瑞识透鄢葫芦里卖的是什么药，却抓住他说的是一套想的是另一套的行径，递上禀帖，说"传闻与宪牌相异"，"下邑疲敝，未知所从"。鄢当然不能要海瑞"暗中行事"，只好哑子吃黄连，叫海瑞"照宪牌行"。在这场智斗中，海瑞巧妙应对，绵里藏针，被人称为"强项县令"。

当然，这跟后来发生的一些大事相比，那是小巫见大巫了。嘉靖四十三年海瑞入京当户部主事。虽然官升六品，在朝廷仍然人微言轻。但是，这一年海瑞却干出一件惊世骇俗的事来。这足以使他以"直言敢谏，有披鳞折栏之风"而名闻天下。这就是海瑞上疏。这个故事多年来家喻户晓，但决不是说书人的胡编乱造，不是演员的演绎才弄得惊心动魄，而是有史在案的。海瑞知道，当时朝廷面临着多么严重的挑战，而一个不理朝政沉迷于丹药以求长生的皇帝是无法做好分内之事的，唯有励精图治的君王才能实现其政治抱负。但是，一个六品户部主事的话能达天聪吗？要让嘉靖皇帝改弦更张，是那么容易的吗？弄得不好，任何意想不到的事情都可能发生。海瑞当然知道他上疏会面对的后果。他这是把命放在火上烤。但是，他秉承的信念是"知而不言，不忠"，尽不到一个臣子的职责。所以，他义正辞严谨奏"为直言天下第一事以正君道、明臣职、求万世治安事"。之前，已经在自家客厅里赫然放着一口棺材，不但搭进了自己的生命，也搭进一家甚至九族人的生命。这是"死谏"。只有胸中蕴蓄满腔忠君恤民的浩然之气，完全把个人生死置之度外，才能有这般义薄云天的举动。这《治安疏》纵论古今天下大事，"披肝沥胆为陛下言之"，那些话闻所未闻，嘉靖皇帝自然大发雷霆。然而，他最终也不得不叹息："此人可方比干，第朕非纣耳！"虽然忠言逆耳，但海瑞的忠君让嘉靖皇帝感动，所以才把他比之为比干。后来，海瑞在狱中闻知嘉靖皇帝死讯，悲痛至极，肠胃经不住折腾，连苦水都呕吐出来，一时昏厥于地，终夜哭声不绝。这是因为自己希望君主"置身于尧舜禹汤文武之间"的理想破灭而哭，既对君主尽忠，也对君主尽孝，把封建伦理道德做到了极致。要做到表里如一是多么难呀，但海瑞做到了，以"死谏"的大无畏精神，来撑起他的知行合一。

冒着被烧焦危险救火的鸟儿

明朝晚期，阶级矛盾、民族矛盾异常尖锐，官场生态尤为腐败。嘉靖年间纲纪松弛，豪强妄为，贪赃枉法，官商勾结，触目惊心。对于这种严峻的局面海瑞洞若观火。他曾叹息，不只是不才的官贪污残暴，挖空心思地弄钱，就是好官，也是公道和私心时时刻刻纠缠在心中，常常搜刮民脂民膏来拉拢朋友，以博取好名声。做一个清廉的好官，何其难呀。整肃纲纪，何其难呀。

但是，海瑞却知其不可为而为知之，毕其一生都在对这种官场生态挑战。有人说，海瑞得民心而不得官心，盖出于此。李国文在一篇文章中引用一则寓言，说的是，一座森林发生了火灾，火势迅速地蔓延开来，林中的鸟儿都急急忙忙逃离火场，以求活命，只有一只鸟儿不肯离开，从小溪里衔起一口一口水，冒着被烧焦的危险，一次一次来回飞，希望能扑灭这场大火。这只鸟儿，很像海瑞呀。

海瑞任淳安知县时，薪俸不多。正七品知县年俸仅有区区九十石大米（部分折成钱支付）。靠这点收入养活一个大家庭，这知县的生活只能达到城市贫民水平。当时，官员的主要收入，靠的是名目多样的"常例"，也就现今所说的土政策。淳安县知县的"常例"有夏绢银、秋粮长银、里甲丁田银、盐粮长银、各项盐粮银等多种，诸项相加，一年"常例"收入可达两千两。除去招待费、公关费等，一个知县一年"常例"收入至少也有一千两，几乎等于薪俸收入的二十倍。这些"常例"收入是官方默许的。有了它，官僚机器才能正常运转，官员的日常生活才能维持。但是，海瑞认识到这"常例"其实是社会机体的腐蚀剂。他上任十天，屁股还没有坐稳，就一拍惊堂木，公布了一个让下属瞠目结舌的决定：革掉他的"常例"收入，革掉全县大大小小官吏的额外收入！

跟他的那些忤逆皇帝、搏击豪强、严厉整肃纲纪之举相比，这太微不足道了，但见微知著，这不彰显他那疾恶如仇、洁身自好的自觉性吗？

当时，知县上京，要携带金银绸缎送给有关的官员。其来源由百姓摊派，每里一两。淳安县有八十里，三年可收取二百四十两。而上京年还要加上特别摊派，每人收银两钱，共收二百四十两。此外，县官还可以从罚款和其他门道张手，收取更多肥水。然而，海瑞在任内上京两次，把旧例一概革除，只开销路费四十八两，送吏十二两，造户口册十一两多。他知道县官上京要把财礼送足，不然就会掉官。这是当时许多人的共识。然而，海瑞却说，全天下的官都不给上官行贿，难道就都不升官？全天下的官都给上官行贿，又难道都不降官？他知必行，以胆气和勇气，挑战官场的潜规则，挑战陈规陋习的合法性。

海瑞一生清廉自守，以身作则。他和一家人只靠微薄的薪俸过着节衣缩食的日子，粗茶淡饭，种菜砍柴，毫不惊扰百姓。他只有祖上留下来的四十亩田，在清丈田地时县吏照顾他，少算了一亩八分，海瑞知道了，一定要县吏按实际田亩计算。居家则艰苦朴素，外出则轻车简从，不事张扬，当好表率。为了振作南都官员的士气，他作为吏部侍郎发布《禁革积弊告示》，不准衙门滥取民物，明文规定："今后如有部议之外，仍前票扰者，虽小费一分一文不及先日万分之一，亦不姑恕。"他禁革铺户供张，把衙门办事官吏的公费银、新任官员的贺礼一概革除。后来升任南京都察院右都御史，他采取措施，严惩不法御史，禁革火甲，均平夫差。终其一生，他励行官箴、不盘剥百姓的理念丝毫未易，兴利除弊、敢作敢为的担当精神秉持不变。相对于那场大火，海瑞用自己的廉政、自己的执政为民，体现了一种力量，这或许只是一口口水，却表达了要扑灭那场大火的初衷。

有利必兴，有弊必除

"要开吴淞江，除是海龙王。"多年来江苏一带流传着这两句民谣。海瑞任应天巡抚期间，在巡行调查之后，却下定决心修治吴淞江。历来，太湖之水依赖吴淞江排泄，沿江的良田都靠这江水灌溉。但是，由于年久失修，湖水无法泄入大海，经常泛滥成灾，水利已然变成水害。"是吴淞江一水，国计所需，民生攸赖，修之举之，不可一日缓也！"海瑞一旦了解到兴修水利的必要性，就马上行动。他委派下属进行测量，认真做好工程设计，估算费用。他在"兴工之中，兼行赈济"，使工程借饥民之力得以启动，饥民得到官府给予的工价粮米解决温饱。他乘着小船，风里雨里，奔波于江上，深入于施工现场，监督工程进程。由于工程浩大，力不从心，海瑞呈上《开吴淞江疏》，奏请明穆宗真切念及百姓饥饿，体恤他们，在财力方面给予大力支持，使工程早日造福百姓。海瑞知必行，行必果，做了一件功在当代、利于千秋的大事。

海瑞为了利民，在兴国任知县时就推行一条鞭法。所谓一条鞭法，就是把均徭、力差、银差、里甲等田赋款项编在一起，通计一地丁粮，通派一地徭役。这不但简化手续，而且减轻了老百姓的负担，有利于发展生产。应该说，后来作为首辅的张居正推行的一条鞭法更完备一些，范围更加广阔，因而效果也更加显著。推行一条鞭法的隆庆六年（1572）六月全国存银2525616两，而到了当年十一月已经达到4385875两。但海瑞在嘉靖末年，就已不顾地主们的反对，坚持推行一条鞭法，而且取得了显著的成效。

海瑞居官为百姓兴利，减轻徭役，平反冤狱，其功德不胜枚举。要兴利，不除弊，是难以做到的。除弊，最难啃的骨头就是打击豪强，把他们非法侵占农民的土地退还给农民。田是百姓的命根子。历朝历代，耕者有其田，民心就安。但是权贵豪强，争夺的也是田。当时土地兼并问题，已经关系到大明王朝的生死存亡。这一点海瑞再明白不过。因此，当他出任应天巡抚，受命劝大地主退田的时候，就动起真格。其时，徐阶已经罢官在家。他任宰相多年，即便是百足之虫，也死而不僵。何况，他一手把海瑞提拔，又对海瑞有救命之恩。海瑞骂皇帝，最终能逃过死门关，就是徐阶把案子压着。但是，徐阶一家却霸占着十几万亩良田。一家之利与万家之利，孰轻孰重，海瑞当然认真掂量，但他没有别的选择。他发出公告。勒令富户退田，称"本院法之所行，不知其为阁老尚书家也"。话锋所指，当然是徐阶一家。这场退田之举，真正的主宰人物是高拱。他批准海瑞那样做，一是借海瑞之手收拾徐阶，一解当年之恨；二是借退田激起的一股力量，把海瑞推倒，顺便收拾他平日不好对付的海瑞。果然，高拱的一箭双雕之计得逞。徐阶退出一些农田，又被成百上千的贫民围攻，被迫叫人挑几担尿粪放在客厅，对付冲进来的贫民。而海瑞则成了靶子，被摘掉巡抚帽子，调任他职。后来，海瑞向皇帝提出了辞呈，表达了自己的政治理想："臣尚欲以身为障，回既倒之狂澜；以身为标，开复古之门路。"所谓复古，就是回到古代道德清明的社会。以一己之力，挽狂澜于既倒，以一身为标杆，挽救世风日下，这只"鸟儿"秉持的是执着的信念，非凡的勇气，体现一种表里如一、言行如一的人格魅力。

岁月蹉跎，不失其赤子之心

隆庆四年（1570）四月海瑞离任，在海南老家琼山赋闲达十六年之久。

一个有着经世致用思想的人，一个为民请命的人，一旦远离廊庙，其思想感情是复杂的。像陶渊明那样抒发自己"误落尘网中，一去三十年"的人，或许是个另类。况且，陶渊明是否用这诗句，来委婉地、曲折地表达内心的至痛，也未可知。从海瑞传世的诗中，可以看出他内心的多个侧面。他在《游归上之滴水岩》中写道："石顶有泉时滴滴，洞门无日昼阴阴。簿书多暇偏乘兴，潦倒尊中月满簪。"写其环境的压抑，心情的苦闷。但是，他又在《七夕立秋值雨》中写道："漫指白云浮故国，忽因清梦落朝班。"借百云、清梦，写其对廊庙不能忘情，对天下苍生不能忘情。

从清代学者王国宪撰写的《海忠介公年谱》中可以看出，即便在这人生的低谷，海瑞仍然心怀家国，"不忘时事，尤以琼之吏治为急。偶有书序，必详陈利弊"，遇到官员咨询民生疾苦及行政得失，他必毫不顾忌，侃侃而谈，分条列举，耻于当面献媚，没有顾及他人之私。他还利用自己的关系和影响，做了一些利于时局利于老百姓的事情。

他因田而得罪权贵，却始终忘不了田。王国宪说："公志在救民，而救民之政，先在清田亩，平均赋役。"海瑞在《奉分巡道唐敬亭》《奉琼山刘大尹》等书信中，针对清丈土地中存在的问题，提出许多建设性的意见。这引起唐的重视，"有不称职者，唐巡道择能员代之"。海瑞的《拟丈田则例》，总结了丈田中丰富的经验，有利于操作。

其时，倭寇猖獗，贼氛四起，攻劫州县，发棺索金，数以百计。海瑞不胜愤慨，上书殷军门，说官军不能平寇，那就有负百姓。也许诚心所至，感动上苍。贼寇将要撬开钟芳司徒石墓，忽然雷电交加，震天动地，惊魂不定，狼狈逃窜。

嘉靖四十五年海瑞在北京下狱，不久他的两个儿子先后殇逝。赋闲在家期间，含辛茹苦把他抚养成人的母亲谢世，他的妻妾女儿也前后离他而去。他"茕茕孑立，形影相吊"，毫无一点天伦之乐可言。海瑞身心经受巨大的创伤，脸上的皱纹里储存着他满腔的愤懑，一根根苍白的胡须流露出他的哀伤。

然而，海瑞终于熬了过来。明万历十三年正月，朝廷起复他为南京都察院右佥都御史。期盼了十六年，他终于迎来了一个新的政治拐点。

海瑞赴任，从琼台至蚬冈，家仆皆步行，只有一书僮之类的小仆人扶着轿子前行。从五羊至新河，海瑞只乘一只小船，静悄悄赶路，没有人知道消息。依然轻车简从，不改当年本色。

尽管身心疲惫，可是海瑞却像一个伤愈归来的战士，刚上任就干起来了。他接受了对五城兵马司敲诈勒索百姓、强行摊派的控告。他发布《禁革积弊告示》，痛斥五城兵马司官吏如狼之贪，如虎之猛，敲诈勒索民脂民膏，用来迎合上司，填满私欲，革除积弊，严禁此类行径，坚决为老百姓作主。然而，五城兵马司衙门虽小，却是南京兵部的一牙一爪。海瑞之举，自然触动南京兵部甚至南京官僚网。不久，海瑞又上书皇帝，表达他对朝廷吏治的不满。海瑞在家闲居之时，一些官员曾上书张居正，要求他起用海瑞。张当时任首辅，自然有权定夺。然而，张却批复，说海瑞"只宜坐镇雅俗，不当重烦民事"。说白了，当权者的心态就是，海瑞只能当个政治摆设。结果，海瑞升任南京都察院右都御史，名副其实的明升暗降。尽管海瑞尽职尽责，仍然摆脱不了政治摆设的命运。

万历十五年（1587）冬十月十四日，海瑞病故于南京。然而，对于他的赞扬几百年来一直在继续。当然，也不乏一些负面声音。

知行合一的最高境界

当代著名文史专家葛剑雄说，海瑞是一个当之无愧、刚正不阿、疾恶如仇的清官，但他"只想用严刑肃贪，却没有提出消除贪污的积极办法"，"海瑞如果真的提出过可行的办法，尽管不一定得到实施，至少也会受到多数正直官员的同情和重视，作为一种先见之明载入史册"。这话有道理。但是，这是一个系统工程，历代封建王朝都无法解决。这是时代的局限，也是海瑞的局限。海瑞焉能深思熟虑，提出真知灼见？他没有发声，也是可以理解的。不管怎么说，在封建社会海瑞是一个凤毛麟角的人物，他的出现石破天惊。

但有人骂海瑞刻薄，不能容人，不近人情，行为乖张。然而，史料却这样描绘海瑞的形象："颀然而长，方颐丰，下耳双垂，容蔼可掬，性刚直，守清廉，执法持公。"除了刚正不阿之外，身材颀伟，面颊方正丰满，两耳下垂，显得那样和蔼，一副笑容可掬的样子。天之刚健，地之蕴蓄、丰饶，似乎都写在他的外形上，而他的内心更持有一种禀性。这种禀性不是海瑞独具的，但在他身上体现为一种精神，知行合一，始终如一。

这种精神自古以来就是儒学根基。它的立足点，就是探索和确立天地人三者的关系。

作为一个儒学大儒，荀子早就提出天人观，探索了天地人三者关系。

他说："天有其时，地有其财，人有其治，夫是之谓参。"天地人三才，人的参与、配合，就是按天的时令行事，从地获取资源，从事生产活动，进行社会治理，以尽其职分，发挥自身的能动作用。这种有为的观点，说到底就是人要感受天地集萃于其一身的责任与使命。

人们读海瑞的《治安疏》，多见一个"骂"字，所谓"陛下之误多矣，大端在修醮"是也。其实，海瑞责备之中，表现了一颗忠君的拳拳之心，对嘉靖皇帝寄予的殷切期望。他说，只要皇帝革新政治，采纳利国利民之举，"可以赞天地之化育，则可以与天地参，道与天通，命由我立，而陛下性分中有真寿矣"。海瑞在这里从天人观出发，强调一个"参"字，给皇帝指明一个前景。这是现实的，不像修醮那样虚幻。

这种思想观念是一贯的。"故一人之身而万物之理备焉，万物之理备于一人，故万物之责亦萃于一人。君子之仕也，彼万物之责身有之，故身求以尽之。"海瑞这番话表明，他感受着天地集萃于其身的责任与使命，并贯彻于知行合一的躬行之中。他一生沉浮在政治的大风大浪中，被中伤，被暗算，被弹劾。九死一生，为自己的理想奋争了一生。

可以说，海瑞是永生的。海瑞故居里那一尊塑像，日日夜夜面对着前面那一湖清澈的水，在静默中与天地合而为一……

兴贤堂

写下这个题目时，我的眼光不仅仅属于书屋，属于书桌，属于那方狭小的空间。因为我的双眸里融入你的眼光，也融入他的眼光。而且，那个陌生的名字不再陌生。他的那句经典在我的视野里盘桓，它跨越了空间，也让时间来回流动。

"你的房子是你更大的身体。它在阳光下长大，在夜的寂静中入睡。它有时做梦。"

纪伯论这位黎巴嫩著名的诗人、散文家，惯于用相反的意象对比，以突出事物的形象，如笑与泪；也用物与人映衬，拓展内容，如房子与身体之类。

何谓更大的身体？也许这是指一个人身体的拓展，当然也包括灵魂，超出了本来的长度和厚度；也许这指的是一群人，那不断地冲破空间架构，随着时间推移而活动的人。房子和身体这两者不但毫不冲突，而是相互联系，甚至相辅相成。

符确创办的兴贤堂，便是他更大的身体。

他何年何月创办兴贤堂，史料没有留下明确的记载，我当然不敢妄加揣测。但可以肯定，这是发生在他致仕后的一件大事。创办一所学堂在那个朝代殊为不易，何况创办者非同寻常。符确生于宋神宗熙宁元年（1068），于宋徽宗大观二年（1108）考取镇州解元，大观三年考中进士，官居承议郎，韶州、化州两郡太守。他是隋朝开科取士海南第一位进士，获"珠联海甸，笔破天荒"之誉。这个在海南科举史上最具时间节点的人物致仕的时候，人已步入桑榆晚景。而这时创办兴贤堂，无疑让他名传千古。

在他之前，苏轼已经在儋县创建载酒堂，开启了海南教育的一段传奇。贬琼时苏轼已经六十二岁，在一回又一回磨难中逼近生命尽头。林语堂说，苏轼是不可救药的乐天派。他随遇而安，且具家国情怀，即便是一段枯木，也能在"蛮荒之地"落地生根，长出蓬蓬的绿叶。虽然无缘见到那草创时的载酒堂，闻不到那桃椰叶散发的馨香和汗味，听不到阵阵诵读之声，但我看到了当年的载酒堂已变成了闻名天下的东坡书院，在风雨中在阳光下成长为一块人文胜地。苏轼那尊笠屐铜像，在椰树和龙船花的映衬下，那样神采奕奕，凸起的额头，坚定的目光，汇聚一种无声的力量。

载酒堂是兴贤堂的样板，苏轼是符确的恩师。也许，符确没有行过拜师礼。但受生活的年代、活动的地域以及苏轼的影响力所左右，两人完全称得上这种师生关系。因而，载酒堂就是兴贤堂的参照，符确就是沿着苏轼的脚印前行。但是，兴贤堂已寂然入睡，它已长眠于岁月的烟雨中。我睁大双眼，尽力寻觅它昔日的模样，用眼光抚摸那有骨感和暖意的三个大字。这时，我似乎觉得，符确正威严地举起戒尺，往讲桌上一拍。桌面有些粗糙不平，就像那张方脸上刻上沟沟回回，但他并不在意。他背有些驼了，却不愿意让学生看到那张背，不愿意让学子察觉到岁月在他身上留下抹不掉的痕迹。他定格在学子的印象里的是严厉中的温情，带有几分刻板的灵动，寡言中的沉静……

符确不是凭一时冲动行事。考上进士之前，他跟千千万万学子一样做着梦，有朝一日也能"达则兼济天下"，但是要达到目的别无他途。他研习《论语》《大学》和《易》《诗经》以及《史记》等经典，这是那个时代每一个有志于蟾宫折桂的知识分子的必修课。符确出生于一个世代相袭的抚黎万户府里，从小聪颖，学养逐日长进。史料记载："宋符确，沉静好学，博通经史，平居常以天下事自任。"因此，万户府里的房子是符确更大的身体，居住在里面的他在做梦。他的梦不仅为自己的功名，也为那一方百姓。他出生在昌化县，那是一个多民族杂居的地方，山穷水恶，教育滞后，制约着经济的发展，百姓常年食不果腹。符确素怀大志，当然牵挂着百姓的悲欢冷暖。因而，他不仅攻习经史，从读书中寻找出路，也收受学子，希望他们也能找到出路。

符确担任韶州、化州太守期间，官衙比他原来的房子大了，但他的身体更大，以天下事自任的抱负至少可以落脚到一州百姓身上，所做的实事更多了，所做的梦更大了。像历代好官一样，他努力使老百姓能够休养生息，尽量减轻赋税徭役。韶州、化州地处穷乡僻壤，要让百姓过上好日子可谓难矣。他以发展生产为主要政务，鼓励农民开荒扩种，发展养殖业。在那个时代，水是农业生产的一把双刃剑，水利则五谷丰登，水患则饿殍遍地。符确念念不忘、下大力气做的就是变患为利，造福苍生。历史上，北江的水一旦发起脾气，就犯境祸民，弄得百姓流离失所。符确一到韶州任上，就多方筹划，率领官民疏浚河道，修筑河堤。化州多年旱情严重。符确带领州官和百姓，封江堵河，引水灌溉。当然，他始终看重的依然是大力办学，弘扬教化。一个地方官心系黎民，必然做出政绩，为百姓所爱戴。当年，符确从化州任上告老还乡，化州官员百姓恋恋不舍，敲锣打鼓把他送出化州，一路送到海安登船，眺望着琼州海峡茫茫烟波，而符确也洒下热泪，不停地挥手告别。

致仕回乡，房子小了。何谓大何谓小？天地无际无边，有人却说天地一穹庐，浮荡于天空的雾气若有若无，庄子却把它们视为奔腾的野马。所以，大与小其实是相对的。小的事物以大的事物为追求目标，积极进取，就能提升自己，也能变大。符确固然被岁月染了一头银发，但一颗心里迸发的是那股未了情。于是，他在兴贤堂里放大自己的身体，延续着自己的梦。兴贤堂的大门向所有人敞开，只要你愿意，他的执教信条里放大了"有教无类"四个字。他亲自掌教，把几十年的学养和经验全部给了他的学子，化为火种，化为涓流，化为大树……

遗憾的是，那房子终于寂然入睡，慢慢在昌化县大地上消失了。也许，谁也无法想象它的模样，然而，它却在我的心目中留下一个挥之不去的身影。

符确也在1140年，告别了那个做梦的房子。他大约在那里度过了十多年时光，那是一段高度浓缩的时光。

他一生离不开的是房子。他又在今东方市新街赤坎村东部居侯村南大塘边住进了新的房子，它被确定为海南省文物保护单位。他的房子虽然变小了，而梦却更大了，因为他的梦在别人身上延续和拓展。可以说，符确是一个路标。他身后，昌化乃至海南的人才雨后春笋般涌现，明朝横空出世的丘濬、海瑞等人异常耀眼，人文丕开的局面前所未有。当然，他的梦，也在他世世代代的子孙身上延续。房子前面那一片广阔的田野里，毛豆似乎也连着梦，长得绿油油的，一派丰收在望的前景……

"岭海巨儒"钟芳

早慧的国器

八年前，为了探寻这位"岭南巨儒"的踪迹，我四处问路，终于寻访到了古崖州高山村。刚下车，逢人就打听，一个个村民简直有些瞠目结舌，那情景就像《桃花源记》里那些村人"乃不知有汉，不论魏晋"一样。我徘徊良久，一阵阵凉意掠过心头。不过一转念，心地也就释然了。岁月如烟，而且六百多年前，他就举家迁到了琼山，要求这些村民认识、记得这个古人，未免有些苛求了。更重要的是，一个不该被遗忘的人哪怕被一些人遗忘、被一些地方湮没，也会被另外的人所记取，长久存活在别样的山川风物之中。这就是精神力量的魅力。

是的，我的心里始终抹不掉这个名字。说来可笑，这其实缘于一则《卖马契》。当年，钟锦堂将家中的一匹马卖给西里陈士郎。价钱谈好了，卖主要他七岁的孙子写一张卖马契。孙子眨眨眼，稚嫩的童声蹦出一首诗："立契高山钟锦堂，西里买马陈士郎。家中早养马一匹，今年天旱马难当。聚首会面先商议，善价而沽不久长。钱马过交后不反，任君骑到罗浮山。"一个乳臭未干的孩子能用诗句把一桩买卖写得头绪清楚，不仅具有一种约束的力量，而且充满想象力，让成年人十分惊叹。一则契约，足可见出他的早慧、聪颖，因此它在民间流传了几百年，我其实是从母亲嘴里听到的，她那羡慕和期待的神情，让我一直记住"钟芳"这个名字。当然，如果把钟芳一生的成就比喻为一座高山，那么这则契约体现的功力只不过是一颗沙粒而已。

王安石写过《伤仲永》一文。仲永似乎无师自通，五岁时便能写出四句诗来，并署上自己的姓名。但是，他的父亲却不抓好孩子的后天教育，每天拉着儿子四处拜访要人，捞取一些廉价的赞誉，最后，仲永这个神童变得跟普通人一样平凡无奇。王安石为仲永之毁感到十分惋惜，更为那些不重视后天教育的父母哀伤。其实，早慧的少年并不少见，但最终成大器者屈指可数，而像钟芳这样最终成为国器的人更是凤毛麟角。

崖城学宫的擎天柱

崖州是一个钟灵毓秀之地。鳌山和宁远河是代表性的地标。鳌山"枕海壁立"，气象万千，积淀了深厚的文化底蕴，鉴真东渡归来在此晒经，又增加了几分传奇色彩，它是崖州人心中的龙山、圣山。宁远河发源于陵水县大岭，会诸岭峡水，逶迤一百多公里，从保平港入海。"城郭万家襟带远，楼台三面海天浮。"（吉大文）鳌山和这条崖州人的母亲河，见证了崖州的繁华景象，孕育了一代代崖州儿女。

但是，古崖州也曾被视为"蛮荒"之地，多少人视之为畏途。由于一种特定的历史机缘，一批批流寓的名臣、南迁的移民却在这片热土上扎根，我们可以扳着指头数出王仕熙、丁谓、卢多逊、赵鼎、胡铨、黄道婆等许多有分量的名字。在这片热土上他们的心身得到了安顿，也播下了中原文化的种子。多种文化的融合，形成一种特有的文化传承背景，使崖州文化得到发展。崖城学宫应运而生，它拔地而起，就仿佛画龙点睛，同龙山与母亲河辉映，一直承载着儒家教育的使命。如今，那古朴、庄严的学宫作为一种重要的载体，依然定格崖州人的璀璨文化。

崖城学宫始建于宋庆历四年（1044）。其高规格的宫廷建筑模式在琼南地区是绝无仅有的，而祀奠释奠之完备，学制学规之健全，都为人所称道。这是古崖州最高的学府。至今，它仍然在三亚市崖城镇彰显着它的历史地位。作为一座全国重点文物保护单位，它吸引了海内外多少人的眼光。当我随着人们走过稳重的棂星门，似乎感受到一种特有的气韵，时光顿时倒流，不禁浮想联翩。这座学宫始建于城外东南隅，后来宋知州毛奎才将学宫移建于城西南。明成化七年（1245），回乡奔丧的丘濬应请，为学宫作记。在这篇《崖州学记》中，丘濬语重心长，寄语重修之学宫："从今而后，诵说有其地，休息有其所，而崖之士民于此，犹不知所以奋发勉励以求渐进乎？"学宫学规所系，要求生员"养成贤才，以供朝廷之用"。丘濬的功业和名望，使这番话力重千钧，学宫也一直被视为学子进入仕途的必由阶梯。

根据史料记载，钟芳"世为农家者流"，曾过继外戚黄姓，取名黄芳，为官后才奏复钟姓，领略到一些人生况味。但这些不能阻挡前行的路，钟芳仍然脱颖而出，在十岁那年考取了秀才，时任道员的江西名进士陈英阅其考卷后拍案称赞他"真是丘文庄复生"。因此。钟芳得以进学宫读书，得到儒家文化的熏陶，学养一天天精进。丘濬的那番勉励，必然成为激励他前进的一种动力。他不可能重蹈仲永的路。弘治十四年（1501）钟芳时年二十四岁，在省乡试中考取第二名举人；正德三年（1508）钟芳三十一岁，赴京殿试荣登第五名进士，选翰林院庶吉士，最终成为当时跟丘濬、海瑞鼎立的岭南巨儒。崖城学宫办学历史悠久，从宋至清弦歌不断，当然至清代已由盛而衰。钟芳的影响一直是巨大的，深远的。尽管地处"蛮荒"，但崖城学宫也曾人文蔚起，俊杰辈出。宋至明代，中进士四人，举人才十四人，中举二十六人，贡生二百一十四人，出任朝廷或地方官的一百五十人，而钟芳父子同中进士更被长久传为美谈。

宦迹青史

钟芳从高中进士至嘉靖十三年（1534 年）致仕，一生为官二十六年。他为何选择在五十八岁提前退隐山林，我不敢妄加揣测。是不是南京太庙一场大火，导致钟芳引咎自退，我也不得而知，但可以肯定的是，在这并不漫长的官宦生涯中，钟芳已尽其所能，恪守其职，发挥一个封建重臣应有的作用。服丹上瘾、几乎不问朝政的嘉靖皇帝在《追赠钟芳禄位诰命》中赞美他的臣子："资美学粹，行洁才充。早奋迹于甲科，即储英于艺苑。出迁郡佐，而政绩允彰。寻补郎曹，而声华丕茂。陟臬府而收作人之效，转藩司而成讨贼之功。爰擢奉常，晋参司马。继转官于民部，实总理于邦储。方切登崇，恳求休致。两朝扬历，推美誉誉士林。十载休闲，挺高风于亮节。"

当然不能把皇帝的话当作评价一个封建官吏一生功过的唯一准绳，但能让嘉靖这样的皇帝三番四次不吝啬溢美之辞，说明钟芳的确以自己的政绩和品行上达"天聪"。况且，嘉靖这番话跟历代有代表性的评价是基本一致的，钟芳受之无愧。

虽然是一个封建大臣，但钟芳从小就受到儒家思想的洗礼。"仁者爱人""修己以安百姓"的思想积淀为他的一种理念，一生恪守着仁民爱物的为官之道。他主张仁政爱民，"夫政以顺民欲恶为要"，认为"民之困征赋而不自存久矣""宽一分则民受一分之赐"。可贵的是，这些理念就像血肉，支撑着他为官的实践。

钟芳授编修，成了等待朝廷委以重任的翰林官，却由于"忤时"

而降为宁国府推官，但他毫无怨言。他为官一任，体现了廉洁严明、精于判狱的官德和才能，获得封疆大吏和中央部臣"交荐其贤"，升任漳州同知。

漳州乃福建沿海重镇，当时外患有倭寇犯境，内患为中官干预政事军事，地方豪强横行乡里。钟芳"相机剿抚"，平定倭寇之患，严禁中官乱政，惩治滋事的地方豪强，维系了一方安定。以一介书生之身，上马治军，下马安民，史载：他"去贵县虎患，谕降洛容贼，讨南州叛酋岑猛，定平乐藤峡，屡有军功"。

钟芳抗倭有功，升任南京户部员外郎，后转任考工司，负责对官员的考核。当时，四品以下的官员由吏部考工司考核，三品以上大员则由皇帝亲自考核。钟芳不徇私，认真甄别优劣，为朝廷选拔、录用优秀人才。

从正德十六年（1521）至嘉靖八年（1529），钟芳以朝廷大臣身份出任地方大员，历任浙江提学副使广西右参政、江西右布政使，进一步实现自己的政治抱负。在浙江严肃学风，主张和坚持德才兼备的用人标准；在广西实行仁政惠民，推行教化，征抚并用，平定多处叛乱；在江西限制藩王府对地方的干预，打击奸吏豪强，其治国能力得到朝廷的赏识。

钟芳在南京历任国子监祭酒、兵部右侍郎和户部右侍郎等要职，掌管国家教育的最高行政机构和最高学府，掌管中央及地方武官的选拔、录用、考查，掌管朝廷财政，实至名归得到"漕政大举"之嘉奖。他一样为官清廉，政绩显赫，深孚民望。他不是凭借裙带关系，更不是借助于官场交易，而是一步步躬行治国、齐家、平天下的理想，让他的宦迹在青史上留下时光抹不掉的一页。

钟芳急流勇退，五十八岁那年退休，迁居琼山，过陶渊明那种"晨兴理荒秽，带月荷锄归"的田园生活。以后的十多年岁月，他在纵览经史和著述中度过春秋冬夏，使晚年过得充实。

其间，他的许多亲友想请他举荐做官、办事，他委婉谢绝："吾守志若嫠妇，岂以晚而改节乎？"要像寡妇一样守身如玉，以保晚节，足见他坚持自己的操守。他在《砚铭》中写："物尚其洁，而庸则汝污。知白守黑，其永年是图。"这是借一方砚台，抒发一生的节操。纵看钟芳一生，人品、官德高贵洁白，一尘不沾，实缘于此。

钟芳十二岁丧母，二十二岁丧父，哀痛至极。他待继母如生母，携奉任上，赡养至终。他位高权重，却不娶小老婆，与原配白头偕老。

钟芳少时家庭清贫，父母在村边搭一间茅草房，做一些小生意。一天黄昏，客人散尽后，夫妇收拾，其父钟明发现茶桌下有一个布袋子。一看，里面装的竟然是沉甸甸的银子。夫妇焦急万分，连饭也无心吃，等了半夜，就等失主前来认领。终于，失主惊惶失措地出现了。钟明确认来人真是失主，二话不说，立即把钱袋子奉上。这事多年传为美谈。为此，清朝崖州知州唐镜沅建起一座"还金寮"，并撰写对联："独留后世子孙路，此是前贤义利关。"钟芳秉持家风，推而大之，面对义与利的抉择时总选择前者，保持了廉洁的节操。

巨儒的品格

明代中期后，士大夫崇尚一种"老实""认真"的精神，这体现在哲学上就是趋向一种朴素的唯物认识论。在"知"和"行"，也就是认识和践行的关系上，朱熹主张"知先行后""行重知轻"的观点。钟芳虽然以程朱理学为正宗，却提出"知行合一，知以导行，行以践知"的论断，强调了"知"对"行"的指导，"知"要接受"行"的检验。这是钟芳思想的核心。钟芳秉持这种认识观，不墨守成规，看待理与气的关系并不苟同于朱熹的观点，坚持自己的看法，对王阳明的心学决不采取全盘否定的态度，既指出王阳明学说"于程朱之说每多龃龉"之处，又承认它"盖其过激处于圣教未尝损，而鞭辟近理处于学者则有益也"。钟芳合理地批判和接受朱王思想，体现了他治学的严谨、科学，这是一个巨儒的思想品格。

钟芳才华出众，学养深厚，既博且精，"虽律、历、医、卜之书，靡不通贯"。一生可谓著作等身。其《春秋集要》《小学广义》《皇经世考图》《续古今纪要》《崖州志略》《养生纪要》《筠溪先生诗文集》《读书札记》等，影响深远。他的大部分著作被收进《四库全书》。其《春秋集要》"扩前人所未发"，与《学易疑义》一起被选为考生必修书目。他的《筠溪文集》虽略逊于丘濬的《琼台会稿》。理学思想却比较突出，学术成就也比较高。他编纂的《崖州志略》，是崖州第一部体系完整的志书，显示了他对乡土历史的卓有成果的了解和研究。他被誉为"上继文庄，下启忠介"的重要人物。文庄指丘濬，忠介指海瑞。这承先启后的地位，足见钟芳的历史功绩。

钟芳借《笔铭》一文揭示他著述的宗旨："辞以阐微，思以致玄，无工媚悦，以呈纤妍。前有列圣，后有万世，无饰虚诬，以挠乎公议。"赐进士出身黄衷评价钟芳说："古风近体，高调雅曲，写性灵而导醇气，其思永，其声谐，其原六义，其蹊骚选也，乃若宣幽识遇，悠扬沉郁，唐韵而宋材乎，其诗工矣。"

他的诗作内容不拘一格，或咏物，或反映人民生活，或抒发个人志趣，或评说历史人物，都体现了鲜明的艺术特色。咏物诗《古松》以"桃李难同"作比，不仅写其"秋光阅老更苍然"的气节，写其"霜根裂石""铁干擎云"的气势，更在"自信美材遗远地，岂期旧物结新缘"之中，抒发自己的操守，而"他年龙化乘云去，犹有风声遍海天"这一结句，更充满浪漫色彩，气概非凡。全诗句句咏物，却句句落到人上。《琼崖杂兴》《题耕织图》写："翘翘东陌桑，取为机上丝。业成急官税，年年付空悲。"对劳苦百姓寄予无限同情。《村居述所见》写"我"见到飘风袭击，"满床湿漏濡菅褥""东邻墙倾栋摧折"的情景。面对"男啼女哭无宿处"，不由发出"话愁绝，其奈何，人生乐少愁何多"的悲叹。《喜静》写他喜欢安静独处的心境。"须臾阒天籁，瑶光漾高旻。"静静地谛听美妙的天籁之音，眺望着高天下浮漾的美好的光，"默会天地根"。那意境是多么美妙，情思何其高雅，深邃，幽远。钟芳对一些历史人物不但怀有一种崇敬的心情，而且在诗作中，寄予无限同情。《景贤祠祭丘苏二公》写："胸吞云梦波澜阔，文演丝纶日月光。"把丘濬和苏轼的胸襟和气度写得这样壮阔，把他们的文章写得如此与日月争光。而"累帙有谟摅悃赤，一生多口任雌黄"二句，则对他们尽管有治世之策，建巨大功业，却经受责难、非议，表达自己的愤愤不平。

同时代的文学家、哲学家李东阳、罗钦顺，杰出的政治家海瑞，清代大文豪朱彝尊等人，十分推崇钟芳，对其学术成就和诗文给予高度评价。

"还金"的故事发生之后二十多年，钟芳荣登进士，世人赞叹钟家积善，终得好报。的确，"善有善报，恶有恶报"，这历来是世人的因果观，连荀子都说："积善成德，而圣心备焉。"但是，这故事其实还有另一层意思，钟芳躬行理想、秉持家风，对家庭对世人影响弥足深远。他的儿子钟允谦在嘉靖己丑年（1529）又考上了进士。他"廉静无求"，历任浙江宁海知县、刑部主事等职，在任上做了许多实事，官声很好。死后，与其父同祀乡贤。

钟芳晚年乔迁，故里在今海口市府城达士巷。他六十九岁辞世，安息于今钟宅坡村。默默地观看世事风云。也许，他没有想到，数百年之后，有人会惊扰了他的长梦，1966年墓园尽毁，碑石皆失。莫非钟芳已然龙化，而那些碑石也乘云而上？

秉持风节　心动新潮

　　离张岳崧家乡高林村不远有个龙梅村，那里就是王弘诲故里。数年间，数里之隔，文笔峰下先后诞生两位有名的先贤，可谓山川与人物相映。

　　车子沿着龙梅村道行走，静悄悄的，谁能想到，明朝一位重臣正是从这个小村子走向政坛。来不及多想，不久就看到了王氏宗祠。这是一座明代万历年间建造的仿古宫殿建筑。把车子停好，就前去瞻仰。可是，里面没有游人，显得空空荡荡，不过，一些张挂的匾额、对联，在下午阳光下倒也显得醒目。我终于看到王弘诲的一张肖像，顿时有一种不虚此行的感觉。一顶乌黑色的乌纱帽，该是礼部尚书的官帽吧。清癯的脸盘，两道横眉，一对炯炯有神的眼睛，射出有些逼人的光芒，两撇向下的半月形胡子，这一切浑然一体，给人一种凛然不可犯的感觉。然而，寻路找到王弘诲的故居时却有些失望了。听说故居始建于明嘉庆年间。但是，眼前所见的这间显得破旧的房子难道是始建的建筑？而且，大门紧锁着，我只能在院子里转了几圈，别无所获。旁边四合院子里，王弘诲的后人在做家务，忙于生计，似乎分享不到祖先当年的显赫。我一旦想起王弘诲的平生，想起他的功业，多少也觉得这一刻的他到底有几分落寞。"古来圣贤皆寂寞，唯有饮者留其名。"李白这诗句分明自嘲，这时却袭上我的心头。然而，故居前面那一座解元坊依然挺立，工人们正在它的四周搭起脚手架，以便对人们见证王弘诲几百年前的风光，于是，我的心地也释然了。

古大臣风节

王弘诲生于明世宗嘉靖二十一年（1542），"生而异光满堂"，卒于万历四十五年（1617），七十五岁生命历程经历了三个朝代。尽管晚明走下坡路，但这个时代也让这过目不忘、日记千言的奇才年少成名，跨过仕途的门槛。嘉靖四十年，年仅十九就夺得举人第一名，历经四五百年风雨的解元坊就是历史的见证。嘉靖四十四年，王弘诲时年二十三，中进士，选庶吉士。但是，这是一段复杂的历史时期。经过短暂的弘治中兴之后，明王朝已经一步步走向腐朽没落。因此，王弘诲的宦海生涯也是波起云涌，所幸他挺了过去。

纵观王弘诲的仕途，可标出几个节点。

嘉靖四十五年（1566），是为王考取进士的第二年，在官场上尚立足未稳，而在这之前他还为父丧服孝三年。但是，这时发生一桩大事，海瑞由于上疏而得罪嘉靖皇帝，被捕下狱，受廷杖后生命濒危。在这时刻，人人害怕受到牵连，唯恐避之而不及。王弘诲则不然。这不仅因为海瑞是他的海南同乡，而且在于他对海瑞人格的认同。他的诗文集《天池草》载有他写的《海忠介公传》，如此评价海瑞："行为国栋，德足世仪，忠以建名，介而远利。"他赞扬海瑞的行为可配国家栋梁，品德足成世人表率，效忠而树立威名，耿介而远私利。他说，他见不到第二个像海瑞这样的人。虽然是片言只语，但从这高度的评价里也足以看出王弘诲的品德，他的价值取向。因此，他置个人安危于不顾，坚持每天早晚进牢房看望、安慰海瑞，用汤药医治他，调理他，海瑞得以死里逃生跟这不无关系。

万历八年（1580）张居正主政，辅佐皇帝，进行改革。史料记载，王弘诲对张持有不同意见。据说，曾写了《火树篇》《春雪歌》讥讽他。《火树篇》中有这样的句子："繁华炙手虽可热，零落灰心岂再燃。""可怜佳夕当三五，浪费游人几百年。"从中当能察其用意，这容易使人怀疑王弘诲的政治立场。不过。也有人说，这未免有些夸张。况且，也有记载，万历七年王弘诲曾为张居正亡父作神道碑《诰封特进光禄大夫左柱国少师兼太子太师吏部尚书中级殿大学士观澜张公神道碑》，其文洋洋洒洒，计二千六百字左右。一个突出的视点，就是举出史实，力证张居正以国事为重，才不为其父奔丧，可见两人并未交恶。这样，张王两人的关系便有些云遮雾罩了。但无论如何，王弘诲在张执政期间十几年官运一直停滞，却也是不争的事实。

万历十年（1582）张居正倒台，王弘诲终于迎来仕途上的转机，升任国子监祭酒、南京吏部左侍郎、翰林侍读学士、加封太子宾客、吏部左侍郎等职，可谓春风得意。大概在万历四十三年再次因病致仕。

史籍评论，王弘诲"凛然古大臣风节"。他编成《会典》等史籍，针对时弊，力禁风俗奢靡，申明礼制，请立太子。致仕以后，他建宗祠，储备义租，推行乡约；出资创办尚友书院，讲授程朱理学，栽培后学；捐田开仓，以济贫困。去世之日，官员百姓都哀悼他，为他罢市，朝廷赠他太子少保谥号，特派官员参加祭祀、安葬，可谓哀荣之至。

引荐利玛窦

利玛窦，意大利人，明代万历年间，旅居中国的天主教传教士。于万历十年（1582）抵澳门，然后移居肇庆、韶州。万历二十八年十二月第二次到达北京，给皇帝进献自鸣钟、《万国图志》等物，深得明神宗信任。利玛窦是一个对中国典籍进行钻研的西方学者，他广交中国官员和社会名流，既传播天主教教义，又传播西方天文、地理、数学等学科知识，因而受到许多官员和有识之士的欢迎。王弘海就是其中一位。

万历十九年，王弘海在吏部尚书任上"再疏告休，得旨回籍"，在韶州与传教的利玛窦初次相见。此前，王受传闻之影响，早已对利玛窦产生好感，特地离船登岸，前去正式拜访。两人相谈，彼此都开了眼界。王弘海从对方的言行举止中，了解他所传播的教义，赏识他所具备的专业技术素养。此外，利玛窦准备进贡给皇帝的地图等礼物，也使王弘海眼前一亮。王弘海下了决心，不遗余力帮助利玛窦拜见明神宗，并在同僚中尽力推介。

为了使利玛窦能进入北京觐见皇帝，王弘海做了精心安排。这在《利玛窦中国札记》一书中作了记载。当时，他在尚书任上，也得考量如何送礼。他亲自带领利玛窦从南京启程上北京。当时，自鸣钟还是稀罕之物。听着它那"滴答滴答"的响声，王弘海似乎听到了一个来自陌生世界的声音，一种来自大洋彼岸的脚步。他想，这不是一种玩物，而是一个文化交流的使者，承担着重大的使命。他建议，把一座钟送给一个皇宫的主管，另一座则送给宫中一个太监。在王弘海看来，这两个跟他交善的内侍一联手，一定能搭好桥，让利玛窦见到皇帝。但是，他们对利玛窦的请求无动于衷，王弘海大失所望。王弘海心有不甘，他把利玛窦带领回到南京之后，多方帮助传教士买房子，让他安心住了下来，等待机会。在他致仕回乡前，又发信给在北京任职的朋友，推荐利玛窦等人到京工作。万历二十九年（1601），利玛窦再度进京并觐见了皇帝，明神宗"给赐优厚"的待遇。

王弘海同利玛窦的交往，有一定的时代背景。明朝末年，西学东渐之风悄然而来，时代的新潮不声不响漫过闭关锁国大地的缺口，士大夫中不乏热心的支持者。利玛窦作为一个中西文化的交流者，带来新的知识，开阔新的视野，自然受到王弘海的欢迎。尽管他并不加入天主教，但他从利玛窦的身上不仅看到教义和儒家文化相一致的地方，而且看到新的科学技术的曙光，看到中国跟外面世界的联系，因此对新潮心动，对利玛窦是那样热忱。

也说《天池草》

王弘诲著述颇多，计有《尚友堂集》《南溟奇甸》《来鹤轩集》《吴越游记》《居乡约言》等书，编纂《会典》等典籍。放在案头的则是新版二十六卷本的《天池草》。有评论称，王弘诲的诗文当时与丘濬、海瑞齐名。《四库全书总目》《天池草》二十六卷提要说"集首载谕祭文及本传，犹古人附录之例。又载其三世诰命，已为破格"。这部著作分文和诗两部分，其文则包括册文、奏疏、序、记、杂著、传等体裁，其诗则包括古诗、排律、律诗、绝句等。这些诗文不仅内容丰富，有很高的艺术价值，而且由于它们反映明朝嘉靖、万历年间政治、经治、军事以及社会生活等诸多问题，而具有文献价值。

奏疏是王弘诲针对明朝时政对朝廷对皇帝建言献策的一种文体。收进《天池草》里的奏疏只有十几篇，却涉及政务、军事、风俗、致仕等方面，而建储两疏更关乎国体，意义重大，且行文得体，具有鲜明的风格。《礼部题禁风俗奢靡事宜疏》是一篇针砭时弊的奏疏。晚明奢靡之风日盛。"察诸衢肆，验之绮衣华履之辈，尚尔优游；镂金刻玉之工，居然布列。"奏疏数语，指出奢靡之风已经侵入社会肌体。"此非法禁之不严，亦出礼教之不明耳。"王弘诲纵观帝王整齐天下，"不遽用刑而必有礼以先之，所以纳之于轨物，止恶于微眇，使之迁善远罪而不自知也"的史实，指出杜绝奢靡之风应先礼而后刑。但是，明朝"稽古立法，品式具备"，为何奢靡之风盛行不止？奏疏从"奈缘风会久而易流，人心习而多玩，加之方册所载，申布不常，典制诸书，市肆罕觏","宪典虽在而尊信罔闻",有财者、有位者、好异者、射利者助长奢靡之风。奏疏摆现象,剖析根源,洞悉人理,击中要害。由此得出"今若不稍为申饬,而概以法令绳之,恐无知抵禁"的观点。然后,提出今风俗奢靡的具体条款,再强调此禁的目的。总之,这篇奏疏富有历史意义,行文缜密、得体,逻辑性、针对性强,有目标,可操作,体现了王弘诲的奏疏的风格。

王弘诲的十几篇"记"不如其"序"那样题材丰富,内容广泛,但也富含价值。他情系桑梓,致仕后为家乡的公益事业费了不少心血,做了很多贡献,于教育事业尤甚,也对有功于教育事业的人礼赞有加。读了他所写的《定安县学重修记》,加深了这种认识。这是一篇记述文章,但对于人物的刻画却很见功力。先写由于琼州距京城有万里之遥,督学几乎一年到头都没有进入学校,因而不管教育机构还是当事之人,往往对于学校许多该办的事情都置之不理;即便有人过问,有所动作,也是不统筹劳力费用而使百姓穷苦。与这形成鲜明对比的是,来到定安主持政务的官员张侯刚下车,就把食物放在学宫,深入检查。看到学宫年久失修,柱子被虫蛀蚀,墙壁坍塌,几乎听不到师生诵读之声,张侯喟然叹息:可惜呀,想不到学宫的荒废竟达到如此地步!他把这归咎为自己的责任。重修学宫,面对财政的窘境,他一则等待时机,二则争取上级部门的支持,最终天子也过问此事。他抱定的宗旨是"于士民教之欲以成其材,爱之不欲伤其力"。由于他的积极筹款,合理规划,学宫重修,如期竣工,士民无不欢欣鼓舞,对振兴教育充满了期望。这篇记,文字不多,却以人物为聚焦点,多侧面记述事件,对环境、行动、语言、细节的记述,表现一个地方官既重视教育、重视人才,又对民生十分关切的情结。王弘诲对于张侯的认同,实际上也凸显了他的信念。王弘诲还把重修学宫一事提到哲学高度来认识,引用《易》,说明这一举动有鼎新的气象。"山川与人物相待而成"一语，便是一个有力佐证，对丘濬《五指山》一诗引来万人景仰加以引申，无疑开拓了文章的内涵和境界。这正如他创办尚友书院，其立意也在于好仁者"进而友颜，又进而友孔"一样。这推而广之，可谓王弘诲文思的一个特点。

王弘诲宦海生涯，忙于国事，无暇畅游天下。万历壬辰秋九月，在南京礼部尚书任上已满三年，才有机会还乡。他从南京取道吴越，即今江苏、浙江，登临诸名山川，于是便有了吴游、越游六篇游记传世。这些游记以游览线路为主要线索，或探幽访胜，或穿插史实、典故，或涉及人际景遇，在记闻中融入观感，读来便体味到东南形胜以及吴越文化的魅力。

王弘诲不但秉持古大臣劲节，而且生就一双诗眼，无论于事于情于物于景于史，都能碰撞出诗的火花，诗作脍炙人口，流传至今。写景诗，咏物诗，咏史诗，感怀诗，赠别诗，出行诗，贺诗，题画诗，等等，应有尽有。其中，《火树篇》等讽喻诗，借物抒怀，透露出对时政的关切。《采莲曲》写采莲女怀念征夫的真挚情感，而《常武篇贺中丞常公遣师西征大捷》则歌颂出征将士"铁骑兼程进"的勇武，表达一种征战胜利的豪情。这是带有政治色彩的诗篇。一些诗，哪怕写景咏物，也表现出复杂的情怀。《飞来峰》是一首五言律诗。宋朝王安石也写过同题诗，其中有"不畏浮云遮望眼，只缘身在最高层"之句，表达了一个改革家高瞻远瞩，不畏阻力的大无畏气概，而王弘诲则在诗中咏叹飞来峰"有石皆成佛，无山不是松"的奇境，营造了一个非同一般的世界，表现了"大地皆如幻"的意境，折射出他当时的心境。《登文笔峰》洋溢着他对家乡山川的赞美。一支多彩多姿的笔，表现了文笔峰的壮丽、奇绝，"含毫日五色，点染氤氲贲"，便是精彩一笔。但这其实也是对于人才的希冀，"山川与人物相待而成"一语，便是很好的注脚。

笔架山下识薛远

2019年11月初，我们一行早上驱车去儋州市峨蔓镇笔架村。由于路途比较远，村子位置又比较偏僻，人生地疏，车子到达目的时已经是下午。在路边停下车，径直向村口走去。村门用不锈钢管搭架，盖以长幅红布，风一吹，"啪啪"作响，似乎同我们打了招呼。几个村民坐在路边亭子里聊天，却并不理会面前的不速之客。

一些名人的故里，历史上往往存在几种版本。据说，全国就有四个地方都宣称是花木兰的出生之地。为何？我想，其中一个原因就是人们对于历史人物的景仰，一山一水因他们而增色，生而为成其故里之一员而感到十分荣幸。海南人民之于薛远亦是如此。关于薛远故里，历来存在两种说法。一为海口市龙华区城西镇薛村，其地建有一座高大标示"薛远故里"的门坊，赫然大书一副对联："户部兵部薛家往昔留风范，泽民福民善述于今敦大同"，石碑上刻着薛远的生平事迹，在岁月中佐证故里的前世今生。作为更有力的证据，几百年来薛远后代人丁兴旺，人才辈出。二为儋州市笔架村。这不仅在于《儋州县志》等的认定，而且有一些材料为证。薛家的后人也世代繁衍，渐成一个支系，人才源源不断涌现。或许，薛远同两地都深系渊源，但我想，孰是孰非，其实并不重要。重要的是，从海南这块热土上走出一个杰出的历史人物，与海南缔结一段奇缘，海南人民足可引以为荣。岁月如烟，人们都对这位先贤表示敬意。

于是，我们走进笔架村，探寻历史的踪迹。

笔架村应该因笔架山而得名。它是儋州一处胜景，文人对它毫不吝啬笔墨，极尽歌咏之能事。面前的笔架山，腾空而起，午后的阳光，糅进了山的苍翠，丰富了我的视野，不禁想起训导劳翱咏叹笔架山的诗来。他的《笔架笼烟》写道："谁扫千军百丈毫，三峰齐架晓烟高。经筵人散遗融帐，学海文成展薛涛。断水瀛洲迷羽客，承恩鳌头宠宫袍。课余杯酒吟窗外，共笑浮云醉野蒿。"教课之余，诗人望着窗外，举杯吟咏。他觉得，晓烟升腾，三峰并立像一座高耸的笔架，百丈笔峰，气势横扫千军。开篇两句诗造势，与下句的薛家文运生辉学海掀起波涛相互映衬。而"承恩"一句，则写学子承受皇恩，鳌头夺魁，受到宠幸，穿上宫袍。诗句虽短，却形象地概括了薛远的家学渊源，非凡的家世。诗歌写笔架山的气势，以山衬人，写的其实就是薛远一家，展示了薛远一生的传奇。我仰望着笔架山，也仰望着薛远的人生高度。于是，就从笔架山下走进了这个先贤的视野……

底层中的"突围"

孟子似乎是一个人才学的祖师，他那段"天将降大任于斯人也"的话，被无数事例验证，之于薛远身上也挺具有雄辩的力量。他的祖父薛祥军功显赫，政绩卓著，威名远播，曾任工部尚书，位居朱元璋的开国元勋之列。但这位大义凛然，多次为无辜的官员、百姓伸出援手的人，却受到胡惟庸的陷害、最后因受到犯罪亲属的株连而被杖死。受累于此，薛远举家从祖籍安徽无为州被发配到海南戍边充军。家运艰危，薛远的父亲薛能毅然撑起家庭，修德行善。这些是薛家给薛远的重大人生献礼。

薛远生于 1414 年，离薛家发配到海南时已经三十三年。家族往日的荣耀，家族变故所遭遇的患难，产生巨大的落差，环境的种种挑战，这一切都给薛远带来心灵的创伤和沉重的压力。要是那些怨天尤人的懦夫，早已被打趴在地。然而，这是薛远，一切屈辱和苦难给他带来的是莫大的奋争，是突围的动力。有一个传说，说来很神秘。薛远出生时，他父亲薛能白天卧床，竟然看见一个穿着红袍的人走进来，自称他是唐朝许远，一代名臣。安禄山叛乱，许在睢阳保卫战中英勇抗敌，以身殉国，名垂史册。这个传说使薛远的出世显得来路不凡，但传说终究不是史实。薛远能在逆境中崛起，建功立业，应该归结于他首先继承良好的家风，把孟夫子的话化为行动。

海南孤悬海外，由于历史条件的限制，教育相对滞后，直到宋朝才迎来一个转折点。由于统治者大力兴办官学，大力推重科举，海南教育出现了新的局面。另外，苏东坡被贬，在儋州推行教化，也使海南教育事业得到提升。由此，海南第一个进士符确登上了舞台，之后一批人才如雨后春笋破土而出。明代，海南教育达到了一个鼎盛时期。官学、私学，不仅数量多，而且办学规模大，水平高，这为海南学子的脱颖而出提供了良好的气候和土壤。

这一切于薛远的成长可谓干涸中的雨露。当年，苏东坡播下的种子，早已使儋州成为诗乡歌海。苏东坡的事迹，苏东坡的人格魅力，对于年幼的薛远，是屹立心头的笔架山，是村边波澜壮阔的大海。几回回，他采来山顶的霞光，枕着大海的涛声，营造一个奇妙的世界。为了迅速改变家族的境遇，薛远必然从科举寻找出路。他在宜伦县学就读，刻苦研习。由于天资聪颖，他提高了学养，精通经史。明宣宗宣德十年（1435），薛远考中举人，可谓少年得志。明正统七年（1442），他在激烈的竞争中荣登黄榜，考中三甲进士，由此在长达三十多年的仕途中展现人生的波澜壮阔。

黄河之水天上来

薛远的官宦履历单上排列着一个个职位：户部云南司主事、景泰官户部郎中、户部右侍郎、工部侍郎、左侍郎、户部尚书、南京兵部尚书……

薛远长期在户部任职。他从户部云南司主事开始仕途的历练。户部管理全国土田、户口、财政，这不失为国家的经济命脉。户部司主事虽然只是正六品官职，但薛远一到任，就投入角色，努力适应角色的要求。他学习典章制度，翻阅档案材料，吸取经验教训，提出一些切中时弊的意见。薛远精通礼、乐、兵、刑、天文、律法，精于吏治，跟这不无关系。

他经历了土木堡之辱和明英宗复辟的巨大变故。在那时局剧烈动荡、内忧外患交织之际，奸邪当道，黑白难分，正直、忠贞的官吏面对巨大考验。薛远在这历史关头，守望自己的良知，忠于职守，核实通税，盘核仓粮，为守护经济命脉、巩固边防，做了切实有效的工作。

薛远在天顺元年（1457）奉命出使交趾。然而，赈济黄河水患才使他的仕途步入一个新的境地。

自古以来，黄河、长江就是中华民族的母亲河。黄河，这条流经青海等九省，穿越中原腹地五千多公里而奔腾入海的我国第二大河，几千年来一直孕育、养育着灿烂的中华文明，滋养着一代代黄皮肤、黑头发，激励着一个民族的生生不息和拼搏、奋进。但是，由于自然和历史的限制等原因，黄河有百利，也曾经带来水患，这种情形到了明代显得尤为突出。根据史料记载，明朝二百七十六年间，黄河发生水患八十五次，而正统至弘治的六十九年间，竟然发生水患三十二次，水患发生的频率提高了。而这正是薛远生活的朝代。

天顺五年（1461）六七月间，河南连日大雨倾盆，黄河水位暴涨，超过了警戒水位线。开封城外决口，黄河水铺天盖地，一片片村落淹没在汪洋之中，城中低处官舍民居亦不能幸免，哭号之声震天，死者不少。当此水患严重威胁河南的安危、威胁明代的经济命脉之际，薛远临危受命，以工部右侍郎的身份奔赴开封治河赈灾。薛远火速奔到前线，立即身先士卒，带领有关官员察看地形，分析灾情，抓住险情，商讨、制定应对之策。他命令官员军民，准备充足的沙袋，不分昼夜，奋力把决口堵好。由于处置得当，十天后决口被修好。紧接着，薛远周密部署，抓好疏浚河道，开渠排洪，使用多种工具、多管齐下的方法排涝，终于把城内积水排干。薛远一手抓好黄河水患的治理，一手做好赈灾工作。一场水患导致死伤无数，几十万灾民流离失所，粮食颗粒无收。薛远面对这一切需要刻不容缓加以解决的难题，深感责任的重大。为了解决灾民的温饱，以免饿殍遍地，他免收税赋，发给缺粮缺少种子的农户。他采取一些积极措施，让一些无家可归的人得到栖身之地。薛远在城内道路被积水中断的情况下，命令官民疏通、修筑道路，促使救灾道路通行无阻，大大便利物流人流，从而安定人心，稳定物价。为了长期调节城内水位，他还在城外设置水闸，使之在引水、泄水、排水中发挥作用。

此次薛远治理黄河水患赈济灾民，彰显了他救民于水火的决心，应对危局的能力，其显著的政绩，有目共睹。当他回朝之日，开封百姓倾城出动，夹道挽留。明英宗赏识他的才干，嘉奖他赈济有功，命他代理工部尚书之职。然而，有的官员却认为薛远没有从根本上治理黄河，治标不治本，必然留下隐患。但是，说说可以，真正能做到从源头上治理黄河水患的又有几人？明朝二三百年间都没有办好的事情，薛远哪怕长三头六臂又岂能根治黄河水患？

户部的升迁

明宪宗继承皇位时，明王朝已经经历了一百多年的起起落落，内忧外患的局面并没改观。前期的宪宗有志于一改朝廷政局颓势，任用贤臣，减轻百姓负担，为于谦等人平反昭雪，深得民心。也因为如此，薛远迎来又一个上升期，一步一步走向权力的高峰，施展了自己的政治才干，做了许多有益于社稷有利于百姓的工作。这时，他已回到户部担任右侍郎。宪宗交给他一个差事，让他为在两广"平乱"的十六万大军筹措军饷。所谓"平乱"，就是平息少数民族人民的反抗和起义。薛远深知，宪宗第一次用兵，必然希望大军旗开得胜，因此对他寄予厚望。作为一个封建官僚，薛远当然忠于职守，不负皇命。但是，明王朝的统治，早已加剧了民族矛盾，广西人民的反抗已经延续了几十年。此次，他们在广西中部腹地大藤峡，反抗官军。这个地方山高路险，易守难攻，明军处处挨打。但多年来，明王朝奉行的一直是清剿政策。在这个关头，薛远虽然站在明王朝的立场上筹措军饷，然而可贵的是，他并不加重赋税，免得加重老百姓的负担，而是采取纳粟的办法，向有能力的官吏、财主、商人以及那些求取功名的生员等筹措军饷。让这些人通过纳粟而谋得官职，固然有许多负面作用，但薛远再三权衡利弊，决定采用这种权宜之计。这既筹措到了军饷，又不激化矛盾，从而取得了胜利。战后薛远为稳定人心，为恢复大藤峡地区的经济做了有益的工作，如"区画公用银万两"，把牛、犁和种子等生产工具以及生产资料分给农民使用等等，这体现了他的政治才气，对百姓利益关切的民生情怀。

宪宗经过考察，于成化三年（1467）八月，接受众位大臣的推举，任命薛远为户部尚书，他达到了仕途的一个高峰。他忠于职守，临危不惧，工作卓有成效，清正廉洁，得到了宪宗的赏识，让臣僚佩服。自从朱元璋废除了历代封建王朝沿袭已久的宰相制度，尚书的地位就得到提升，权力也随之扩大，薛远凭自己的贤能和业绩得到宪宗的重用，户部的主要职责是专管京通仓储事宜，仅次于六部中的吏部。薛远要应对和处理各种复杂的人事关系，而对付宦官集团是令他非常烧脑的事情。在明朝，宦官集团有恃无恐，几乎干预仓场的大小事务，其飞扬跋扈，令人发指。薛远为了减少横加的阻力，能够行使职权，保障朝廷和官民利益，不得不与宦官百般周旋。对漕粮的严格监督、管理，是薛远的重大职责。所谓漕粮，就是指朝廷从水道运输以供应京城或接应军需的粮食。明王朝对于漕粮的依赖有增无减。深知责任之重大，薛远殚精竭虑，部署周密细致，不容每一个环节出现纰漏，以期不负众望。从漕粮的运输、收纳、保管到支出，他都全力以赴，兢兢业业，力戒处置不当，杜绝任何不良后果。但是，明朝中叶后，由于边患日益严重，吏治腐败，官吏监管自盗等现象屡见不鲜，不法之徒在漕粮的收纳、运输中大动手脚，中饱私囊。但是，漕粮不过一缸水，而上到皇室日常的需求，下到官员的俸禄，驻京军队的供给，以及赈灾的不时之需，这一个个大桶小桶，都仰仗于它，仓粮的数额不容打一点折扣。作为管理京通两仓的最高官员，薛远深知责任之所系，压力之重大，挺起腰杆，经受了种种考验，显示了一种劲草本色。他努力革除户部弊政，制定严密、可行的规章制度，让部属有法可依，从制度上遏止弊政的滋生。同时，他以身作则，认真、严格管理、监督、检查，从而取得显著的成效。薛远在担任户部尚书专管仓场十年期间（1467—1477），尽职尽责，调动了部属的积极性，保证了京通仓储的粮食供养，对维持明朝中央官僚机器的运转、庞大的边防军的供养以及赈灾救灾所需，提供了物质基础。难能可贵的是，薛远十年仓场尚书，始终廉洁自律，纤尘不染，一生"仕官四十年，家无长物，食无兼味，室无媵妾"。他不仅是一个能吏，而且是一个刚正不阿的廉吏。

从致仕到回归仕途顶峰

高峰，因为峡谷深流而气势峥嵘，由于云遮雾罩而气象万千。

史学家指出，明宪宗早期勤政，励精图治，做了不少对社稷有益的工作，但是中后期，则怠于朝政，宠信宦官，导致宦官势力横行，大权在握。薛远在担任户部尚书时就多有不满，而为了大局才忍而不发。然而，宦官集团对于朝中一些正直重臣的迫害变本加厉。于是，薛远再也无法保持沉默，参加了以商辂为首的文官集团对宦官头子汪直的弹劾，结果是薛远等一干大臣辞职还乡。随后，仕途柳暗花明。明宪宗始终不忘记薛远，在成化十九年（1479），又起用薛远为南京兵部尚书。当时，南京与北京，并称两京，可见其地位之重要。致仕不过一年之久，就被皇帝起用，在要地任要职，仅此一端就可见薛远在皇帝心目中的地位足以力压千钧。然而，宦官集团决不善罢甘休。他们依恃宪宗的信用，发起一轮又一轮弹劾，当然这也是文官集团中一些人的堕落让他们抓到了把柄。然而，薛远始终不改为官之德，光明磊落，洁身自好。但是，弹劾薛远等人的奏疏一道接着一道上达天聪。户部给事中张海等人对薛远弹劾的措词是："今南京兵部尚书薛远，年加衰惫，才愈荒疏。先年总理京储，曾被劾退。今复寄以留秩，岂能胜任。"这就叫做"欲加之罪，何患无辞"。宪宗认为，薛远学识渊博，通达事理，办事有方，稳重老练，才几次委之以重任。何来"才愈荒疏"？岂有不能胜任之理？薛远时年六十六岁，正当老年，但他离生命的终点还有十六年，说他由于年纪的原因不能任职，难道不是别有用心？当初，宪宗驳回类似的弹劾，就是一个力证。其实，薛远被弹劾，完全是两大集团博弈的结果。薛远被弹劾两次，却不摇尾乞怜，而是两次主动乞求致仕。由于复杂的原因，宪宗最后下令让在南京兵部尚书位上届满一年的薛远再次致仕。

薛远终于回归安徽无为州。他出生于海南儋州，却也心系原籍，对祖先保有一腔赤子情怀。他感慨之余，写下《林泉清兴》一诗："老去生涯托醉乡，幽栖小筑傍林塘。千章树色连云暗，万壑泉声带雨凉。垂钓纤鳞供客馔，看山好句满奚囊。盛朝正际清平会，假得残年合退藏。"薛远著有《编正信都芳乐义》等力作刊行于世，却无缘赏识。此虽不是长歌鸿篇，却也让读者识其诗才，领会其心境。读着诗句，多少感受到他的无奈和失落。人已老，一切都寄托于一醉之中。生逢盛世，风云际会，他却要终老于山林，使余生退藏有了着落。然而，他又是那样豁达，随遇而安。天已暗，千嶂树色跟着云彩变化，万壑泉声带一些凉意。环境清幽，在塘边垂钓，可以得到一尾尾小鱼，招待客人；细看山色，收获佳句，也能盛满仆人的袋中。尽情享受大自然给与的快意，还有什么放不下的呢？

这种心态，伴薛远在安徽无为州度过了十三个寒暑。致仕期间，他经历了宪宗驾崩、孝宗继位这两件大事，迎来了人生最后一次转机。孝宗的身世带有一些传奇色彩，幼年生活坎坷，这些或许是一种砥砺。他能任用贤能，励精图治，明代出现了经济繁荣、人民安居乐业，被史家称为"弘治中兴"的历史时期。这也给了薛远难得的机遇。弘治五年（1492）十月，就养于京不久的薛远，以建储功特进荣禄大夫，从一品。弘治八年（1495）十二月，薛远在京逝世，追赠太子少保。

曾任弘治当朝首辅六年之久的徐溥对薛远极其赏识，他亲自撰写《故南京兵部尚书致仕进阶荣禄大夫薛公神道碑铭》，中肯地评介了薛远的经历、学识、品质和功业，对他未能在户部任上尽其鸿才大略表示叹息，更高度评价了他的一生："公以孤童起海外，奋身进士，致位八座，名显天下，其可谓豪杰者矣！"

薛远，就像笔架山矗立儋州大地。他学识渊博，勤政爱民，廉洁自律，高风亮节，在危难之际大显身手，功于社稷，早已成了海南封建官吏的楷模，与丘濬、邢宥、林杰等被树为四贤。如今，他又成了海南十大廉吏之一，影响弥足深远……

奇甸的"唯一"：张岳崧

　　一个只有三四百人的小村落，却在 2011 年被评为中国历史文化名村，这或许令人难以置信，然而它却是千真万确的事实。主要的原因是清代探花张岳崧就出生在那里，至今保存较为完整的文物与古建筑。对这个小村我向往久矣，但直到某个秋日，我才与好友结伴同行，驱车近三百公里前去探访。

　　车子在高速公路上奔驰，然后走省道，县道，七拐八拐，终于到达定安县龙湖镇高林村。车子停在村口一株大树下，行人稀少，四周很静，只有那古建筑群，古朴的雕刻、塑像扑面而来，我顿时置身于一个远去的年代。当然，最吸引我们的是张岳崧故居。走过大门，张岳崧的八代孙张宽权闻声而来，充当向导。瓦屋虽也有些规模，却比那些达官贵人的府邸寒伧多了。但是，两旁的牌匾显得很醒目，给宽阔的院落平添几分生气。大院一隅一株花闪入眼帘，一开始并不觉得惊奇，但是指示牌上的文字终于吸牢了我的视线。含笑花？而且还是张岳崧亲手种的。我不由停下脚步。花长得倒也茂盛，但是，它并没有什么特别令人赞叹的地方。那黄色的小花，绝不像国色天香的牡丹那样雍容富贵。然而，这是主人亲手种的，而且已经经历了一二百年时光，这就让我涌上了一种异样的心情。村里那株枝叶茂盛的大榕树，据说也是张岳崧亲手种的，也经受了二百多年风雨雷电的洗礼，而我却对这花怀有一种特殊感情。查阅《光绪定安县志》，里面记载了大量的特产，然而，无论花属还是草属，都没有关于含笑花的记载。但我想，它虽然名不见经传，却蕴含张岳崧身上某种密码。

此"花"非花，有根有本

张岳崧生于乾隆三十八年（1773），嘉庆十四年（1809）己巳科考中进士一甲第三名，探花及第。这在海南科举史上属前无古人后无来者。有人说，张的故居高林村是一块风水宝地。的确，高林村小则小矣，却不乏奇山秀水，以挂榜山等八景著称于世。出生于斯，张岳崧对故乡无比热爱，多次撰写诗文赞颂。他的《香炉墩》云："山田田中无半弓，厥号乃类香炉峰。颇杂榛莽石凿凿，周以水田流淙淙。山木岂曾沈水蓺，稻花时觉闻香浓。金猊宝鸭古所贵，渔庄蟹籪兹相逢。何必披香有侍女，骑牛来觅田父踪。"生态宜人，地貌奇特，稻花送香，渔庄蟹肥，因此，作者不羡慕过那种贵族生活，不愿意那些披戴香囊的侍女服侍，而喜欢骑着牛寻找那些农夫的踪迹。字里行间，不仅显出他的百姓情结，也体现出他对家乡的一往情深。

张岳崧天性聪颖，十岁负笈拜师，十五岁应考县试，挥笔而就，深为知县叹绝，誉之为"廊庙器也"。二十八岁被荐为优贡，入越秀书院读书，也受主讲赏识，三十一岁中举。三十七岁金榜题名，水到渠成，探花及第，成就奇甸的"唯一"。此"花"非花，适时绽放，无疑是他仕途夺目的如意花。读过他的《殿试策》，始知蟾宫折桂，实属不易。这是一篇应试的策论，皇帝要求举子对"昌明经学，会通典礼，正士趋而裕民食"等话题展开议论，以便博采所见，裨益于国家治理。因此，张的《殿试策》分三个议题进行论述。其一曰经学流变。对《易》《诗》《周礼》《春秋》《尚书》等经典的源流提出问题，虽不作答，却触及关键，而引经据典，如数家珍，则更显其学识之深厚。其"经曲之父，损益之道，莫备于礼""诸书源流得失，其参互论，继以为定"之论，尤显出他的思想价值。其二曰用人依归。他明确指出，"衡古用人首德行，次才能"。汉举孝廉及贤良方正，"有未仕而举者，有既仕而举者"。至唐取士多沿隋制，有四个标准选择，而以德行为先。宋代亦不容走吏冒进窃取科名。历代的用人制度和大量事实，证明国家求贤取士，这是至论。其三曰裕民食。民以食为天。"《周礼》仓人藏粟旅师，聚粟人，委积其为储蓄甚备。"平粜之法所以便民，其后或定和籴之制，或筑人之仓，或置东西市之粜。总之，要有粮食储备，不得囤积居奇，保障公平买卖，"皆经国之要图，立政之先务也"。此策论立论精当，观点明确，层层深入。以经典为依据，旁征博引，史实确切，有针对性，有历史意义。嘉庆、道光年间，吏治腐败，和珅之贪，国人咋舌，百姓之苦，动摇了国家根基。张岳崧之策论，可谓切中时弊，关乎国计民生，是为他做官安身的根本。此"花"非花，却因有根有本而经久弥香。

"身教者从，言教者讼"

探花及第，张岳崧先后任过翰林院编修、国史馆协修、武英殿复修、大理寺少卿、湖北布政使、护理巡抚等十几个官职，既在朝廷任文史官，也在地方主政，足迹遍及浙江、江苏、陕西、甘肃等地。张岳崧寿七十。在三十六七年官宦生涯中，张岳崧也曾春风得意，却也身历险境，面对许多考验，始终改变不了他的节操和志向。在张岳崧故居，我看到了牌匾上写着他为官的"本、理、德、义"：其为官之本在于为官一场，造福一方；为官之理在于讲奉献；为官之德在于清廉；为官之义在于明法。这其实是支撑着他人生的脉络和经纬。二百多年过去了，时光把他仕途的一些细节抹掉，却更加凸显他的棱棱角角。

道光二年，张岳崧被任命为陕甘学政。在清代它是提督学政的简称，掌管各省学校生员考课升降之事。其时，陕甘包括今陕西、甘肃、青海、宁夏以及新疆部分地区。这幅员辽阔之地，环境极其恶劣。张岳崧所作的《张掖郊行》等多首诗歌，让读者领略其中的情景。《永昌西风竟日》咏叹："绝漠征尘满客衣，那堪萧瑟更寒威。焉支古塞迷沙眼，老上荒庭失落晖。"大漠风尘迷漫，遮天蔽日，寒风萧瑟，令多少人视为险绝之地。难怪他在《张掖郊行》中叹息："地利苦硗确，生计将如何？"在这瘠薄的土地，老百姓如何维持生计？关切之情，不言而喻。一个以为官之本、为官一场造福一方的人，哪怕环境再恶劣也无所畏惧，也要做出有利于国计民生的一番事业，这一点，在《按试陕甘各属劝捐书院公费由》一文中体现出来了。他写道："本院专师文教，太息久之。"为何？一为山川雄厚，而地稍偏远，囿于见闻；二为府治书院久废；三为品行无由砥砺，徒伤风气之衰。因此，他力抓教育这个根本，"兹特捐廉出白金若干两，为创修书院之倡。"他告示，希望绅士商民量力而行，尽己之力，促成此事。对于经管事宜，不得经手官吏从中牟利，由公正绅士轮流掌管，而且把开销按月按季送官府核查。至于聘请老师授课等事项，也要制订方案，以为永久之计。他还撰文褒奖那些有功之士，寓望于"科第日见光昌"。这类倡建陕甘地方书院的公文，收进他的《筠心堂集》里的就有四篇。发出倡议，带头捐款，落实各项措施，以取得成效，使教化泽润一方。

对于振兴教化的意义，张岳崧有深刻的认识，提到尊圣的高度来论述。崖州学宫是琼南地区著名的学府。道光三年四月，崖州学宫从城外迁入城内，规模扩大，历时三年，重建的学宫落成，是为一时胜事。盛名之下，张岳崧应请为重修学宫作记。在这篇《重修崖州学宫碑记》中，张不仅记述了重修崖州学宫的缘起，而且阐述了尊崇儒教的重要意义："尊崇圣道，而可以昌教化启文明者也。""其心知尊圣，则必知所以为人，知所以为学。"这也体现了他主张为学的要旨在于知所以为人的教育思想。由此，才能达到以兴学促进"风俗之兴、人才之盛、科举勋业之美"目的。

张岳崧历来以身作则。在《上陈恭甫师书》一文中写道：身教者从，言教者讼。他明白，以身作则，才能服众，而只会嘴皮功夫，别人就不以为然，就跟你争辩。作为学政，张岳崧一到任，就废除了旧例，把自己可以拿到的财政补助捐给书院。他做了部署。还经常奔赴各州，检查工作。路途遥远，风雨兼程。别的学政坐在轿子上，倒也优哉游哉，而他则骑马赶路，顶风冒雪，马蹄声"笃笃"地丈量着坎坷的路，而他的心则飞到了远方。他喜欢轻车简从。既不扰民。又能节省开支。由于他身体力行，当好表率，绅士商民纷纷响应他的号召。

道光十一年，张岳崧奉旨补授江苏常镇通海兵备道，凭政绩步步升迁，成为正四品地方官。但是，刚到任就面临严峻的考验。由于江河暴涨，江北堤坝危在旦夕。张岳崧不顾个人安危，奔走在大堤上，指挥下属、民工奋力抢险。僚属劝他避开险境，他说："堤以卫民，避将焉往？"堤坝保卫着百姓的生命财产，我不跟堤坝共存亡，能躲避到哪里去？官民协力抢险，最终保护了堤坝。《筠心堂集》中收进他的《江汉堤工防险章程》，这是一份重要的历史文献。道光十四年九月，张岳崧被任命为湖北省布政使，这次可谓临危受命。湖北长江水系，江河纵横，屡次水患。他作为一省长官，在没有专项经费的情况下，负责多方筹款，亲临第一线指挥。他制定了"堡房宜备"，"人夫宜备"，"土牛宜堆"，以及"巡察宜周"，"防护宜并力"等要求和措施，这是防险工作的经验总结。责任之所在，思虑之周全，在这份历史文献中可见一斑。

与林则徐在同一战壕

鸦片战争是中国近代史上一件重大事件。当年，大英帝国用坚船利炮撞开中国大门，荼毒国人的鸦片源源不断进入千家万户。林则徐虎门销烟张扬中华民族的正气，也把他的英名永远烙刻青史。鲜为人知的是，张岳崧在这场关乎国家荣辱乃至生死存亡的斗争中也与林则徐站在同一战壕，充当一个不应被遗忘的角色，这在海南官吏中是绝无仅有的。《筠心堂集》的奏章《议奏查禁鸦片章程折》以及《议设立收缴洋烟公局启》和《断洋烟方论》等文告，是有力的历史见证。此奏章上奏时间为道光十八年六月，张时任湖北巡抚。虽然不是任内职责，但张岳崧密切关注时局的动态，对形势了如指掌。他首先痛陈鸦片的危害："鸦片之入中国，每岁各海口耗银数千万两，以天下有用之财，填海外无穷之壑。"因此，务必在国人中从严禁烟。"欲禁其害，必须加重罪名。其意严吸食之罪，自不致兴贩之多，限一年之期，使宽以求生之路。"当然，对于吸食鸦片的人和开馆售卖鸦片之徒，虽然要加重罪名，却必须区别对待。"至于修内禁者，以严吸食为先，御外来者，仍以严海口为要。"他特别对广东盘踞售卖鸦片的情况详细陈述。要严令外国船只一到广东，就要催促进入港口，不许在海上停留，"违者不准开舱售货，亦不准置货归国"。尤其要严查虎门。可见他对禁烟之极端重视，不仅措施得力，而且又讲究策略。

张岳崧与林则徐交往日久，志同道合。早年，两人同在翰林院任职，之后又先后担任陕甘学政，多次合写奏章，就禁烟、救灾、治水、修堤等大量有利于国计民生的重大事项提出建议。张任湖北布政时，林任湖北总督，两人同为查禁鸦片有名的严禁派。《筠心堂集》收有他的《与林则徐》书信四封，着重汇报的都是禁烟情况。商议禁烟办法。

他关切地写道："英夷桀骜，闻近驾驶出境，是否遁归？或是来往无常，仍售禁货？复传有厦门毁炮台，致伤兵民之事，如此，恐须由闽人告。"明知种种难处，仍不遗余力。虎门销烟后，张岳崧因为母丧回到故里，路经广州，林则徐特地到张的住地，委托他办理琼州、雷州禁烟事宜。他为了禁烟，积劳成疾，因此在一封信中写道："时查到文昌县城，以积热发痔，力疾握管，竟不能成字，不胜惶汗。"《定安县志》也记载："湖北布政使张岳崧奉讳抵里，承督抚意协理烟禁，至雷至琼至县，各集乡绅，设局收缴烟具，发药劝戒，士民生童应试及赴乡闱者，具要互结。"

笔下自有花烂漫

张岳崧得到了论家很高的评价。《光绪定安县志》为他列传，说他"平生淹贯经史，服膺程朱。诗宗汉魏，书祖欧柳。"岭南学者谭莹称赞他"学问人品，并能不负科名。扬历中外，色正芒寒，劳绩懋著"；其文"皆留习时务，通达政体之言"；其诗"深于六朝，近代所罕"。还有论家指出，他"书法欧虞，当时碑版多出其手"，其画则"宗元人，不多作，零缣残墨，人多宝之"。

张岳崧一张方方正正的脸盘，彰显他有棱有角而颇为丰满的人生。学问渊博，学贯经史，天性肫挚，居官清廉，政绩盛大卓著，这已经成了一个定论。他的诗文也有很高的造诣和成就。《筠心堂集》是一部诗文集，为他的主要著作。其文分经进稿、论、记、颂、序、书（书信）、题跋、杂著、训士录、公牍偶存等体裁。涉及面广，内容丰富，有比较强的历史意义。这些在训士录、公牍偶存和补遗中的一些奏折、书信中，得到充分的体现，留心时局。洞明政体。诸如一些公牍、训士录，都是针对当时许多时政问题而发的，至于有关查禁鸦片的奏折和书信，更是珍贵的历史档案和文献。《淮扬下河水利论》三篇，总结了丰富的治水经验。杂著中的《家训》分为《官箴》《民则》《劝孝》《劝慈》《劝友》《劝恭》《天道》《妇职》《择友》《集益》等部分，这是张岳崧安身立命的准则，体现了他的哲学和伦理观，说他服膺程朱，可为一证。

《筠心堂集》收有古今体诗三百四十九首。感怀、咏史、叙事、写景、题赠，应有尽有，题材多样，内容丰富。反映了广阔的社会生活，表达了一些人生感悟和对民生的关切，语言凝练，描写很见功力。《山农叹》写山农的生活环境，写他们生计的艰辛，生动逼真，情节动人，"吁嗟乎！泽农患潦山患旱，造物孰与蠲烦冤。山农所处况瘠薄，雨露不受滋培恩。何当采风献当宁，宽政所及如春温。嵩目郁悒不能默，叹息奚补徒空言。"山农生存环境恶劣，土地瘠薄，怕涝怕旱，得不到雨露滋润的恩德。诗人远望深山，就忧郁不安，造物怎能免除他们的烦冤呢？但是，空发叹息于事不补。"苛政猛于虎。"他最大的愿望，就是宽政所及，能让山农沐浴春风雨露。一个封建官吏能有这样的思想境界，那是何等博大的情怀。《牵夫谣》二首，抒发的也是这种民生之作。诗人在西行途中，看到牵夫在崇山峻岭间以粗大的绳索拉着车子，就像拉着船一样。他们都是刑罚之家服役。但是，壮汉都躲避三舍，代劳者竟然都是一些老人和刚刚长出稚齿的儿童。张岳崧在诗中替牵翁发问："予筋力几何，而执兹工？"这就把矛头指向造成这种现象的背景。他的景物诗也有表现力。《贺兰山》不仅写"天风吹冻山骨裂"的景象，而且融进了边备的历史事件，从而拓宽了表现内容。"兴忘阅尽青山老"一句，平添多少况味。其咏史之作，也有一定思想艺术价值。

张岳崧的书法，人称一绝，可称海南"唯一"。所谓"书祖欧柳"的欧就是欧阳询，柳则是指柳公权。欧柳与颜真卿、赵孟頫被尊为古代楷书四大家，说张岳崧师法于他们，海南士人中唯有他得到如此评价。宋徽宗如此评价欧的书法："询喜字，得王羲之书，后险劲瘦硬，自成一家。"欧的书法于平正中见险绝。这成了一种共识。张岳崧的书法作品不少，我所欣赏到的不过是沧海一粟。那些条幅上面写着："养花种树得春气，读树听香生妙思""一劝天下无难事，百忍堂中有大和"。我觉得一撇一捺之间，多了一丝平和，少了半点硬劲，但总体上还是欧柳书法的风格，说他师法欧柳是很有见地的。他的书法在海南士人中自成一格，决非浪得虚名。

鸡肋有味话王佐

鸡肋，留之无味，弃之可惜之物，却在《三国演义》中演绎出杨修与曹操一段生死劫，涵盖者也颇大矣。但是，王佐用鸡肋命名其诗文集，是否有其深意，却不敢妄加揣测。

不过，王佐的人生的确跟"鸡肋"两字颇有缘分，他既是不幸的，又是有幸的，人生旋律的高声部和低音部，便显出节奏，便有和声，似乎在停滞中有转折，有迂回，有韵味悠长。

王佐出生于临高透摊村。临高虽然偏处海南西北部，可不失为一个文化渊源之地。南宋时期的枢密院编修胡铨在被贬途中曾路过临高，为士子讲授儒家经典。他正直的品质，命运的慷慨悲歌，在王佐心里播下做人的种子。后来，年幼丧父的王佐，被母亲送到了人称琼州第一的攀丹村。这个濒临一个出海口的村子，或许占有地理位置之便，在海风的吹拂下，得到中原文化的洗礼。先后出了六位进士，其中两对还是父子进士。在那里，王佐师从于丘濬和唐舟，这株幼苗在成长的人生道路上早就把根伸进了沃土，其学养有不同寻常的根底。

有良好的成才环境和深远的文化氛围，有一代恩师栽培，无异于春风引路，王佐积蓄实力，等待着扬帆起航。

仕途蹭蹬

果然，王佐科考之路是顺利的。明正统十二年（1447），王佐时年二十，参加乡试，取得礼经魁乡试第一名，与陈石翁名列前茅，两人被称为"二俊"。陈石翁即陈献章，后来成为明代著名理学家、教育家，岭南配祀孔庙第一人。但后来，王佐在太学一呆就是十九年。其间，他每次考试都排名第一，被吴节等人推荐，内阁李贤耳闻其人。然而，他终究跨不过嫉贤害能者设置的政治障碍，他最终没有考取进士，官职也没有获得晋升的机会。

王佐处于一个命运的停滞期。这是人生的"鸡肋"。这段时期，王佐的思想感情是复杂的。试看看他所写的《二花叹》："岩桂清香无美色，海棠美色少清香。我怜王粲侵时貌，谁惜杨妃醉晚妆。七里园林醒蝶梦，五更风雨断莺肠。词人怪得千般恨，二美难并世所伤。"诗中，王佐借花之难得清香、美色并俱，明写人才难得命运和气质一致，内在品质好的其貌并不好，反之亦然，"金玉其外，败絮其中"是也。这是自慰，更是愤慨。而建安七子之一的王粲诗文闻名于天下，却由于外貌不雅而被世人所欺，而乱伦的杨贵妃却获得三千宠爱在一身，这是他的鸣不平。可贵的是，政治上虽然不得志，他却没有放弃，而是转移阵地。眼看将届不惑之年，王佐先后担任广东高州知州、福建邵武知州、江西临江知府同知等职，仍然不改"为官一任，造福一方"之志。

王佐到任高州知州同知。明代的同知，不过是辅助知府的角色，分管一些监管生产、缉捕贼盗等差事。对于那些位高权重的官僚，这地位低微的官职，就是一块"鸡肋"。然而，他不但不舍弃，而且咀嚼出一些味道。他在《高州官舍书怀》中写道："山郭民居十数家，官僚无事早休衙。绿毫日写筹边策，白贴时催运饷槎。雨过庭添瑶草色，日来窗映佛桑花。此中诗景谁人赏，老我商羊咏圣涯。"在一个人烟稀少的环境里工作，同僚无所事事，早就把衙门关上，而"我"则尽职尽责工作，一边挥毫撰写《边情策》，一边发出贴子催运粮饷。诗中的我，无疑就是作者本人，可见他的心境，以及官位低微也勤勉工作的为官之道。

当时，高州已经发生了农民起义，而且在1465年攻破了高州城。

饱经战火，百姓生灵涂炭，王佐心急如焚。当时，王佐的俸禄受到影响。连大米也靠母亲接济。高州毗邻海南，但一海之隔，造成了多大的障碍。王佐已经把这置之度外了。他深入民间，访贫问苦。在掌握了大量第一手材料的基础上写成了《上都督府韩公〈边情策〉》一文，希望朝廷审时度势，以安抚为大计，平息动乱。该文的主要内容有六：由于化州毗邻广西，便于流寇不时侵犯，于是便有百姓依附，等到朝廷派兵征讨，又转而归顺朝廷，态度在这两者之间摇摆。那些依附流贼的人多势众，官府处置他们往往手软。因此，朝廷一定要委派有威权、为百姓所信服的官员到化州任职，消除他们的反叛心理。高、化两州平安无事之秋已多达八十多年，但由于近年朝廷多处用兵，将梁家堡等三处军堡撤走。化州因此失西北屏障，希望重新设立三堡。加强军务。由于高州、化州缺粮少盐，影响百姓生计，要采取政策，切实加以解决。要采纳有用的建议，哪怕来自底层，也要虚怀若谷接受。韩雍进士出身，富有才能和谋略。他首肯王佐的意见，认为有针对性，远见卓识，逐一施行，改变时局。

王佐在高州干出了政绩，但他不谄媚，招致一些人嫉妒，以他没有考中进士为由，阻挠他的升迁。当他调任福建邵武时，依然是同知这一角色。在邵武他招降盗贼有功，却被别人邀功领赏。为老百姓求雨，感动了上苍，依然没有得到应有的礼遇。在邵武，他写了《名实辩》一文，该文收进《鸡肋集》一书。名实问题是先秦时代一个重要的哲学问题。庄子说："名者，实之宾也。""实"是第一性的，"名"是第二性的，从属于"实"的。而公孙龙则阐明"名"是对"实"的指称，某一物的"名"必须与其"实"相符合。王佐此文以延平太守冯孜与邵武太守盛颙互换郡地展开论题。本来，两人在原地干出政绩，得到百姓的拥戴，可是巡抚大臣却不顺应民意，以及当事人的感情，毫不考虑有无必要，而人为地将两人对调。由此进行分析，指出"古人行事，安其实而名存；今人好事，趋其名而实丧"。先有实绩，然后有相应的名分，而今人却不致力于干出成绩，只专事于猎取虚名。历史上王莽、王安石便是例子。王佐所举例子有失偏颇，谬误与正确，姑且另当别论，但一些人为名而失实甚至欺世盗名，却是有理有据的。而王佐首先不计名之得失，是跟他始终坚持这名实观分不开的。

在邵武王佐曾经担任省试考官，一任就是三年。通过考试来为国家选拔有用之才，使那些苦读寒窗的士子能有机会脱颖而出，王佐当然明白自己的责任。他呼吁科场公平，对科场评选标准进行改革。他的《文衡说》提出了一套评选依据。这篇文章同样收进了《鸡肋集》一书。所谓"衡"，有物衡，就是计量物体重量的单位，锱、铢、斤、两、钧、石等是也；也有文衡，"文之衡，非谓有一衡于此，为文而说也"。文衡固然没有斤、两之类，但它与物衡是相通的，都是有一个标准。都是要求公平而已。何谓公平？不以个人的喜好、个人的审美为依据，就是如此。"文者，天地之英华也。天理根于心，其英华发于外，而为言行事业。凡有可观者，总谓之文。"应该站在这个高度来评判文章。"夫惟假借圣贤公共之旨，而立一己穿凿之见，是以学者之文与主司之意往往相远，如凿枘之不相入。"王佐话锋直指那些考官，他们假借圣贤的主张，来表达其穿凿附会的见解，哪怕考生的意见再好，也像凿子和榫头不相容，难以入考官的法眼。"而初学童稚之士，偶得主司之意，遂幸侥一擢，而擅际遇以终身。"有些刚刚学习的孩子，竟由于偶然得到考官的欣赏，就侥幸被录取提拔，直到终老。这都是人为因素所造成的。因此，评选要有一个公正的、为天下人所认可的标准就显得十分重要了。

在江西，王佐仍然官任同知，他明白这是他在官场的最后一站。尽管他在诗文中流露出怀才不遇之情，却我行我素，在经历了"土木堡之变"的皇位更迭和社会动荡之后，仍然不改本色，不谄媚权贵，不攀附大树。以求改变其境遇，显示了难能可贵的人格。他仍然尽职尽责做一些对百姓对社会有益的工作。他整理了一些文献，编纂了《金川玉屑集》。这是翰林院修撰练子宁的诗文集，练氏曾痛斥朱棣篡位惨遭杀害。王佐进行教化，推进良好的社会风气起了极大的作用。

回归山林

明弘治五年（1492），王佐辞官归里。如果说儒家的精髓支撑着他，让他在停滞不前的官运中，把"兼济天下"的理想变成造福百姓的具体行动，变成一次次暖心的问候，那么这次回到阔别二十多年的家乡透滩村，就像飞鸟回归山林一样。他感到问心无愧，尽管还有淡淡的遗憾和伤感，但这一切都已翻到了新的一页。他在《远归》一诗中写道："行李摇摇日向斜，前山烟雨是吾家。马头一点归来喜，开到寒灯几夜花。"尽管斜晖下，村子笼罩在前山的烟雨中，但那匹驮着行李的马因感受到主人的喜悦而点点头，寒夜的灯光夜里都开着花。

在家乡的怀抱里，王佐毫无疑问想到了陶渊明。所以他在《菊庵》一诗中抒发了他的志向，咏叹"我亦暮年怀隐逸"，表达对那种生活的向往。在这心境下，家乡的一草一木都牵动他那颗"庾信文章老更成"的诗心。他写出生活中的意趣，对家乡的山水草木寄托了他的情感。

然而，他仍不忘民生疾苦。这个喜欢交游唱和的人，在任时为百姓祈雨，归隐山林仍然关心百姓的生计。

他关心教化，四处呼号奔走，建桐乡书院。

时年八十多岁，垂垂老矣，仍奋笔疾书，撰写《琼台外记》一书，记述海南历史典故、山川风物、历史沿革、更替兴衰、人物行状，对于土特产也有比较全面而翔实的记载。

王佐能做到这样，是受到心学的一定影响。毫无疑问，王佐作为丘濬的学生也是属于程朱理学一派人物。但是这并不能说他的思想中没有心学的成分。他在《乐菜轩记》中写道："夫人外境会心则乐，君子视夫天高地下、山川崎流、日月星辰、走飞草木，是皆吾心湛若澄澈之境，焉往非乐？"把宇宙间之物视为"吾心之境"，这其实跟王阳明所说的心无外物同出一辙。这种把心变成宇宙最高本体的思想必然会激励他不为环境所左右，而干出一番事业。

管窥"诗绝"

人称王佐之诗为一绝。

早年王佐就跟四位诗友在广州南园抗风轩组织南园诗社，使岭南诗风为之一振，因此《四库全书总目提要》给予很高评价。但是，有人做过统计，王佐今存诗350余首，在数量方面次于丘濬、钟芳、王弘诲。那么其"绝"何在？

就《鸡肋集》所载而论，王佐的诗歌分叙事诗和抒情诗两大类，而抒情诗又分为咏志、题赠、咏物、咏史等类别。王国宪说他"博学多识，精思力践，见道精审，故其诗辞和平温厚，文气正大光明，当比唐宋诸大家"。

最末一句话未免有点过头。但是，王佐的诗确有很高的艺术成就，这是许多专家给予肯定的。柯继红说："王佐的诗师法颇广，别出风采，与文章有异，其律学杜，追求阆深雅健，绝句取法王维李白杜牧，精美流畅，古诗则学杜兼元白气，并融入韩柳古文笔法，立意深巧，结构谨严……"他的诗歌写出对当时民生国事与个体生命的认知和感慨，一种生命意识的觉醒。

这段话揭示了王诗的师承，自有见地。

王佐叙事诗二十多首，都以质取胜。其突出的特点是运用了小说家的笔法，把物事写得曲折有致，情境生动，峰回路转，富有艺术张力。《老骥行》不仅以老骥自况，而且对人才的不幸遭遇寄予无限同情，是富有社会意义的。而让我注意的是《海边谣》。这首420言的长诗，取法于杜甫的"三吏"、"三别"等现实主义杰作，主要通过一个海边"修发刚覆眉"的姑娘的自述，反映了一个被拐卖女子的悲惨命运。她早就失去父母，跟兄嫂相依为命。但是，长兄苦于生计被迫到黎乡做买卖，而次兄由于欠官府钱粮被关。她与嫂嫂在家，身穿破衣裳。早上砍柴晚上挑水。一天，她外出未曾料到竟碰到一个"恶少"。这是一个到处劫掠男女的人贩子，造成了"几家母寻子""几家夫寻妻"的公害。在作了层层铺垫之后，王佐精心描绘了一个场面，让人读来洒下泪水，感到十分愤慨："男女连绳出，贯人如贯鱼。一有喧哗声，落头威其余。连落一二头，谁不惜身躯。人人皆吞声，掩蓬泪如珠。"诗歌运用白描手法，抓住细节，把场面写得极其生动。"贯人如贯鱼"一句，写那恶少把人像鱼一样串在一起，尤其富有穿透力，给人强烈的震撼。五个字写尽了世道的不平，恶少的穷凶极恶，弱者的无助和悲哀，他们简直连鱼类都不如。这首诗简直就是一则人口拐卖史，不仅取材独特，而且善用对比。本来出嫁不离故土，享受天伦之乐的女子却惨遭拐卖，而理应受到惩罚的恶少则逍遥法外。这都加强了诗歌的张力。"天道何茫茫"一句，唱出了百姓的心声，增强了诗歌的思想意义和感染力。

王佐挚爱那片出生于斯归根于斯的故土。爱心所至，许多物产都进入王佐的视野，化为动情的吟唱。即如《桐乡八小景》，似乎信手拈来，但每首二十言，却都写出了自己的情趣。《北林烟树》写道："北林无别景，早晚笼烟树。时闻山鸟声，亦足幽人趣。"虽然没有别的景物，早上晚上树林都笼罩在烟云之中，但有时听到山鸟的鸣叫，就足以感受到生活的乐趣。这其实是表达了诗人那豁达的心境。《聚景园》写道："鹏鷃适所适，自觉世界宽。花柳满乾坤，只在眉睫间。"无论是腾飞九霄的大鹏还是鷃雀那样的小鸟，只要身处适合的地方，就会感到天地之宽，世界里的花草树木，都让他赏心悦目。这里抒发的其实就是他对一种自在环境的向往。诗歌流露出了庄子的思想，上升到了哲学的层面。

王佐的一些咏物诗由于跟叙事结合起来，表现手法丰富了，思想内容也拓宽了。《菠萝蜜》不仅写其形态，写其香味，写其食用的场面，而且通过"我"引出这物产的历史掌故，它的遗泽万年。

王佐的咏史诗同样很出色。由于历史的原因，历朝历代的一些权臣贵族文人墨客都被贬到当时被视为"蛮荒"之地的海南，被逼到了生命的绝境，然而有的人终于经受了命运的考验绽放出人生绚丽的火花，在传播中原文化、弘扬教化方面起到别人所不能替代的作用。五公祠里悬挂着一对楹联："唐宋君臣非寡德，琼崖人士有奇缘。"这并非为封建帝王辩护，而是表示对那些为海南人民做出贡献的人们的感激和礼赞。王佐当然秉承这种情感基因。他的不少咏史之作，就是这方面的例子。他写了唐朝李德裕，宋朝的苏东坡、李光、赵鼎、胡铨等人，在海南贬谪文化中占有不可或缺的一页。

《海外四逐客四首》是其代表作。第一首《李忠定公纲》，以"公来方始是朝廷"起句，指出京城危急之际，李纲入相，领兵撑着朝廷，然而那些投降派却反对用兵，导致力主抗金的宰相李刚被贬谪海外，结句"重昏世及几时明"痛斥钦宗、徽宗两帝昏聩无能，饱含一种深情的、迫切的期待。

第二首《赵忠简公鼎》起句"身骑箕尾作山河"，化用赵在临死之前自书的两句铭旌："身骑箕尾归天上，气作山河壮本朝"，歌颂赵鼎的气壮山河的崇高气节。但是，"孤忠唯有皇天在，万口其如国是何"，这个与李纲齐名的南渡名相的孤忠与壮志只有皇天可以见证，在议和的万口之下，赵鼎只能留下千古遗恨。诗歌的深刻，显出诗人的功力。

第三首《胡忠简公铨》咏叹的对象是胡铨。应该说，王佐对胡铨是崇敬有加，无限同情。这不仅在于胡铨力主抗金，迎回二帝，反遭迫害，成了万里投慌客，而且由于他被贬吉阳军时路过临高，得一甘泉，惠及一方百姓。此外，他还为当地儒生讲学，影响深远。因此，王佐还写了《澹庵井》《茉莉轩》等四首诗，抒发自己的思想感情。"公去如今三百载，海潮尤有不平声。"沧海桑田，三百年海潮难平。诗人在《胡忠简公铨》一诗中，借景抒情，表达了他的痛心疾首，极度愤慨。

第四首《李参政光》云："千古牧羊亭下土，好还大道不曾饶"，明说权奸秦桧的坟冢被盗贼所掘，遭到报应，天道昭昭，潜台词却说李光永垂千古。

这些诗表现的是王佐执著的宋史情结。

总之，与海南古代那些诗人相比，王佐的诗取法于大家，感情深沉、真挚，不仅内容深刻，手法也更加丰富，"诗绝"两字决非言过其实。

一个在官场上并不得意的人，却凭一颗诗心在人生中品出诗味。其实，别说鸡肋，即便槁木，也能在持久的咀嚼中嚼出滋味，这也许是王佐给我们的另一番享受吧。

邢宥：少小立志　毕生躬行

赈灾流民四十万

明朝成化元年（1465），邢宥调任苏州知府。人称"上有天堂，下有苏杭"，在人们看来，这个调任当然是个肥缺。的确，他刚到任，就似乎领略了一种歌舞升平的滋味。他与同僚、名流，互送年帖，饮酒，一口黄酒下肚，便能回味浓浓的年味。而赏梅，吟诗，品画，则更增加了他的雅兴。然而，这只是暴风雨到来之前的片刻舒适，一场场大挑战将接踵而至。

朝廷的邸报频频传来，打破了那十分美妙的时光。广西瑶族乱军杀人放火；荆襄几十万流民流窜到川陕鄂交界地区；黄河、长江中下游大面积水灾，导致苏州城地区夏收粮食严重减产，无法播种，秋收无望。接着，流民潮涌进苏州城，来势汹汹，简直不可阻挡！

多事之秋，民生犹艰。邢宥心急如焚，千钧重担压得他喘不过气。但是，饥寒交迫的流民，呼天抢地，一阵阵哭声激起了邢宥的同情心。他别无选择，毅然命人打开城门，流民漫进了大街小巷。他当然知道，这一举动必然承担很大的风险。粮食的储存面对巨大压力，外来人和本地人可能发生矛盾，人口的剧增将导致卫生条件下降，这势必增加城市管理供应和安全防范的难度。但是，他同样清楚，赈灾工作搞不好，往往激起民变，绝不能让前车之鉴在自己身上重演。在巡抚刘孜的支持下，邢宥划出安置处所，开仓放粮，广设粥厂，赈济流民，疏浚河道，整治环境。一切都有条不紊，按部就班进行。他仿佛处变不惊的拳师，见招拆招，应对危急的事态。

然而，苏州城内的流民虽然得到安置，而江北广袤地区的灾民还在饥寒交迫中挣扎。一听到苏州城的消息，一拨拨灾民向苏州涌来。顿时，邢宥一慌，但很快就平静心境。他依然发出命令：不许关闭城门，让每一个灾民都进城里！前前后后，涌进苏州城的灾民已达四十万！苏州城就像一个注满了热气的气球，随时都有爆破的危险。当时，保证灾民有粥可吃，显然是救燃眉之急。但是，八十万石粮食已被吃光。这可把一些地方官弄得焦头烂额。这些粮食是邢宥发放官府储粮，劝说富户捐粮而得来的。由于粮食供不应求，有些饥民竟贸然进入富户人家强行夺粮，哄抢之事时有发生。在这种情况下，邢宥重用一个虽然只是居官正八品却善于断案的推官宋徵，派他查办案件，以制止事态的进一步恶化，但由于人手太少，事态未免失控。一些饥民竟然与苏州居民发生冲突，旦夕之间民乱随即爆发。邢宥临危不乱，果断派遣援军制乱，维持赈灾秩序。然后在全城发布书面和口头告示，晓之以理，执之以法，严令任何人都不得囤积居奇，要求知情者举报有粮人家，然后由官府出具借契，盖上知府鲜红的大印，作为中保。这一招，既使饥民有粮可借，又保证富户的财产和人身安全，化解了一场危机。

然而，邢宥还面临更大的考验。灾民度过灾荒，盘算着该返回家园重操生计了。但是，春种秋收，哪里来的口粮和种子呢？朝廷要求苏州官府就地解决问题，但苏州粮食存量几近告罄，唯有军中还有存粮。邢宥了解了军中存粮的情况后，别无他法，命令发放军粮。有些同僚担心地说：不报请朝廷就动用军粮，这犯下的可是不可饶恕的大罪呀！邢宥曾官居御史，几度督军，岂不知其中的厉害？但他心急如焚：等待奏章批下来，恐怕很多人已经丧失了宝贵的生命，而且家家户户又要撂荒一春。想到这里，他置身家性命于不顾，哪怕天塌下来也要自己扛着，断然说："民命在须臾，待报则无及矣，吾当任其咎。"寥寥数语，掷地有声，四十余万口全部活了下来。他因此得到皇帝褒奖，不久升任左佥都御史等职。

太子少保、礼部尚书兼文渊阁大学士刘吉在为邢宥撰写的墓碑铭中，秉笔直书他一生的功业，尤其对赈灾流民四十万这一壮举赞赏有加，这在其他典籍中也有记载。如被唐寅称为"海内文章第一，山中宰相无双"的王鏊就在《姑苏志》中评论："流人之在境者，亦不失所，公帑不空，富室无扰，论者谓荒政之最善者。"的确，邢宥救黎民于水火的大义凛然及其担当、无畏精神，他取信于民的风范，在封建官吏中是不多见的。这首先归结于他为政以德，追求集"仁义礼智信"于一身的理想人格。

十岁就赋勉学诗

明永乐十四年（1416）重阳节，邢宥出生于海南文昌水吼村一个大家族。2019年十二月一天，我和黎族作家符永进以及干部陈泽聪驱车几百公里，寻访心仪已久的邢宥故里。导航引路，到达目的地时早已灯火通明。村里显得宁静，收音机播放的琼剧唱腔格外悦耳，人们都在屋里享受温馨的时光。当年的遗物已不复存在，但几年前邢宥的二十几代孙子在遗址上建造的一座整齐的四合院，门匾的"邢宥故居"四个大字，仍然在灯光下左右我们的视线。门前场地上一块大石上也镌刻那四个大字，两旁的菠萝蜜和另外一株大树结着果。我们跟邢宥一个二十六代孙子聊了起来。他那样朴实，但谈吐里洋溢着一种自豪。如今，邢氏仍然是一个大家族，子孙绵绵繁衍，都聚居在一起。这家族人才辈出，当官的、办企业的、做学问的，各显其能，这就是邢宥泽被后代，遗风犹在吧。

当年，丽日蓝天，瓜果飘香，似乎预示这个孩子来得正是时候。追根溯源，邢家祖先不乏功名显赫之辈。但是，邢宥的父亲并不希冀孩子等待这光环的恩赐，而是让五岁的孩子去放牛，开始他人生历练的一课。我们听着那二十六代孙的介绍，眼前恍然现出那一片广阔的田野，恍然看见一个瘦弱的少年骑在牛背上，上坡过河。绿草红花，鸟飞虫叫，在小孩子面前露出一个新鲜的世界。但是，或许是天性的使然，少年隐隐觉得，外面还有另一个世界。是的，那些小伙伴告诉了他一件大事，邻村有一间学堂，老师每天都给学童讲课，有时还打他们板子呢。于是，小小年纪的邢宥禁不住那迷人的诱惑，瞅准空隙就跑去学堂外面窗户偷听，从而演绎了一段奇遇。这位老先生就是那位曾出任江西庐陵教谕的举人林广，而林邢两家正是世交，因此邢宥得以在这学堂里拜师开蒙，开拓一段情谊深厚的情缘……

邢宥日记千言，过目不忘，不出几年古籍经典已然烂熟于心。但这位志于治国齐家平天下的少年，绝不会裹步不前。他在《十岁勉学诗》中写道："希贤希圣又希天，治国齐家此一身，德业文章传世久，我今宜勉自童年。"虽然十岁年纪，但他已受了儒家文化治国安邦理念的熏陶，认识到以德治国的理念，包含了孔子深刻而丰富的政治思想。他在诗中透露出了此时立下的宏愿。古人所谓"三不朽"：一曰立德，二曰立功，三曰立言。邢宥把立德放在首位，立功立言放在其次，孰重孰轻，分得清清楚楚。为了立德，他坚持以德服人，首先做个有德之人，毕生践行，不计心血，甚至置个人安危于不顾，赈灾四十万流民就是一个实例。

为了实现他的抱负，邢宥必然要步入仕途。孟子说："故天将降大任于斯人也，必将苦其心志，劳其筋骨，饿其体肤，空乏其身，行拂乱其所为，所以动心忍性，曾益其所不能。"这话用在邢宥身上丝毫不错。在他二十六岁乡试中举之前，就经历了丧母之痛。这位贤惠的女子是邢宥这位长子的启蒙老师，却在三十九岁带着深情的眷恋和无限的遗憾离世，留在邢宥心灵上的创伤是无法抚平的。其心志何其苦呀！幸好，邢宥在二十四岁那年，结识了年纪小他九岁的丘濬。两人已崭露头角，又志同道合，风华正茂，自然有相见恨晚之感。他们应该有许多来往的书信与唱和诗作，可惜流传下来的少之又少。不过，从零星的篇什里，也能领略到那份深情厚谊。邢宥的《送丘仲深至葫芦口占》云："与君相送到葫芦，酒在葫芦不用沽。共饮一杯辞别去，君行西出故人无。"丘濬字仲深。邢宥随口而出的这首送别诗，读来自然，亲切，那朗朗上口的口语里，蕴含着深情。显然，这是受到王维《送元二使安西》的影响。其诗云："渭城朝露浥轻尘，客舍青青柳色新。劝君更尽一杯酒，西出阳关无故人。"所谓酒逢知己千杯少，喝了一夜后，（我）将要送别友人，却要劝他再喝一杯，其中的况味难以言尽，此诗主要的视点在于送行者。而邢诗则有所不同，酒是自家带来的，共饮一杯，更显得双方互相珍重，依依惜别，主要的视点在于双方。丘濬对于这份感情也非常看重。他在《哭邢克宽都宪》一诗中写道："故人老死我何勘，泪眼汪汪望海南。宿约别来浑未践，暮年归去与谁谈。"邢宥字克宽。他老而归去，丘濬十分悲痛，为不能践约而深为遗憾，为自己晚年归乡无人倾诉肺腑之言而怅然未已。这难得的君子之交，对于双方都有激励、砥砺的作用。两人的功名与这一情缘也不无关系，难怪后来人们把邢宥与丘濬、海瑞并称为奇甸三名贤。

仕途不做违心事

明正统十三年（1448），邢宥时年三十二岁。历经变故之后，他终于考中二甲进士，正式步上政坛。历任监察御史、都察院佥都御史、浙江参政、浙江台州知府等职。

《民国文昌县志》在《乡贤》中为邢宥立传，其中有一段记载："景泰改元，籍太监王振，有告家人孙太安匿其财者，鞫之无实，或必欲没入之，且曰：'不然祸立至！'宥曰：'无其情，而文致于法，是我杀之也。'竟辩白，被诬者二十人。"短短几十个字，包含的是"土木之变"的一节史实。正统十四年（1449），瓦剌蒙古人也先率领大兵犯境，年幼的英宗皇帝一时慌了。把持朝政大权的太监王振为了树立个人威权，怂恿、坚持要皇帝御驾亲征。而英宗也不听诸大臣劝阻，仓皇出战，史称英宗北狩。之后，明军溃败，小皇帝成了阶下之囚。也先挟持英宗，进犯中原，直逼京师。接着，代宗继位，开始了京城保卫战。英宗北狩之时，一位护卫将军出于义愤，在战乱中击毙王振，他的家族遭到满门抄斩，财产被没收入宫。"籍太监王振"一语，缘于此一史实。景泰元年，还有人告发，称王振的家仆孙安替王家藏匿了金银珠宝。按当时刑法，如果孙安犯罪，不仅连累亲戚，而且有关的官吏也要获罪，二十多人将受到牵连。担任御史不久的邢宥在这场京师保卫战中得到锻炼，经受了考验。面对这案件，他不徇私枉法，从严审讯，又深入调查，断定其告发缺乏真凭实据。"鞫之无实"四字，可谓力重千钧。然而，有人却坚持要将财产没收，威胁邢宥说：不这样做，灾祸立刻到来！邢宥无所畏惧地回答，没有其情而虚构材料而陷人于法，那是我把他们杀害呀。然后，为被诬告的二十个人辩白。邢宥就是不落井下石，坚持事实，不怕威胁，不做违心的事，可见其正直无瑕的品格。

天顺四年（1460）二月，邢宥被英宗皇帝任命为浙江台州知府。同年四月，他到达台州。台州地处入海口，当时属穷乡僻壤，不仅屡遭台风等灾害，瘟疫流行，而且倭寇经常犯境，倭患为害严重。这些情况已经让邢宥不能懈怠，但是，他到任之初，居无官舍，竟让他面对一个窘境。由于多次遭遇战火，官衙后面没有宅院，无法栖身。然而，此番赴任却有妻子林夫人陪伴。无奈之下，邢宥只好租房而居。往常，知府一到任，便有人暗地里献上银子，作为房租之需。多年下来，这已经成了彼此心照不宣的惯例。但是，邢宥是一个不改初衷的人，他绝不违心地接受这些银子，绝不允许眼睛里掺进一丝尘埃。他必然记得屈原说的话："新沐者必弹冠，新浴者必振衣，人谁又能以身之察察，受物之汶汶者乎？"不过，租房子居住，终究不是长久之计。考虑再三，他征得同僚的同意和支持，决定节衣缩食，拿出多年的积蓄和俸银，建造官邸。这一举措，既让台州官吏有房可居，安下心来，为老百姓办好实事，又从源头上遏制了腐败之风。

邢宥一生不管担任御史还是出任地方知府、浙江左参政等，都清明廉洁，治理有方。不管平乱献策，运粮济困，处理盐务，还是出巡惩治贪官污吏，平反冤假错案，他都体现和坚持一种人性，一种本色。南京吏部郎中夏寅撰写了《赠邢公升参政序》，总结和肯定了邢宥为官建立功勋的成功之道，其中有一句话："公岂违道用术，邀一时之誉哉？有爱人之心，充之以理剧之才故，随机而当耳！"他不搞歪门邪道，不沽名钓誉，本着仁爱之心，践行的是君子之道，而能随机应变，化解重大危机。他以立德为首，以德服人，自然建功立业。

《湄丘集》传世久

邢宥立德立功也立言。他传世的作品有《湄丘集》十卷，但现存的仅有二卷。为何取这个书名？邢宥在五十五岁致仕，回到阔别多年的故里，在一个名叫湄丘的地方隐居，度过了他最后的十年时光。他就地取材，盖了一间草亭，过着一种怡然自得的生活。《湄丘草堂记》

一文中写道："亭主人俯仰瞻眄其间，意方有适，则检床头残简，或唤瓮底新醅，且研且酌，探颐陶情以消闲旷。兴发则扶筇曳履，从一两童子徐步以出，或登丘隅，或临水湄，望浮云而觇飞鸟，观新涨而玩游麟，心目以豁，志趣以舒。"不管消闲时取出新酒，且研且酌，还是兴致来时撑着拐杖缓步而出，玩游鱼取乐，邢宥都透露出一种物我合一、纯净悠然的心境。这或许是邢宥向往的人生境界，他把自己的文集取名如斯，是有寄托的。

论家指出，《湄丘集》是明代海南著述中很有价值的一部作品。遗憾的是，其八卷作品已湮没在岁月烟云，现在所见，无疑挂一漏万。它主要记载了海南一些教育文化发展情况，如《琼州府学大成殿记》《重修文昌明伦堂记》等便是。后一篇文章，不仅记叙重修文昌明伦堂之缘起，而且着重阐述"人伦明，则人文成矣。人民成，则天下化矣"的观点。这句话指出，封建礼教所规定的君臣、父子、夫妻等人伦关系一明确，礼乐教化之人文就能形成；而人民有了礼乐教化，人类社会就能和谐有序地运行。文章短小，却秉持文以载道的精神，层层紧扣，阐发了儒家教育思想，关乎宏旨，持论公允。文集中《先考侍御史府君墓碑记》一文，不仅记述其身世，而且强调其家训家风，"睦宗族，和乡党，厚姻戚，乐宾朋，敬长上，循礼度，海滨敬服"，彰显了儒家风范。《湄丘草亭记》一文，文采焕发，以景衬人，写景则草木生辉，写人则由采神丰腴。前人评说邢宥为文"博大昌明，粹然无疵，浑朴古雅，词旨深醇，宝光虹气，璀璨辉映"，绝非虚言。毫无疑问，这些文章，对于了解海南明代的政治、教育、文化等情况，对于了解邢宥的家世及其成长都不失为有价值的资料。

《湄丘集》现存诗二十四题，或咏海南风物，或思亲抒怀，或赠诗和韵，各具特色。《和友人韵》写道："作吏平江已六秋，抚心民事未全酬。闲来且看儿童乐，兴至还同父老游。红叶乘风惊落帽，黄花借酒可添筹。羡居作赋称运彦，凭眺高山任水流。"邢宥在官场上有过停滞期，有过不尽如人意的事情，这在诗中也看出端倪。这首诗与欧阳修的《醉翁亭记》异曲同工，写的都是官民在拥抱大自然的时刻中共同欢乐的感受和图景。欧文中的主人醉而取乐，为他人的欢乐而欢乐，表面超然，骨子里却排遣不了被贬后的郁愤。邢宥的诗也有些伤感，写主人公务之余闲看儿童玩耍，唤回逝去的时光；兴致到来则同父老畅游，远眺高山，惊觉风中落帽，任凭流水款款而去，他还不能把个人的名利和荣辱置之度外。但诗歌的意境却在委曲中显出宽宏，不由让人想起王维"行到水穷处，坐看云起时"这类诗句。显然，唐风宋韵提升了邢宥诗歌的造诣。邢宥对生长于斯的那片土地无比挚爱，流露于笔端，便有《海南风景》、《琼台杂兴》等诗作。与这些诗章不同，《海南村老歌》着力点则表现了他的社会政治理想，咏叹所及，便有"得钱只欲买书读，不置田园遗子孙""水行乘舟陆乘马，巾服雍容礼义敦""幸无徭役相劳烦""采钓芳鲜随意出""无事足不蹑公门""心有余宁形亦逸"等诗句。透过这些图景，我们看到的是一个知书达礼、物产丰饶、没有徭役、政治清明、社会和谐的文明之邦，一个世外桃源。在封建社会这显然是个空想，但邢宥能通过它寄托自己的家国理想却是难能可贵的。

唐胄：一腔正气上碧霄

为子尽孝而丢官

忠孝观念历来是一个让人困扰的命题。在中国儒家传统文化中一直存在忠孝不能两全之说，于是便派生出"以忠统孝""望亲为难"之理；然也有忠孝可以两全之议，由此便有"忠臣必出于孝子之门"之论。无论为臣尽忠还是为子尽孝，都是得到士大夫普遍赞誉的行为与精神，这种被视为可以动天地、贯日月之举，源于孟子的"吾善养吾浩然之气"。

不妨把话题转到唐胄身上，可以说，他正是忠孝两全的历史人物。

《道光广东通志·琼州府》记载："唐胄，字平侯，琼山人。弘治十五年进士，授户部主事。以忧归。刘瑾斥诸服除久不赴官者，坐夺职。瑾诛，召用，以母老不出。"需要补充的是，唐胄生于明成化七年（1471），弘治十一年（1498）乡试第二名。师从于王佐（王桐乡），博通经史百家。

《道光广东通志·琼州府》是由清代阮元修、陈昌齐等纂的一部志书。阮元曾任体仁阁大学士、都察院右都御史等职，身居要职，学识渊博，被学界奉为泰斗。陈昌齐曾任翰林院编修等职。这部志书"严谨渊雅""考订详核""堪称清代通志之典范"，因此其记述应该是可信的。

刘瑾是明代专权的宦官，权势熏天。所以他才敢下令，凡是服丧久而不赴任的官员，一律剥夺官职。唐胄因父亲去世而归故里，为子尽孝。而刘瑾被杀，朝廷召用他，他却以母亲年老不赴任，再一次为子尽孝。

其实，唐胄天性至孝是史实有定论的。他被削职回乡，遇到母亲患病，自己调上汤药，朝夕侍奉，一刻也不曾松懈。屋舍旁边长出一些菌类植物，他亲自采摘，以供老人食用。

可以说，唐胄胸中自有一股浩然之气。他为父尽孝，忤逆了势力滔天的权贵而被罢官，仍然我行我素，视富贵如浮云，置官职于不顾而再次为母尽孝。人难的是一辈子做好事，长期不懈地躬行道德理想，达到一种大义凛然的精神境界，而唐胄善养他的浩然之气，因此达到这种境界。

坎坷中的坚守

唐胄把为子尽孝的修行推而大之，成为一种一以贯之的赤子情怀、亲民思想和民众史观。即便宦海生涯是那样波折，正直的唐胄仍不改本色，可以说，这是他为臣尽忠的体现。

唐胄在嘉靖十八年（1539）去世，享年六十九岁。从弘治十五年（1502）考中进士算起，他在仕途上摸爬滚打了三十七年，其间遭罢官，下狱，历经坎坷，但仍不乏一种信念。他先后担任广西提学佥事、都察院右副都御史、南京户部右侍郎、右都御史等要职，都不改初衷。

他总以天下苍生为念，不随波逐流。"搢绅大夫平居矢口，言天下事即引裾折槛，见若无难为者。至当国家利害事变之冲，辄相率首鼠两端，甚则卷舌固位。"这是明代进士王弘诲在为唐胄所撰写的神道碑中的一句话。王在这里为那些伪君子、投机者画像，他们平日喜欢夸夸其谈，似乎没有什么事能难倒的，而国家一旦有事，那些人就不作声，以保住官位。而唐胄则不然。他敢于跟不法官吏斗争，屡次上书谏止大为民害的苏杭织造，措辞是那样切实。土官莽信残暴，似乎谁也奈何不了他，但唐胄却不畏惧，派壮士设计擒获，并同时抓获同党八人，严惩不贷。县令赵九皋引逆贼余孽征召渔民，他们苦不堪言，郡守不能制服，唐胄却"械击之"，核贪赵九皋。当然，唐胄也看情况采取不同对策。宣慰木帮、孟养叛乱，连年扰民，镇巡动议兴四省之师前去讨伐。唐胄说，不必劳师动众，可以不战而平叛。他派使者对之谕以国恩，木帮感激，罢兵献地。唐胄升提学之时，曾经告诉那些瑶族人要让孩子们上学。后来，他升任布政使，刚好遇古田贼人闹事，讨伐的官军却久战无功。唐胄派使者抚慰，贼首领很为感动，说："是前唐使君让我的孩子入学的。"然后，自动解除武装，境内秩序安定。

唐胄关心老百姓疾苦。一年大旱，唐胄焚香，祝告上苍，为百姓求雨。或许，他的一片诚心感动了上天，连日下了大雨。唐胄还一路跋涉，寻找黄河古道，以利疏通三郡水灾，把耕牛分给农民，耕种荒田，这是功于世世代代的大事。

南宋末景炎元年（1276），元军攻占南宋都城临安，大臣陆秀夫等拥立益王赵昰为帝。迫于无奈，后又立赵昺为帝，徙居厓山。赵昰居今吴川南海中时，派人到琼州征粮，以解决燃眉之急。因遭到元军袭击，无果而返。祥兴元年（1278）七月，南宋湖南制置司张烈良等起兵声援厓山，雷州半岛、海南等地也响应，多者逾万，少则不下于数千。但元军某部却悍然对海南用兵，以切断勤王之师与厓山的联系。而琼州安抚赵与珞却与义勇黄之杰等发誓固守阵地，率兵于白沙口抵抗元兵。同年十一月，元军阿尔哈雅假原宋南宁军管帅马成旺之名收买内应，将赵与珞裂杀，瓦解了海南抗元主体力量。但是，有的记载却歪曲事实，说"旺购旧部，卒以应"。对这种罔顾事实把罪名栽到马成旺身上的行径，唐胄据理力争：此"非尽州人意也"；"盖琼民当是年，虽广右诸郡同饷厓山，而尤加造舟楫，制器械，经夏末冬初，犹困竭不辞。况自海中称制以来，尽心勤王。至郡已亡，尚奋旧兴乱，岂有叛志者哉？"唐胄这些文字，纠正那些错误的记述，歌颂海南人民的斗争精神和民族气节，凸显出他的民众史观。后来，唐胄还上书请为赵与珞追封谥号并为他立祠，这就为唐的精神添上光彩。

其言亦善　其情亦炽

唐胄学养深厚，著述颇多，有《江闽湖岭都台志》《琼台志》《西湖存稿》《传芳集》等。《传芳集》虽然篇幅不大，却含疏、序、记、论、诗等体裁。其各类诗歌则是他和长子唐穆、次子唐秩的诗选。唐穆也是一名进士，官至礼部员外郎，而且有其父之风，同祀乡贤。

《谏讨安南疏》是一篇有名的奏疏。安南即今之越南。多年来一直给明朝廷进贡，但后来却久不上朝交纳，因此朝廷严兵待发，准备兴师问罪。对此，唐胄上疏，极力谏止。他陈述不可征讨的七种理由：其一，"安南不征，著在祖训"；其二，"章皇帝弃而不守，今日当率循"；其三，外夷"今纷争，正不当问，奈何殃赤子以威小丑，割心腹以补四肢，无益有害"；其四，"马援南征，深历浪泊""况又有征之不克""此可殷鉴"；其五，"是彼欲贡而不得，非不贡也。以此责之，词不顺"；其六，"兴师数十万，何以给之"；其七，"北顾方殷，更启南征之役，脱有不测，谁任其咎"？

唐胄在这形势下敢于发声，表现他对国家大事的关切，显出他的自信。这篇疏千把字，或结合前两代皇帝之事例，或援引征讨史实，或从道义、军事实力、形势等方面说理，具有一种令人信服的力量。后来，朝廷招抚成功，免去一场战争祸患，有利于国家的安定和人民的生活，彰显唐胄的远见卓识。

从现在的情况来看，元朝取代宋朝，不过是正常的朝代更替而已。汉蒙这两者是中华大家庭里的两个民族。但在当时的老百姓看来则不然。他们得到三百年大宋"朝廷政泽之沾"，自然对元朝入主不满，发起"勤王"之举。唐胄写的《哀百姓》一诗，或记事，或用典，慷慨悲歌，正气凛然。"舆图二百尽皇州，宋室遗民尚有不？"虽设问而不作答，但其意不言自明，且用语忧愤深沉。"忠魂几许随波恨，孤旅三千特地投。"直接歌颂海南士民的壮烈牺牲，惊天动地。此诗前面有一篇序，题为《补白沙口哀诗·有序》洋洋五百多言，情理充沛，义愤填膺。明知道螳臂之不可挡车，海南士民"然所以谩骂以泄其愤，坚守以固其节者，心焉而已"。"琼去中原万里，朝廷政泽之沾独迟，及国之亡也，人心固结，独后于天下""其后人之心不亡终于琼海，所谓后死之雎将，不帝秦之齐士，闭城之鲁民，皆兼而有之矣"。这些文字令人荡气回肠！

他写的《访赵忠简墓》云：

> 澶渊哗辙杳难呼，南度乾坤两手扶。
> 窜逐不妨青云路，家迷琼岛未为孤。

唐胄胸怀一种宋朝情结。他惊呼，虽然澶渊之盟宋朝皇帝的车辙已经杳不可寻，但赵鼎却两度担任南宋宰相，撑起半壁江山。即便被贬崖州，也心系家国，不改青云之志，并不觉得孤独。尽管赵鼎遗恨客死崖州，但他力挽狂澜、矢志不改的精神却一直影响着后人。

传世的《正德琼台志》

唐胄纂写的四十卷本《正德琼台志》在明代广东七种志书中是备受推崇的一种。它是集海南地方文献的大成之作。这是一部体例完备、内容丰富的志书，朴实的记述里，洋溢着他对海南人文风物的礼赞。

这部志书对于海南沿革、户口、田赋、兵防、学校等方方面面的记述，完备而可靠。分别从《名宦》《流寓》《罪放》《人物》等条目扼要记述了海南本土的杰出人物，以及历史上跟海南有机缘的外地重要人物。像马援、冼夫人、路博德等一些破荒启土的名宦，像苏东坡、李德裕、李纲、李光、赵鼎、胡铨、丁谓等为海南文化做出重要贡献的人物，像一度流寓海南后来当上皇帝的图帖睦尔等等，都囊括其中，从他们身上可以看出一种深远的历史渊源。海南本土人物则包括名德中的佼佼者、开科取士得到进士、乡举和岁贡等功名的人物，还有义勇、卓行、儒林、文学、隐逸、贤良方正、经明行修、诸科、封赠、荫叙、吏员、艺术、杂役、列女、仙释等方面有代表性的人物，也名列其中，可谓三教九流，应有尽有。这是海南时空跨度很大的人才库，从中可以看出，"未及百年，而人才俗化之盛，媲美隆古""诗书教化，百年以来，风俗淳美，超越前代"。（王佐）

志书对于风俗、礼仪的记述，既全面又精要。对节气、习俗，包括一些少数民族的风俗都给予重视，表明他对宗教信仰、图腾崇拜等，都素有深入研究。

志书关于风物的叙述，不但翔实，而且时有发现，突出重点，兼顾全面。各州的山山岭岭，大河小溪，水利、植被、气候，一一记述，各地的物产，应有尽有。在《土产》中，举出谷类的粳"品著者有九"。形形色色的五谷、杂粮、花、菜、瓜、果，不仅识其形态、功用，有的还引诗文，讲其出处，如菠萝蜜即是。

当时缺医少药。志书对于一些民间药物的发现和记述，显得极为可贵。这些药物的民间叙述，既表明海南药物的多样性，又说明海南人的经验之丰富。

唐胄的这部志书，体现了他治史的务实、严谨。他深知，志书是留给子孙的宝贵文化遗产，它留住历史，用于借鉴，而绝不是猎取个人虚名的工具。

半肩凡尘　半肩仙风

有一年冬日，我随海南作家采风团到福建采风。在武夷山一家茶店里宾主一边品赏着大红袍，一边聊着两省风土人情。忽然，茶店老板谈起了白玉蟾，说他还活着。大家顿时发愣，脸露惊疑的神色。那老板倒显得坦然，说"这是真的"。然后望着一张张脸说下去："一位大师用仪器测到了他的行踪。他依然在武夷山地区活动！"我仿佛听着天方夜谭。但是，这也说明白玉蟾长久的魅力，八九百年过去了，仍然有人关注他的行踪，在他身上寄托一种超乎想象的境界。本来，白玉蟾就是仙风道骨般人物，他在我的心目中就像云遮雾罩的山头。老板不说还好，这么一说，反倒让我觉得事情太玄了，竟怀疑白玉蟾简直是一个子虚乌有的人物。

然而，我终于陆续读到了由周伟民、唐玲玲两位教授校点的《白玉蟾集》、刘亮著的《白玉蟾生平与文学创作研究》和陈虹著的《白玉蟾》，白纸黑字，众口一词，我还能虚无地看待海南这么一位极其重要的历史人物吗？

我来到了文笔峰。当然，慕名而来的，还有来自天南地北的男男女女。他们不是为了定安的粽子而来，虽然这美食已经名声在外。他们不约而至，是想同这天造地设之地有一个美丽的邂逅。文笔峰"从平地特起"，"天色晴霁，辄有苍烟一道"，这本已是奇观，而"每科第则吐光如炬"的记载，盘石洞等上古遗迹，附丽盘古开天辟地之后身体变成江河湖海花草树木的传说，则增加了浓厚的神秘色彩。盘古石历经风雨雷电，仍然不灭那一处白玉蟾羽化登仙时留下的脚印。天造地设，令凡尘中的俗子，想入非非。晨风吹我衣，顿时有飘飘然的感觉。但是，置身熙熙攘攘的人群之中，我终于不忘记自己的立足之地，尽管云遮雾罩，仍然要探寻白玉蟾的庐山面目。

老朽误才

宋光宗绍熙五年（1194），白玉蟾出生于海南琼山，而苏东坡贬琼是在宋哲宗绍圣四年（1097），对于海南文化而讲，这都是重要的时间节点。

白玉蟾原来姓葛，讳长庚。以太白金星作为一个子孙的名号，可见前辈的期待非同小可，而长庚小小年纪就显得聪颖过人。但是，命运捉弄了葛氏一家。等不到小苗成材，小长庚的爷爷、父亲就相继去世。在宋代，那种"饿死事小，失节事大"的伦理观念不再像铁屋子那样禁锢着无辜的妇女，因此，年轻的寡妇终于改嫁一个姓白的殷实人家。小长庚随母迁移，仍然留用乳名玉蟾，时年七岁。家道无常。虽然家庭变故给玉蟾带来了机遇，但它必定在善感的孩子心上投下抹不掉的阴影。

七八岁的玉蟾能诗善赋，熟读经典，金榜题名似乎指日可待。然而，他首先要通过童子面试这一关，这在宋代已然成为一项制度。玉蟾听说晏殊等一些贤臣都是通过神童面试而功成名就，自然跃跃欲试，不畏路途崎岖车船颠簸前去应试。在主司面前，白玉蟾倒背如流。略加思索，就按主司的命题赋诗一首："大地山河作织机，百花如锦柳如诗，虚空白处做一匹，日月双梭天外飞。"这首诗借一部织机透露了他希望天下苍生都能衣被其身的宏愿，气势磅礴，一气呵成，形象来之于生活和超乎常人的想象，结尾一句比喻尤其奇特、贴切，富于动感，显示了少年玉蟾的诗才。本来，这应该得到称赞，得到选拔。但是，那个老朽的主司竟然从诗中读出了神童的目空一切、桀骜不驯，断言眼前这位才华横溢的少年日后会犯上作乱，祸及他这位大人。神童阴沟翻船。经受这沉重的打击，白玉蟾心里无限悲凉、愤慨、困惑、迷惘，加上后来一些变故，他竟与功名渐行渐远。

人的一生漫长，但几个节点往往左右其方向。白玉蟾虽有天纵的才能，但在仕途的节点上被老朽的主司所误，这是他人生的一个悲哀。

求道之路

宋代不光重文，而且崇道，白玉蟾离不开这个大背景。当然，白玉蟾求道，是许多偶然促成了必然。一次，白玉蟾面对一个弱女子被恶少欺凌，挺身而出，失手杀人，这是一个偶然；白玉蟾偶遇异人，得到指点，这又是一个偶然。但是，上天仍然要考验他，他被迫离乡背井，痛别母亲，迎接人生无数新的挑战。《求道自勉文》披露了他的心境。他历尽磨难，习惯了白眼，却满怀希望走进福建、江西的一座座名山、一个个久负盛名的道观，虔诚地面对那些仙风道骨的道长，却被当作叫花子逐出山门。《云游歌》二首，是他寻师学道一段历程的心灵回声。其一云："云游难！云游难！万里水烟四海宽。说着这般滋味苦，教人怎不鼻头酸？"他"身上衣裳典卖尽"，"荒郊一夜梧桐雨"，"道友笑我何风颠"。心中有苦有泪，诉诸笔端，便真切动人。有幸的是，原来的希望破灭了，新的念头又冒了出来，疲惫的身心为之一振，猛地抬起前行的脚步。所有的磨难都是为了砥砺他的毅力，世情的冷暖只是坚定他的大慈大悲。总之，似乎冥冥中自有安排，白玉蟾百折不回地寻求他的师父，一步一步走向那当初不敢企及的目标。

终于，他走到了罗浮山。那年是1212年。时已初秋，他刚十九岁。就在那里，他意外地遇到了泥丸真人，南宋高道、全真道南宗四祖陈楠。所谓"踏破铁鞋无觅处，柳暗花明又一村"就是这一回事。泥丸真人仙道殊深，扶危济困，仍以箍桶为业。当时，他随口而出，吟诗一首，其中两句是："磨来磨去知多少，个里全无斧凿痕。"白玉蟾明白其用意。师父明讲箍桶功夫，其意却暗点人生的道理。人生运转，周而复始，谁能说清楚几个轮回。但一切都随其自然。白玉蟾省悟了人生。因此师徒十分投缘，朝夕谈仙论道，罗浮山成了白玉蟾人生一个重要驿站。当然，一个云游的道人绝不会裹步不前。机缘又使他几度栖身武夷山。一个谈仙论道之人，总是与名山胜景结下不解之缘。武夷山的丹霞地貌被称为碧水丹山，武夷山的九曲溪处处诗情画意，无疑吸引着他，因此，他在那里度过了许多快活的时光。当然，一个以普度天下苍生为己任的人，决不会停下云游的脚步，他接着又云游浙江天台山、雁荡山、金华山，然后再南下罗浮山，与他的徒弟彭耜相会，继续他修行的旅程。

要是谁认为白玉蟾只是一个谈仙炼丹的高道，那就错了。白玉蟾之所以成为海南最有名的道教诗人，那就因为他还有另一种本色。

仙风道骨与古道热肠

苏东坡贬琼之后九十七年，白玉蟾出生。苏东坡贬琼三年时间传播了中原文化，还创作了大量的诗词。坎坷的人生经历，旷达的人生态度，使他的诗词"具有神仙出世之态"（刘熙载语）。这些对于白玉蟾而言，都是宝贵的精神财富。白玉蟾既然不能出将入相，施展他的人生抱负，就必然拿起另一种武器，以诗言志，抒发他积淀的情愫。

苏东坡对他的影响，是全面的，是有别于其他诗人的。这在白玉蟾的诗词中，就可以看出端倪。他的《水调歌头·丙子中元后有感》，写得蕴含深广，超脱尘世，又怀人深切，就明显受到苏东坡《水调歌头》的影响。正是苏东坡播下的种子，让他的诗才光大。当然，他能从优秀传统文化中吸取丰富营养，在古乐府诗的创作中还学习李白、杜甫之长，在词作中融合柳永、辛弃疾等大家的风格。这样，他的诗词就由于这种师承关系而成为有本之木，由于自己的创新而形成比较突出的特色。他留下千余首诗歌和一百多首词，体裁涵盖数言古诗、律诗、绝句和联句，还有多种词牌，有大约一百多篇论、赋、颂等，可谓百般武艺样样精通，这在海南文坛可谓前所未有。

白玉蟾作为一个高道一个宗师，有丰富的生活经历，其题材有别于其他诗人的，更有比较独特的特色，一言以蔽之：写方外生活，则充满了人间烟火，写凡间之事则不乏神仙之态。他的《呈万庵》十章，从护鼎写到沐浴到脱胎，写的都是道士方外生活，就体现了这种特点。《采药》把人事神仙化了。药苗长在白云深处，元始天尊耘草，玉女骑龙播雨。然而，"不论贫富家家有，采得归来各一斤"，却充满了人情味，显出了他的博大情怀。《温养》中的"金翁姹女结姻亲，洞口桃花日日春"，透出了多少男欢女爱。而他写日常生活的诗，则往往饱含禅意，透发仙机。他的《武夷有感》十首，写一年四季晓暮中武夷山的景物，写行住坐卧的感觉。其中，《坐》是这样写的："千山猿叫月如昼，万籁风号天正秋。雾湿苍苔烟漠漠，白云飞梦过瀛洲。"深秋夜半，月辉之夜宛如白昼，仍有千山猿啼，仍有清风呼啸，在万籁之中突出一些"动"的渲染，诗人暗示人的打坐，因这打坐才能入梦，飞过寥廓的烟云到达人称神仙洞府的瀛洲。这样，诗不仅写环境的生机，而且在动静映衬中展现人的仙机。

其实，白玉蟾并不是一个了却凡尘的人。他疾恶如仇，目睹一个恶少光天之下指使家奴毒打卖艺的老汉，抢夺他颇有姿色的女儿。含恨而死的老汉合不上眼，似乎在呼唤正直的人为他们报仇，伸张正义！于是，十二三岁的白玉蟾挺身而出，任侠杀人。白玉蟾一生不仅以天下百姓疾苦为念，普度芸芸众生，而且对于一些历史人物的咏叹都体现出这种情结。《武昌怀古十咏》就是一个例子。借黄鹤楼等十个景点的有关掌故与传说，表达人物命运兴衰，诉说历史演变，这就可见白玉蟾对于世事的不能忘情。他在《水调歌头》自述十首中，唱出了"梦魂归碧落，泪眼看红尘"，就是一种心灵的表白。哪怕魂归九天之上，他一双多情的眼睛总是看着人世间而洒下泪水。他的诗不仅写自然景物和田园之美，而且对古往今来人世沧桑进行深刻的思考。他的一些词作也抒发了对朝代更替的喟叹，当然其中往往加进一些道教神仙的内容。这是白玉蟾亦仙亦凡的本质特征，是他复杂情感的体现。

在中国修仙求道由来已久。东晋葛洪进入罗浮山等名山修炼，修道炼丹，采药济世，著书立说。"一潭湛绿是非海，千尺粉青入我山。"天下名山僧占多。高道进入大山名刹，似乎远离尘世，其实是把是是非非沉入绿潭一样的心境，放晴双眼，看待世间的人事。白玉蟾正是如此。或许，他相信神仙的存在，相信千尺粉山会净化他的心灵，提升他的人生境界，于是他沿着前辈的路，修仙求道，以一种别样的方式延续生命状态。他罗浮拜师，漫游武夷，炼就丹药，麻山传教，成为南宋内丹南宗派创始人，一生不仅以诗文传世，而且留下大量道教著作。古道热肠与仙风道骨体现于一身，白玉蟾亦凡亦仙闻名于世。

归去之谜

白玉蟾何时归去，至今依然各执其词，留下一个谜团。一个说法就是陈虹所说的，白玉蟾生于1194年，仙逝于1229年，只活了三十六岁。其证据是白玉蟾嗜酒，体弱多病，而且有他的诗为证。他在《呼唤体自述》中，不但说他"只贪饮酒与吟诗，炼得丹成身欲飞"，而且说"蓬莱归期今寻著，兜率陀天时觉非。料我年当三十六，青云白鹤是归期"。另一种说法就是刘亮的考证，他在《白玉蟾生平与文学创作研究》一书中博取材料，进行甄别，去伪存真，并且举出白的《水调歌头》等诗词为证，指出白玉蟾生于1153年左右，去世于1243年左右，活了九十多岁。人已"生华发"，大约在"二十年，空挫过"，学道多年后云游福建、江西、浙江一带。他写作此词时已然六十多岁。

这就显得扑朔迷离。历史常常给一些事物蒙上尘埃，使本来就有些复杂的事物变得面目模糊。现实是一种无奈的立足与选择，而传说则表达人们的一种理想化的追求。即如白玉蟾现在还活着之说，就是如此。

我对前一种说法存在不少怀疑，一个修炼到家的人，就因为嗜酒而英年早逝，这未免有些不可理喻。"料我年当三十六"，如果这诗确系白真人所写，也不能为其观点提供有力证据。因为其"料"只是一句推测之辞。何况他如果生命如此短暂，那么他就不可能有这么广阔的活动空间，不可能有那么多的人生容量。我宁愿相信后者，一个半肩仙风半肩凡尘的人，一个以普度众生为己任的人，理应有更好的归宿。因为他已经不仅仅属于他，而且属于文化，属于更广大的人群，属于悠远的时空。

"忠直"许子伟

　　《三国演义》里有一则故事，千百年来已经家喻户晓。当年，刘备势单力薄，寄人篱下，被曹操征讨，败走小沛，惶惶然如丧家之犬。夫妻离散，生死未卜，于是便演绎出关公千里走单骑忠心护送二嫂的故事。那土山预约三事、挂印封金，有的是关公对兄长的义薄云天，生死不渝；那过五关斩六将，显示的是关公临危不惧、天威无比。其情节惊天动地，因而流芳千古。

　　重拾罗贯中的牙慧，于本文而言，目的在于引出另一则故事。

　　相比之下，这则故事缺乏轰动效应，一是故事的主人公许子伟无法与关公相提并论，二是没有媒介把它放大，乃至推波助澜。不过，论其情，它也类似于关公千里走单骑。尽管他护送的不是嫂子，没有强敌追杀，但是千里烟波，关山阻隔，一步一个脚印护送恩师海瑞的灵柩，让一个为世人所景仰的灵魂得到永远的安顿，这是以死托付的非同一般的使命。一路上风云突变，电闪雷鸣，南京市民的哭声在许子伟胸中翻滚，化成执着的力量。他感到，恩师太累了，只是小憩片刻，他很快就转过身来。前面千山万水，老师的路也很长。一路上许子伟并不觉得孤独，一个个熟悉的身影簇拥周围，灼热的眼光闪耀着他们的嘱托。许子伟出生于海南琼山，一度同海瑞一起居住在琼郡福德里。他得到同乡的推举，肩负这重大的使命，不仅出于乡情，也为人心所系。他生于1555年，比出生于1514年的海瑞年小四十一岁，而且他是海瑞的门生，两人既为同乡，又为师生，情比父子，渊源殊深。非同一般。他果然不负众望。不但护送乃师灵柩，而且做到"御葬工竣"，完成使命。所以，许子伟之举，可谓亦忠亦信，恩义并重。

许子伟对海瑞的敬仰与忠心一以贯之。海瑞生前，他视海瑞如父如师，尽心尽责；海瑞死后，他不但千里护丧，使其身灵得到归宿和安顿，而且为文赋诗，让海瑞的精神发扬光大。《祭海忠介公文》或赞其"独立独行，砥柱回澜"的品质和行动，或痛惜其"志在救世，力不逮年"，文字慷慨悲歌，令人叹息。这样至情至性的文字，出于许子伟一腔忠心。《挽海忠介公》歌咏海瑞"本来正气参天地""九死孤忠能悟主"，体现一种正气、一种忠贞的力量。

许子伟原籍金陵，十四岁丧父，十五岁拜海瑞为师。虽然孤贫，但从小就刻苦力学，一日不曾懈怠，学业逐日增进。于万历十年（1582）中举，1586年荣登进士，由此步上仕途。他被任命为行人，在湖广当地方官，曾被提拔为兵部给事中，也一度被贬为铜仁府经历。

许子伟官阶不高，而且仕途有起有落，却由于正直的名声而大大提高其知名度。当然，他的品质和善行不仅局限于此。他事母至孝，几十年母子相濡以沫，家境贫寒时如此，地位变了他依然不改初衷，悉心奉养母亲。许子伟还秉持一种扶危济困之心。救济乡亲，捐钱创办琼会馆，建明昌塔，设儋耳义学，开敦仁书院，掌教文昌玉阳书院，广播恩泽，有口皆碑。然而，世人尤为称道他的正直。或许那个时代人心不古，道德沦丧，正直两字或为稀有之物。张子翼评价海瑞之母"教子为名臣，直声动朝野"，这其实也是他对海瑞的评价。毫无疑问，许子伟吸取了恩师的学养，更继承了他"直声动朝野"的精神。

东阁大学士、礼部尚书蒋德璟在《赐进士吏户兵三科给事中许忠直墓表》中评介了许子伟的生平和功名，为之盖棺论定。他指出，许子伟"文章则宗丘深庵","气质则效海刚峰"。他与海瑞"志同道合"，一生光明磊落，正直无私。"荐人才不取礼谢，杜门户不入公廷。有益于世道人心者，公必建言；有伤于民情风俗者，公必补救。"

许子伟奉海瑞为楷模，赞他为"一生奇节在惩贪"。而许子伟也身体力行，一生清廉，"官清如洗，产业不满百金"。他正直、无私，忠贞为国，敢于"疏劾权贵之要津，进议内使之开采"。这说的是如下史实。在他补户科右时，由于上疏弹劾当朝权贵而忤逆皇帝，被贬为铜仁府经历。内使开采珠船，将数以万计的劳役摊派于琼州府，造成民怨沸腾，而许子伟依然无畏进言，使百姓得以减轻负担。这跟海瑞的死谏精神可谓一脉相承。

许子伟于万历癸丑年（1613）五月不幸辞世，享年五十九，谥号"忠直"，这是对他一生恰如其分的定位和注脚。

大概了解许子伟的生平，自然还想欣赏到他的著作。可惜，现在所能看到的只有《许忠直集》，而且只是他跟别人的合集。其实，许子伟为文颇丰，还著有《谏垣录》《广易通》《敦仁编》等力作，可惜至今都已散佚。《许忠直集》篇幅不大，收录序、记和诗等一些体裁的重要诗文。其中，《尚友书院记》《儋兰村德义书院记》等，都是研究明代海南文化教育宝贵的资料，《五指山和丘文庄公韵》《海口渡》《文笔峰》等诗作则抒发了他对海南山川风物的深厚感情以及他的人生情怀。他为海瑞着力写的祭文和诗作，不仅感情真挚，以情动人，而且具有一种"史"的品格。

《喻义亭朱陆同然记》是《许忠直集》中一篇重要的文章，对于了解他的哲学思想很有价值。

"朱"指的是朱熹，"陆"指的是陆九渊。明代这两位哲学大师曾有一场思想论争，波及后代，史称朱陆之争，中心的论题是"尊德性"与"道问学"何者为优先。所谓"尊德性"和"道问学"都是一种道德修养和致知的方法，而"尊德性"指的是尊天赋的善性，使思想和行为符合封建道德的"正理"，"道问学"指的是格物致知、穷理尽性的道德学习。黄宗羲认为，朱熹主张的是以"道问学"为主，而陆九渊主张的则是以"尊德性"为宗。朱熹说，自孟子以来，"教人之法，惟以尊德性和道问学两事为用力之要"，而陆九渊却从心学立场出发，认为要发明本心，尊德性是本，道问学是末，后者要服从前者。朱陆之争，实质上是客观唯心主义与主观唯心主义之争。

海瑞由于受到心学与道德理想主义的影响，在《朱陆》一文中表达了"是陆非朱"的观点。他指出，"朱子平生误认格物为入门"，"陆子门人闻陆子学以何进，曰得之孟子，则精一执中之旨，陆子得之矣"。许子伟一生对海瑞十分崇拜，但对朱陆之争也有自己的独立见解。他发现朱、陆学说之间有许多关联，两位大师在"君子喻于义，小人喻于利"这个喻义命题上有共同认知。朱熹在庐山修复白鹿洞，特别邀请陆九渊讲课，讲的就是这个喻义命题，在中国书院史上留下一段佳话，就足以为证。许子伟不但跳出了两人论争的具体框框，而且从时代大变局中探讨问题。他在《喻义亭朱陆同然记》一文中写道："朱、陆之时，去孔孟之时已远，今之时，去孔孟之时亦远，富贵功名之习，沦肌浃髓，惟利是趋，沉溺者恐复不少。即使朱、陆生于斯时，一引发而拔之，一扣劲而驱之，不知能遂令自知愧否？能令之愧，而遂能令之反求其然否？能令其所然，不然其所不然否？"这段话是说，朱、陆生活的年代，距离孔孟很远，当今离孔孟亦远，富贵功名观念已经侵入人的肌体和骨髓，只要是利就追逐，沉溺其中者恐怕不复少数。哪怕朱、陆生在今世，一边牵其人的头发往外拉，一边朝下用力驱动他，也不知道能不能让他感到有愧。即便能让他有愧，谁又知道能否让他反过来求得正道？能求得正道，又能不能反对非正道呢？许子伟在这里从时代的大变局中认识到人们的人生观和价值观之变化，舍利取义的价值观已被人们所淡忘，因而哪怕朱、陆活在当世，也无法解决这个困局。这必然让朱、陆感到羞愧，让圣人感到羞愧。"朱、陆之同然也，孔、孟之同然也，先天后天，前圣后圣，其不然而愧，愧而求其必然者，亦同然也。"朱、陆之羞愧，圣人之羞愧，让他们有一种"同然"的追求。本着这种认知，许子伟在白鹿洞建造一座亭子。匾题"朱陆同然"，并写了这篇《喻义亭朱陆同然记》。他的"朱陆同然"说，也许只是一家之言，未必能产生重大影响，却在海南乃至中国传统思想文化中占有一席之地，让人看到他一种追求真知的勇气，再次感受他"忠直"的品格。

社稷为重　石湖放歌

　　郑廷鹄这个名字鲜为人知，生卒年月也不详，历史似乎给他蒙上薄薄的面纱。其实，他早跟丘濬、海瑞、钟芳、许子伟一起，被树为明代五贤。他出生于海南琼山，年少师从私塾老师海贞苑，开启了他人生中不可忽略的一段里程。后来，郑廷鹄在《刻琼台会稿后序》一文中，披露了他这段心路历程。其序不仅叙述了刻印《琼台会稿》的始末，点明他此举的初衷，来龙去脉，一清二楚。重要的是，行文中一则揭示丘濬的治学态度和境界："先生之学，以紫阳为宗。读书穷理，以究极圣贤之精蕴，可谓至博矣。"二则指出丘濬的立志目标与精神："然其志以身致太平为己任"，"介然以清节自励"。这种治学态度，尤其是这种以天下苍生为己任的精神，树立了一座标杆，影响了郑廷鹄的一生。老师海贞苑不仅惊讶于郑廷鹄的聪慧和机敏，而且欣赏他的言谈举止，遂将女儿许配于他。她是海瑞的侄女。这样，五贤中的三贤，或因思想传承，或因儿女情缘，而缔结千古奇缘。

　　像许多封建社会知识分子一样，郑廷鹄也通过科举考试而出仕。他中举之后，于嘉靖戊戌年（1538）会试中名列第三，考取进士，由此踏上仕途。他先后在水部、仪部主政。后来，调任吏科给事中，然后晋升工科给事中。其时正逢京师发生地震。尽管公元132年东汉张衡已经发明、制造了候风地动仪，可测定地震方位，对地震的发生有了初步认识，但当时仍然有人视地震为不祥之兆。然而，郑廷鹄却处变不惊，认真调查研究，周密拟定对策，反复评估，而后上书《便宜四事》于嘉靖皇帝，对四件大事直陈己见："一，黄花楼、古北口、朝河川为京师后门，宜遣官筑关城，增木垒；一，贵州地连三藩，权不统一，宜设总督，置一控三，于法便，且省费；一，京师草场等处，督理者率岁迁，因以滋弊，请限三年；一，苏松等郡，财赋所汇，请设参藩，董其责成。"此四项对策关乎社稷安危，其设计着眼于国家长远利益，针对性强，效果确实，君臣不由对他刮眼相看。

嘉靖庚戌（1550）年，郑廷鹄考核礼部会试，当时出于门下的人都是鸿儒名士。郑廷鹄忠于职守，"疏皆手出，以公正称"。张文毅公诚服郑廷鹄能鉴别尊卑长幼的关系，将他推荐为江西学宪。江西是个大地方，竞争激烈，士人难以通过科举步上仕途台阶，因此有人要走旁门邪道。但郑廷鹄一概以功名裁决，于是无人敢私偏子弟。他教导人，都以真诚不欺为主，而把文学艺术排在其次。之后，郑廷鹄被提升为江西督学副使，兢兢业业，不负众望。在《郑提学廷鹄示主洞教谕崔相帖》一文中，他开门见山，强调"主洞教规，实千圣教人之法也"，从而提高了学规的重要性。"讲学修身，此洞学之大旨也。愿诸生以致知力行为一事，以进德修业为良能，不负先贤垂教之意。"论述语言平实，突出"大旨"，本着朱熹的教育思想，以"致知力行"为依归，强调"良能"，表达愿望。这也体现了郑廷鹄教育思想的根本。文不长，却有指导思想，有职责的要求，措施明确，可行操作，体现了一个督学副使的办学理念和能力。

郑廷鹄对于教育的振兴十分重视。他的著作《石湖遗稿》中，就收有几篇体现其教育思想的文章。《琼山县儒学记》记述的是琼山儒学兴办重修过程。琼山郡守张安城说："吾无德于琼，愿广文教嘉进诸士……"把兴教办学、弘扬文教，激励学子作为立德于郡的举动，这其实表明了郑廷鹄和其他地方官的思想境界。秉持这种理念，张郡守跟县令一起行动，以振兴教化，教谕、训导等，也极力申请重修县学。由于官员同心协力，县学大功告成，一改旧观。但是，郑不仅着眼于这一点，他始终不忘自己的期望。因此，他在文末，以诗歌咏这件盛事，首先状写学宫的风貌："渠渠新宫，在琼之阳，有泓其池，有窿其堂。"高大的学宫凌空矗立在琼山大地，池水深广，一汪碧水，与半球形屋盖相映，何等壮观。郑廷鹄以社稷为重，不谋求个人私利，奉公廉洁，崇高的人格，就像学宫一样。他语重心长，表明自己的期望："曰作新宫，匪徒瞻视。愿尔诸生，惟圣是式。言必由衷，行必由义。若师有职，若陶有型。""圣门肇开，敢不拳拳。庙一告成，休声日宣。"他希望广大学子，不仅仰观新学宫，而且要以圣人言行为准则。语言出于内心，行动必秉义气。老师要履行职责，像陶器成型一样。这篇短文，叙事简洁，清楚，能在较高的视点上认识问题，所见者广，视野阔，结尾的诗歌，增加了文章韵味。著作中的《临高县儒学记》，也同样具有这种特点，不失文献价值。所不同的是，该文较多引用了子思、子贡等儒家大师的论断，强调了"教之所由兴也""人人渐被王化，莫不向学"的意义，然后，才结合临高县学的变化，阐述修好县学的意义。为文紧扣"教"的意义，始终突出中心。既不离开论述对象，又旁征博引，体现了他为文气势充沛，高屋建瓴的特色。他襟怀磊落，胸藏锦绣，文品自然跟人品匹配。

　　嘉靖时代的明朝早已走下坡路，世风日下，人心不古。郑廷鹄以文字为武器，对此发起挑战。他固然没有长篇大论，但一些短小的篇什也体现他的爱憎，放射出批判的锋芒。他的《青灯记》，写的是海南文昌一位邢氏烈妇殉节而死的故事。这似乎为那位贞节的妇女立传，其实文章的主旨并不全在此。邢氏是先贤邢宥的族孙女，年少而有姿色。胥吏强行抓她，妄图霸占。邢氏宁死不屈，发誓"以此为命，灯灭吾灭矣"。恶霸却要玷污她，"邢奋身哭骂，自抓其胸，血流遍体"。恶霸害怕而逃，邢氏"即裂衣自缢死。时年二十有一也，一子尚在襁褓"。文章写得催人泪下，激起人们的义愤。通过邢氏烈妇的命运，无情地鞭挞恶势力，又将批判的矛头指向那些忠臣孝子："呜呼！一烈妇死，犹凛凛有生气也如此，而况世之为孝子为忠臣者乎。"结句感慨，意味深长。《俞义士传》在作了一些介绍之后，精选几个案例，表现一个义士的形象。其一，某寡妇为逃避强暴者的玷污，饿了三天，逃到义士家求救。义士叫人陪伴她，还给她饭吃。如此行善之人，却遭诬告"盗妇而匿之"，被有司抓到狱中。其二，案情了结后，有人讥笑义士，说他爱管闲事，是取祸之道。义士义正词严地说："见人之节义而济其难，此岂闲事也耶？"其三，有人故意把钱丢在地上，义士一见，以为失主遗失，就追上去，如数交还。这些事情凸显了一个扶危济困、见义勇为、拾金不昧的义士之精神面貌，让人如见其形，如闻其声，折射出当时已经不良的社会风气，反映恶势力的横行乡里。

后来，郑廷鹄由于母亲年老，便以为其养老送终为由，辞官归里。尽管官方一再推举他，高位以待，但他仍然坚辞不就。为何？我不敢妄加揣测原委。但在我看来，无论如何，郑廷鹄的人生已臻于一个境界：在任时以社稷为重，尽到了一个臣子的职责，而一旦归隐山林，则又自得其乐。孟子说过："达则兼济天下，穷则独善其身。"这句古训，用在他身上简直是量体裁衣。

他在石湖盖了房子，得以朝夕栖身。从此在山水间陪日出花开，于笔墨中陶情悦性。当然，他以五十七岁善终，未免有些遗憾。他一生著有《易说》《礼说》《春秋说》《琼志》《藿脍集》《兰省掖垣集》《学台集》等多部文集。对儒家经典深入阐发，对海南人文等情况加以记述，这些作品当然有其独特价值，可惜多已失传。然而，我还是有幸读到了他的《石湖遗稿》等作品。

《遗稿》只收有文十篇、诗六十三首。数量不多，却让读者看到了郑廷鹄的人品和文品。上面引文都是《石湖遗稿》里的文章。他的疏、序、记（《青灯记》另外）、帖，语言简洁、朴实，但持论有据，以儒家理念为本，突出中心。而《青灯记》《俞义士传》则体现他为文的另一种风格。叙事曲折，生动，勾勒出鲜明的人物形象，一枝一叶关乎社会风气民情。

郑廷鹄的诗歌除了载入《石湖遗稿》之外，还跟丘濬、海瑞、邢宥等海南大家的诗作一起，被选入《滇南诗选》。《遗稿》中的诗作有律诗、绝句、歌行体等，体现了他的艺术造诣之高。

位于江西庐山的白鹿洞书院历史悠久、很负盛名，朱熹曾为修复书院上书皇帝，后来又在书院开讲，故被称为白鹿洞主。郑廷鹄在江西为官，跟书院结下不解之缘。他曾主持编纂《白鹿洞志》，扩增白鹿书院的田地。而他写的《白鹿洞》一诗，则对景抒怀，显示了另一种景致。"石洞霭晴晖，高台碧翠微。松萝常向榻，花鲜细沾衣。"在他的笔下，石洞笼罩在晴晖下，镜头之全景呈现了一种色彩迷离的背景。然后，他把镜头对准掩映在青翠山色中的高台。松萝低垂，飘向卧榻，鲜花细蕊沾着衣裳。这又是特写。表现的是白鹿洞独特、美妙的自然环境和生活环境。"不掩谈经久，深惭访旧稀。长歌动林麓，山鸟傍人飞。"诗人不厌谈经论道，但是，他感到羞愧的是来访的人少了，然而，他却大声放歌，打动了林麓。他的心境有褪去铅华之余的恬淡，也有淡淡怀旧中的无奈，但更有人生阅历所具备的几分豁达。

《微雨》写得很精致。诗人借微雨这个诗眼和意象，统领全诗。"云度青山雨""霏霏送弱丝"两句，生动地表现微风纷飞，吹送着细弱雨丝的情景。下面再写微雨的情状："逐风轻柳絮，舞栏湿花枝。"这仍然扣着微雨动态落笔，而前句是否暗示着诗人的漂泊，后句或许暗示着诗人的身份？"海燕春巢早，城乌夜宿迟。"一正一反。因为恋家，所以海燕早春筑巢，而城里的乌鸦也一样不愿早点归宿。这样就层层铺垫，点出题旨："客愁不自整，相对草离离。"此情此景，面对那让人心碎伤情的野草，客人身不由己，愁情别绪涌上心头。这种情愫像微雨一样细微，却有动感，无处不在。有人评论郑廷鹄的诗丰富多姿，意象生动，驾驭语言有深厚的功力，这些特点形成一种风格，这在这首诗中也得到体现。这种情怀，在《散步》等诗中，也得到表现。

郑廷鹄对于名山大川无比热爱，笔端流泻，便是一首首佳作。他曾在江西为官，当然为庐山放歌。《十月望后过东林望庐山和韵》(之一)写的是："庐山相见已销愁，入眼青葱总旧游。草色尚留三峡雨，雁声犹送九江秋。连天霞树层层出，落涧寒泉滚滚流。遥问锦崖何处见，题痕应在白云头。"不必写飞流直下，不必咏回崖沓嶂，哪怕一草一木，也牵动诗人的神经。如果要找一个字来写出我对此诗的感受，那么这个字就是"妙"。其妙在于无理中体现有理，这种悖论几乎贯穿全诗。庐山非人，远望却能销愁。这"愁"，或许来之于李白的"长安不见使人愁"。但是，以下的用法就不合常规了。十月望后，三峡雨仍留在草色之中，从表面上看是无理，从实质上说却是有理，因为雨的滋润让草色依然青翠。雁声送来秋色，这是无理，但是，雁声中透出秋的悲凉、寥廓等难以言尽的况味，这又是有理。同样，"霞树层层出""寒泉滚滚流"等，在表象摹写是无理。而在主观的感受却是有理。至于结尾两句，同样也是与事实不符，而于感觉却很高远。这种妙，体现为艺术张力，让读者去体味诗人的情怀。

郑廷鹄对于先贤怀素有由衷崇敬和无比缅怀之情。《谒景贤祠》就让读者产生一种共鸣。在这首诗中，诗人一开篇就用"石楔萦回落木阴，朝朝云拥旧祠林"两句诗，写其祠的环境与氛围。石楔盘旋往复，落叶阴阴，每天云朵拥抱着旧的祠堂。这未免在森然中透出几许凄清。额联用典，上句"金莲朱橘千年事"把苏轼过海和丘濬入相的事情融入诗中，两事流传千年，可见其人之英灵永在。颈联"载酒谁知春梦杳，登堂徒见野花深"，又是用典。谁能像苏轼那样看透春梦婆的哲理指向？登上野花亭，丘濬在学士庄又是一种情愫。"眉山琼海今还在，烟外秋风鸟自吟。"风物依旧，但先贤何在？只有鸟儿在秋风中独自低吟，诗人深深怀念着这两位先贤。全诗把景物、史事与感怀熔于一炉，自然，贴切，深沉，意味隽永，功力自见。

万里拓荒　千秋遗泽

　　历代被贬到海南的皇亲国戚、达官贵人不计其数，而由于复杂的权力斗争，有唐一代被贬的人，无论级别之高还是人数之众，都达到了一个高峰。这其中有李渊、李世民的儿子，也有武则天的同父异母哥哥武元爽，还有韦执宜等十四位宰相以及诸多重臣。相比之下，一个以太子校书身份被贬琼州的人，就显得无足轻重了。

　　被贬琼州，大兴儒学，推行教化，在海南人民心中矗起一道丰碑的，首推苏东坡。至今，人们依然津津乐道于他与黎子云、春梦婆交往的纪事与传说，咏叹他那"半醒半醉问诸黎，竹刺藤梢步步迷。但寻牛矢觅归路，家在牛郎西复西"的句子，分享他与黎胞的亲密无间情谊，以及那份人生的旷达。相比于这位具有世界级知名度的大文豪，任何一个封建社会文人，哪怕六艺压身，也会显得黯然失色。

　　然而，我们仍然不能忽略王义方这个名字的生命力，尽管不少人对他仍然陌生。

王义方纪念馆

　　琼海市塔洋镇珍寨村大路边，坐落着一座王义方纪念馆。在某一个冬日，我们一路寻访名人故居、胜地，也造访这个村落。路边的槟椰林、果树林，擦身而过，我们竟然寻找不到目的地，大清早在村道上绕来绕去。一个当地中年汉子知道了我们的来意，一抬手："跟我来！"然后朝我们笑了笑，"嘟嘟"地加大摩托车油门，在前面开路。他原本要到镇上去，临时改了主意。看到人这么热情，到达目的地，我们一下车，就跟他攀谈几句。他不是王义方的后代子孙，却也把自己看成其中一员，为这片土地上出现这个先贤而感到十分自豪。言谈之间，他显得那样朴实，那样有礼，莫非王义方推行教化遗风犹在？

冬日的晨风，轻轻掠过纪念馆前面王义方那尊塑像。他的衣袍掀起一角，命运的遭际似乎压缩着有些瘦削的身体，那些坎坷化成一道道曲线。然而，他的眼神里饱含一种坚毅，一种自信，一种期待，透过岁月烟云，一直望着前方。面前香蕉地里已经挂果，分娩硕大、结实的希望，那蕉果独有的香味逸出，空气便显得意味深长。

王义方纪念馆、祖祠和文化长廊组成一个四合院，占地二千平方米。这仿古建筑，用黄墙标示了一个家族的存在，用红瓦托起一个人物的天宇，放大了二千平方米的维度。我们从纪念堂大门拾级而上。前殿门口一副对联扑进眼帘："义举敢劲千秋敬，方略懿行万古尊。"十四个字，立即领着我们穿越了历史烟云，叩问王义方生命的时空。一回头，竟觉得刚才每踏上一个台阶，都在踏上一个个历史节点。

我们来得不是时候。纪念馆落成之后，这里举行了一些重大活动。据说，王义方的子孙世代繁衍，如今已有十几万人。他们从附近几个市县赶来，汇聚一堂，抚今追昔，缅怀先祖的功业。由此，王义方教育基金会应运而生，王氏家族的有识之士集资捐款，赞助、激励一个个学子高考夺魁，成为有用之才，在新社会延续着先祖的事业。此外，一些专家学者专程到这里溯根探源，理清历史的脉络。可惜我们都同那些时光擦肩而过。不过，在管理人员的带领下，我们也开始探寻王义方一段人生旅程。

三次叱责中书侍郎

对于许多读者，对于我，王义方这个名字曾是那样陌生。其实，这是我孤陋寡闻罢了。哪怕在历史长空中他不是惊雷，我们也应该认识其庐山面目。

前殿门口那副对联已经概括了王义方的人生轨迹。

对联出句一语中的：王义方由于敢于弹劾权奸而受到世人千秋万代尊敬。这个举动固然凸显一个人的正直、无畏，但决不是王义方的专利。为何给他如此高的评价呢？

这还得从王义方的身世说起。他祖籍泗州涟水，一说今江苏涟水县，一说今山东莘县莘城镇套庙王村。他生于隋炀帝大业十二年（615）。少而失怙，与母亲相依为命。但他小小年纪就不坠青云之志，熟读经史，德才兼备，在唐太宗贞观十一年（637）考取了明经。这在隋唐时代，是与进士相当的科目。以经义考取者为明经，以诗赋中榜者为进士。鲤跳龙门，王义方迎来了人生的转机，京城长安为他打开了仕途之门。他傍上了后来史称唐高宗的李治，当时李治被封晋王，王义方就在晋王府当参军。这只是正八品官阶，级别并不高，但随时在身旁服侍皇帝，一旦进入天子视野，就能"飞龙在天"。后来，他果然在直弘文馆任职，当太子校书，进入人生的一个蜜月期。李世民有意考察王义方，派许敬宗主持，让王义方跟一个尚书外郎独孤氏进行辩论，这是当时极负盛名的儒家。由此，王义方显示了他的深厚学养，但同时也崭露他的刚正品格，这让以直言著称的魏征"爱其材，每恨太直"，为王义方后来的命运变迁埋下伏笔。

唐高宗显庆元年（656），王义方得到升迁，任职御史台侍御史。御史台为中国古代最高监察机关，论官阶王义方也就是六七品小官，但专司监察之职。这是机遇，也是挑战。果然，到任不到十几天，考验王义方的事情不期而来。

《旧唐书》记载："时中书侍郎李义府执权用事，妇人淳于氏有美色，坐事系大理，义府悦之，托大理丞毕正义枉法出之，高宗敕给事中刘仁轨、侍御史张伦重按其事。正义自缢。"寥寥七十多字的史实，记述了一个重大案件。中书省是中国古代皇帝之下的三大最高政务中枢机构之一，中书侍郎相当于丞相之职。妇人淳于氏很有姿色，却因奸杀之罪，被收押于大理寺。身为宰相，李义府却贪其美色，委托大理丞毕正义徇私枉法，把她放了出来。这件事后来被唐高宗知道了，他一怒之下，命令刘张二人重新审理此案。李义府为了掩盖他的罪过，竟然逼迫毕正义自杀。众目睽睽，谁都清楚李义府才是这桩案件的主犯，但是谁都没有胆量碰他一根毫毛，一个个睁一只眼闭一只眼，装聋卖乖，息事宁人。

对于毕正义自杀的原因，刘张拿不到证据，审理得不到结果。但是，御史台必然要重新对案件进行审理，不能不接手这个烫山芋。在御史台王义方只是一个下属，要是他明哲保身，总可以回避，至少也不必把自己推上风口浪尖。事实上，从《旧唐书》的记述看，他有过犹豫、彷徨的时刻，经受了良知与违心的煎熬。但他最终按捺不住了，下决心要弹劾李义府，在最后时刻问计于他的母亲，听她权衡利害。这位贤明的母亲毅然说："昔王陵母伏剑成子之义，汝能尽忠立名，吾之愿也，虽死不恨。"中国自古以来就有许多深明大义的母亲，最家喻户晓的是那位为岳飞刺上"精忠报国"四个大字的岳母。王母的事迹鲜为人知，却跟岳母一样大义凛然。有所不同的是，岳母期许儿子尽忠报国，而王母则甘愿儿子尽忠立名，千古留香，可谓殊途同归。正是她给予王义方一种精神定力，使他把弹劾那个壮举演绎得气壮山河。他那份奏章写道："物有微而应时，人有贱而言忠。"以物微而应时与人贱而言忠类比，为他这个位卑言轻的侍御史进奏张目。然后，列举他蒙受皇恩，"陨首非报"，表白自己对唐高宗的忠心耿耿。接着，又写道："伏以李义府枉杀寺丞，陛下已赦之，臣不应更有鞫问。"这话说得小心翼翼，却以退为进，引出历史上奸佞多误英主的事实，直逼"此则生杀之威，上非主出；赏罚之柄，下移佞宠"一语。言辞的委婉、迂回之中，蕴藏着一种逻辑力量，强调的是不能让李义府杀人灭口却逍遥法外的正义诉求。结尾数语，可谓画龙点睛，水到渠成，掷地有声。然而，王义方的奏疏毕竟拿不出关键的证据，无法定罪。李义府决不是稻草人，一推就倒。出于无奈，王义方毅然呈上《劾李义府疏》，在朝廷厅堂之上，当面揭发李义府的罪行。他指名道姓，指出李"因缘际会，递阶通显"。这样一个来路不正，却加官晋爵的人，本应"尽忠竭节"，效忠朝廷，却"请托公行，交游群小，贪冶容之美，原有罪之淳于。恐漏泄其谋，陨无辜之正义"。一个蒙受皇恩的朝廷重臣，毫无济代之心，却假公济私，结交肖小，贪色枉法，害死无辜，"孰不可容"！为"清除君侧"，王义方宁愿"碎首玉阶，庶明臣节"。但是，李义府不是认罪，而是万般狡辩，极力抵赖。于是，王义方"即具法冠对伏，叱义府下，跪读所言"。不依不饶的王义方穿上了官服，跪下宣读自己的劾疏，不但合乎官场礼仪，而且彰显法律的权威。他一而再，再而三，叱责傲慢的李义府，迫使他知趣地退出。王义方大义凛然，拼死力谏，三次当众廷叱责权贵，大有山崩于前也不退缩的气概，其大忠大义大勇，让许多弹劾者相显逊色，这是他得到"千秋敬"的原因。后来，王义方却被认为言辞尖刻，毁辱大臣，于升迁当年便被贬莱州司户，则从另一个角度说明他能有弹劾之举绝对非同凡响。

吉安三年

纪念馆门口对联对句"方略懿行万古尊"，褒奖王义方的德行与才干，也蕴含着王义方与海南人民的一段千古奇缘。

王义方一生还担任著作侍郎、洹水丞等地方官，不乏为官的规划和策略，毕生躬行忠孝仁义，刚正不阿，却受到刑部尚书张亮一案的株连，在唐太宗贞观二十年（646）被贬琼州昌江，时年三十二岁。

《康熙昌化县志》在《游历名宦志》一节中记载："王义方，泗州连水人。贞观末贬吉安丞，开陈礼乐，人人悦顺。"

相比之下，《旧唐书》里的记载就比较全面，对他过海的事也详加记述："行到海南，舟人将以酒脯致祭，义方曰：'黍稷非馨，义在明德。'乃酌水祭，为文曰：'思帝乡而北顾，望海浦而南浮。必也行愆诸己，义负前修。长鲸击水，天吴覆舟。因忠获戾，以孝见尤。四维雾郭，千里安流。灵应如响，无作神羞。'"这具体的记事，让历代读者闻其声也见其人。琼州海峡风急浪高，自古便视渡海为畏途。而这时的王义方已经历一场宦海风波，而他渡海之际却显得那样镇定。为了祈求平安，渔民船夫总是献上酒肉祭奠海神。王义方虽不免俗，却认为黍、稷不是散布香气的祭品，最好的祭品在于彰显美好的德行，并酌其海水祭祀，可谓不同凡响。五十四字祭文，可见其人品也见其文品，这是难得一见的诗文。尼采说过："一切文学，吾爱以血书者。"这短短的诗文蕴含着王义方的血泪，他的不平和愤慨。他思念帝京而回头北望，望着大海入海口渡船浮向南方。他自责，这是由于自己的过错所造成的，辜负了前贤的期望。长鲸击水，天吴将要把舟翻覆。由于尽忠而获罪，因为行孝而受责罚。他愤愤不平，四顾茫然。衷心希望神明保佑，灵应如响，让他平安到达目的地。短短的祭文浸染了他的血泪，不平之中寄托一片忠心，几许希冀，就像屈原在《离骚》中表达的心境一样。其文词委婉，意境开阔，情景交融，值得一读。

吉安，在唐代一度隶属儋州，今属昌江一带。当时，这主要是黎族同胞聚居之地。正如《旧唐书》所记，唐之吉安，"蛮俗荒梗"。王义方登陆之时，正当盛夏，酷暑难当，瘴气不时袭人。《康熙昌化县志》记载："海南仲春、仲夏行青草瘴，季夏、孟冬行黄茆瘴，或遇瘴疠所感，须发皆黄。"就此一端，可见其生存环境之恶劣。当务之急，王义方显然首先要让身心得到安顿。他的人生已经走上一个拐点。在这个人生地疏、风俗粗野的蛮荒之地，他初来乍到，或许感到前路茫茫。何去何从，如何迎接这个人生拐点？国学大师王国维曾论述古今之成大事业者，必然经过三种境界。恕我妄言，王义方何尝不是也经历三种境界呢。纵观历史上那些被贬琼州的达官贵人的人生轨迹大体上也有三种境界：一曰一蹶不振，或曰沉沦；二曰随遇而安；三曰浴火重生。王义方被贬吉安，我固然读不到他的诗文或者其他资料，以便从中了解到他的思想变化。但我从总体上把握，按照常理推测，他必然经历了不平、失落、无奈、选择等，然后找到了自己的路，坚定地走了下去，就像王国维所引用的词："昨夜西风凋碧树，独上高楼，望尽天涯路。"他站在人生的高点，回顾了自己走过的种种"风景"，历经彷徨，最后做了决定，义不容辞走了选定的路。

由于历史条件的限制，琼州相比中原等中华文化发祥地而言，教育、文化之比较落后是不争的事实。但是，自唐代以来已经发生了一些积极变化。贞观之后，琼州许多地方已经设立州县学，由州县司吏儒师等人管理。这当然是一个机遇。《旧唐书》记载，王义方不失时机利用了这个机遇："义方召诸首领，集生徒，亲为讲经，行释奠之礼，清歌吹箫，登降有序，蛮酋大喜。"

《旧唐书》这段记述，包含了很多内容。

王义方"集生徒"，慕名而至者自然不少。这不仅在于他的官声，而且在于他饱学经史。但是，王义方为官一方，政务繁忙，教育资源有限，人的精力有限，对于他而言兴儒办学绝不是一件轻松的事情。手头没有资料证明王义方是不是有暇顾及黎族子弟的入学问题。但凭

"蛮酋大喜"一语，我想，"生徒"中也应有黎族子弟。在封建社会，所谓"蛮酋"通常是官方对于少数民族部落首领的指称。王义方接受了孔子"有教无类"的教育理念，必然牵挂着那些山里的孩子。不过，要给他们这难得的机会，王义方就得首先转变人的观念。由于教育条件的落后，要召集生徒，就得让他们克服那种畏难情绪和惰性，改变不上学读书的习俗。自古以来，少数民族聚居的地方，"民以刀火种为业"，"分秧之后，民不复有家"。因循守旧，习惯于落后的生产方式和生活方式，他们食不果腹，"乃以薯芋杂米"为主；不认识山外还有另外一个天地，人生还有仕途经济之路。因此，要使山里孩子肯上学读书，必然要不辞艰苦，深入村寨，宣传，发动，克服种种意想不到的困难，否则一切都是纸上谈兵。仅此可见，王义方兴儒办学，开创海南民族教育史上前所未有的事业，付出了艰苦卓绝的努力。

当年，王义方讲学的内容已经不得而知。据史料记载，古之教学，先从小学开始，而后才学经史之类。所谓小学，不是初级学校，而是指传统的文字学。经史，主要指四书五经。冯青、余娟娟在专著《王义方》中，援引卢照邻师从王义方学习的一则史料，便能说明王义方是一位教学有方、学养深厚的名师。卢与王勃、骆宾王、杨炯齐名，史称初唐诗坛四杰。这一个在七古发展史上唱出可喜新声的诗人，"年十多岁，就曹宪、王义方授《苍》《雅》及经史，博学善属文"。这位精通经史的饱学之士，一生撰《笔海》十卷、文集十卷，可谓著作等身。但面对这些"蛮俗荒梗"之地的生徒，他所做的就是循序渐进，由浅入深，因材施教，举一反三。"蛮酋大喜"，跟教学效果之好不无关系。

王义方尊师重教，所以遵从礼制，按时举行祭先师的仪式。《礼记》写道："大学始教，皮弁，祭菜，示敬道也。"这是说，大学开学时候，要穿戴皮弁帽皮弁服，用菜祭祀先生、先师。这是《礼记》里传下来的传统，到了孔子那里形成一种文化，尊师重教日渐深入人心。

黎族有独特的民间歌谣，民族音乐舞蹈，人性纯朴，王义方受到影响。他还教诗书礼乐，清歌唱和，笙箫悦耳，长幼有序，尊卑有别，其乐融融，首领欢喜，宛如太平盛世。

王义方贬居吉安，万里拓荒，三年间一直不遗余力推行教化，筚路蓝缕，开创着儒学教育，这跟后来苏东坡在儋州兴学一样，在发展、振兴海南民族教育事业。当然，他没有苏东坡那样的声名，也许没有苏东坡那样影响大，但是在一定意义上说，他是一个先行者。他在唐太宗贞观二十年（646）到达吉安，比苏东坡被贬儋州（1097）早四百多年，也比李光等其他在海南兴教办学的名宦、文人早，所以有人把王义方称誉为海南教育第一人，这一说法绝非妄言。

唐太宗贞观二十三年（649），王义方北归，恋恋不舍地作别那一块费尽心血播种的热土，吉安的一草一木牵着他的衣袖，一山一水把深情的歌献给这位拓荒者。然后，他有了弹劾李义府之举。后来，王义方被贬，改授洰水丞，还任几处官职，于唐高宗总章二年（669）辞世，时年五十五岁。其生也有涯，但是他的功业与精神已经成为海南教育的一笔遗产。他的二儿子王承休留在海南，娶妻符氏，王氏家族繁衍，分布在今琼海、琼山、定安、文昌、万宁、琼中、澄迈、临高、陵水等县市村落。王义方的根已经深深扎在海南，枝繁叶茂，撑起一方蓝天。以"连根育才，兴族报国"为宗旨的王义方教育基金会，传承着其祖的精神。子孙慷慨解囊，奉献爱心。一代代人才脱颖而出，延续着先祖的事业。王义方千秋遗泽，荫庇后人。

以"万姓身家为图"的云茂琦

　　有眼不识泰山，这么多年过去，竟然觉得云茂琦这个名字是那样陌生。一查资料，原来他身在其中的云氏家族称得上枝南树大根深、颇有声名的官宦之家。其先祖云从龙，元代进士，曾任湖广参知政事，每每带兵外出征讨，遂从原籍陕西移居海南文昌。其后，子孙繁衍，考取功名并谋得一官半职者颇有人在。云茂琦生于清乾隆五十六年（1791），耳濡目染，少有抱负，但仕途并非一帆风顺，也曾名落孙山，几经磨砺后，才于清道光六年（1826）进士及第。人既陌生，其著作《阐道堂遗稿》也是第一次拜读，其他著作如《探本录》《实学考》等，更无缘欣赏。然而，囫囵吞枣，也让我对《阐道堂遗稿》留下很好印象。其中的诗文，不仅保存清代一些政治、教育文化的资料，也留下他的官宦轨迹。云茂琦于道光二十九年因病去世，五十八年生命历程中之二十余年，辗转各地，担任多种职务。我试图做的，就是从《阐道堂遗稿》中探寻他在那些地标和职位背后的人生和官宦经纬。

沛县，沛县

　　道光七年（1827）七月，云茂琦到任江苏沛县知县。人们知道沛县就是刘邦故里，但是，这位汉朝开国皇帝身后留下的，却是沛县的穷山恶水。地势低洼，屡发水患，环境闭塞，百姓穷困，悍匪打劫，这让许多官吏都视之为畏途，唯恐避之不及。然而，云茂琦对此已经有了充分的思想准备。他在道光六年也即赴沛县知县的前一年，就在《道光六年丙戌夏仲自箴》中坦露心迹："勿计一己之温饱，而以万姓身家为图。"表达了他为官的理念。一个官员不计较于自己的吃穿，而为百姓个人和家庭谋取利益，其情怀里继承了那种"先天下之忧而忧，后天下之乐而乐"的传统基因，他还有什么可畏惧的呢？何况他是那样达观，说在此穷苦之地任职，不仅可专心民事，而且能增长他的知识，磨炼他的筋骨。究其一生，云茂琦始终践行这一为官之道。所以，虽然在沛县居官不过短暂的二年时光就被外调，他还是卓有成效做了大量有利于民生有益于教化的工作。

《阐道堂遗稿》固然并非有事必录，但借一斑也能窥全豹。《重修沛邑南大门桥劝捐序》写于道光七年九月，云茂琦到任不过两三个月，席不暇暖。而这位以民生为重的知县，百忙之中立即计议重修南大门桥，着手松开城里的交通瓶颈。"劝捐"两字为此文文眼。山水阻隔，雁列留痕，航船难觅，前修之大桥，今已倒塌，虽然商议重修，终究是纸上画饼。这精要的叙事为立论张本。"吾志苟怀利济，尚欲遍天下，况一方。吾义所宜创建，尚自欲黾皇，况同心者众，欲修是桥。"他申明的是，只要有济世的志向就要遍及天下，何况一方。责任所应创建之事，自己尚且要勉力做大，何况众人同心，欲修此桥。把一桥之修，提到关乎官员造福天下苍生之志，关乎百姓共同心愿的高度，可谓所就者大。"自古行方便者，不求便己，此亦可便己；谈施济者，不必济众，此则可济众。"进一步由古及今，指出重修大桥既方便自己又能救济众人，何乐而不为？所见者大，义理充沛。文章至此，已把重修大桥的必要及其意义说得透彻，思路开阔，颇有气势，多方映衬，行文紧凑，显示了他为文的风格。这是"劝捐"必要的铺垫。云茂琦虽然是一县之长，但他绝不板起面孔下命令，而是把"劝捐"寄托于自己的愿望之中，言辞出于诚心，语气显得婉转，强调的是捐款出于心力："吾愿阖邑绅耆客游此地者，一乃心力，或赠满簏，或遗足陌。"希望全城乡绅父老及游客献出爱心，尽力所能，不计捐款满箱还只是钱数足百。"功非众所贪"云云，指出这固然让捐款者留名，却不是贪功邀名之举。把"劝捐"之事说得这样以理服人，以情动人，可见云茂琦胸有成竹，为民之心溢于言表。

刘邦唱过壮志凌云的《大风歌》，我想，沛县歌风书院之得名该缘于此吧。云茂琦初到任，沛县百废待兴，但云茂琦必先兴学。在道光七年九月一个月内，云茂琦既为重修城南大门劝捐，又为重修歌风书院募款。读了他撰写的《重修沛邑歌风书院劝捐序》一文，深感一个知县为发展教育事业操心之切，希望之大。"窃以道不自宏大，树大实百年之计；义须急赴，成城在众志之坚。"二十五个字，统领全篇。何谓道？广义之道，指的是无所无包，无所不统的天下之大道；狭义之道，指的是一个国家根本的政治理念。以道的宏大与教育百年树人的大计相提并论，可见云茂琦视野之阔所见之远。而"义须急赴，成城在众志之坚"，则强调责任所在，需马上全力以赴，坚定众志成城的信念，突出了重修歌风书院的重要性和紧迫性。一个地方官如果没有高度使命感和责任感，决然写不出这样充满激情的文字。书院年久失修，却因经费无几，库藏不足，前任动议而无法落实。今逢其机会，富人乐于肩负其责任而气概形之于色，贫困之人也赞助支持。文章大处着眼，小处落笔，以前后形势对比，说明机会难得。"世沫诗书之泽，家推文献之宗。""士也无寒，看今日万间广厦；仁乎何让，知此举为百代芳规。"重修歌风书院，振兴教育，弘扬教化，家家户户世代蒙受诗书的恩惠，推崇文献的宗旨，这殊为百代楷模。文章这番期望，这番祝愿，热情澎湃，鼓舞人心，文章的感染力强，影响力弥足深远。

十多年来书院没有掌教，云茂琦不作壁上观，在公务繁忙之际亲自主讲，"月凡三课"。每月初，他会见童生，谆谆教诲学子，如何做人如何为学。他说，才人无品，文章功名不足补也。强调品德是做人的根本，文章和功名不足以弥补品德的缺陷。司马光早就强调德的统帅作用，说："才者，德之资也；德者，才之帅也。"云茂琦的话无疑跟古训一脉相承，他努力复兴古圣贤之德。当然，他对学子的功课也是重视的，亲自批阅，勤为指点，"诸生亦倍加发奋"，沛县"此时颇有衣冠之象"。云茂琦重视教育，为振兴教育事业可谓不遗余力，功莫大焉。

由于生产条件落后，看天吃饭一直是旧社会农民的宿命，旱如此，涝亦然。水不但制约着农业生产的发展，甚至制约着老百姓的生存。许多地方官必然为水而操心。在《阐道堂遗稿》中就载有云茂琦写的祈晴祈雨的祝文，而他亲自撰写的《沛县祝城隍祈晴文》则是一例。在那个时代，久涝成灾之际，他也寄希望于上天，虔诚地说"维神恩光普照""万民托命"，表达他的感戴之情。祝文在记述沛县"淫雨兼旬，洼地秋水，淹没几尽"的情景之后，设问："旸雨失时，灾殃谁罚？"最终引咎自责："一寸心凤盟白水，终惭报国之无能；亿万姓同载皇天，何独因官而受害。"这种诚意，足以表达他自感报国无能的内疚，对平民因之受害的惭愧。因此，他宁愿受到惩罚，也祈求上天："收四方之浓云，赐连旬之晴日，庶延灾民之残喘，民不为鱼；饱仁粟于三秋，岁仍可当。"应该说，这虽然表现了他对自然力的崇拜，但也包含他一身系之的以天下苍生为念、以民生为本的情怀。这是云茂琦进京赴考名落孙山之后，最终接受了王阳明"致良知"的观念，在思想上发生的巨大转变。

其实，云茂琦并非一味的"求"一味的"等"，而无所作为。他在沛县还为老百姓办了许多实事好事，不光减免赋税，还带头捐款，修筑桥梁，筹设经费，开沟渠六七十里，开荒扩种，发展生产，为老百姓所称道。尤其要指出的是，沛县治安情况曾一度严峻。有一悍匪及其党羽经常作案，连捕役都望而生畏。云茂琦周密筹划，设计抓捕。这时，他却接到调令，赴六合上任。别人离任，唯求省事，云茂琦却割舍不了那份牵挂，岂能一走了之。有人劝他别多管闲事，他说，他管辖这块地方就要为百姓除暴安良，现在尚有一暴未除，他不负此责任，谁负？于是，毅然招募乡勇，带领彪悍的衙役，亲自进入匪窝擒获悍匪。

正因为如此，百姓对云茂琦极其爱戴。当云茂琦被外调时，沛县百姓百般赞颂、挽留他。有的老人说：自从县太爷在沛县任职两年，咱们夜里睡觉不怕偷，夜行不怕抢劫，打官司不多花钱。咱们活了一大把年纪，别说没见过这样的好官，连听也没有听说过。云茂琦用话安慰了他们，并赋诗《留别沛邑士民》（六首）。他在记中说："沛人攀留不止，故临去别之以诗。"表达了他的感激之情。云茂琦有诗才，少时赋《云》一诗，气概非凡，起句"凌天盖地破烟荒，千仞飞腾气概昂"，其境界就远远超乎他的年纪。他写有《沛署夜读有感，即寄示书院诸生》（十二首），以自勉，也勉励诸生。其二云："一样穿衣吃饭身，半参天地半灰尘。个中区别谁张主，不在天公不在人。"通过这首励志诗提示人们，人的生活所需一样，生命价值却有天地之别。为何？不挑明答案，却让读者去回味，探寻到达理想彼岸的必由之路。沛县临别，他抑制不住内心的激情，一口气写了六首留别诗，其中一首写道："菲才似我难谐俗，厚爱如民倍怆神。一语望传诸父老，饮真返朴共吹豳。"他自谦地说自己不才，对世俗难免不相适应，言外之意，就是曲折地表示不满民间那种不良的风俗习惯，而老百姓的厚爱却让他倍感十分内疚。因此，他寄语父老，希望他们回归质朴的生活状态，一起传播《诗经》国风那样和美之韵。这其实是表达了他希望政治清明、社会和谐的理想。

江南乡试主考官及其他

云茂琦调任六合县知县，"一如治沛""民甚德之"。在两年多时间里，也为百姓酌减赋税，不遗余力做好赈灾、治安、兴办教育等工作，跟在沛县一样，发布《训俗示》等，以改变陋习，带头为六合书院捐廉俸银五百千，办了不少富民利民安民的大事，同样获得老百姓的感戴。其实，云茂琦毕生为教育事业和其他公益事业捐款和倡捐的数目，是无法做出准确的统计的。

从道光十二年（1832）到道光二十四年（1844）二月，云茂琦先后担任江南乡试主考官、江防同知、补吏部郎中等职。虽然得到升迁，但在云茂琦而言还是壮志难酬。他洁身自爱，严于律己，努力上进，治政有方。面对吏治的腐败，他出淤泥而不染，以一介清官自慰自傲，想有朝一日能当上御史，以能尽其心言其事，为国效力。但事非人愿，他也曾一度心灰意冷，但这个不计荣辱进退的清官，经常告诫自己，须绝了升调之念，方可做官，因此始终不放弃自己的责任和使命。

他担任江南乡试主考官等职时，林则徐正担任江苏巡抚，彼此属上下级关系。后来，云茂琦在吏部供职，林则徐则就任湖广总督。在十几年的岁月中，云茂琦不但把林则徐当作上司，而且把他视为楷模和知己。两人关系比较密切，可惜来往书信仅存《上制军林少穆书六》。这是一份珍贵的历史资料，传递和保存许多信息。

"某宦吴时，于仁政所颁，德威所动，以及文章翰墨，耳目所共见共闻者，固已钦佩服膺，而细察其严明中之深浑，宽大中之谨密，敏决中之从容，简重中之详细，清而不激，诚而不迁，正而不泥。"面对林则徐，云茂琦在书信中写的这段话决不是刻意恭维，而是痛陈他的感同身受。他固然早已佩服林则徐实施仁政之为，为其德行之威望所动，为其文章书画的造诣所叹服，更体察到林则徐为人处事中的风格。严明却不乏深厚浑朴，宽大具谨严密致，敏锐决断犹显从容，简要重点多见详尽细致。清明而不过激，真诚而不迂腐，正直而不拘泥。这些评价绝不是凭空臆造，而是深入观察和真切体会所得出的结论，可见云茂琦真正是林则徐的知己。

云茂琦所处的时代，清朝已经走下坡路。英国政府依靠坚船利炮洞开国门，一箱箱鸦片荼毒国人，白花花的银子成为侵略者唾手可得的囊中之物。但是，"方今鸦片盛行，关心世道者徒蹙眉头，而乏起死回生之术"。因此，对于林则徐临危奉命查禁鸦片，云茂琦像他的老师张岳崧一样，一则基于对林则徐的认知，一则秉持大义凛然的民族正气，高度赞扬林则徐"挽既倒之狂澜，先从岭海作擎天之柱"的大无畏精神，"筹备于人谓警觉之先，斡旋于人难措手之后"的前瞻和干练，全力支持林则徐，肯定他的处置有方，为查禁鸦片已经取得的成绩感到十分高兴。然而，也是基于对时局的高度关注，对国家命运的担忧，云茂琦清醒地认识到问题的严峻仍然存在。因此，他在信中既报喜也报忧，据实反映广东和海南鸦片仍然泛滥的情况："近闻省垣地面大有转机，抱旧癖者逐渐戒绝，即如敝府琼属附近郡城之处，贩买者则多惊避，此皆声威所震，故尔收戢。但闻外县仍置若罔闻，以差役既犯此病，不敢紧拿，关口税务不减营弁，陋规仍索，地方官以招解经费无从而出，赔累难支，故因循难免。"他提出了"惟先将兴贩开馆者访获"和"关口不使输入（鸦片）"等有针对性的建议，表达对林则徐的大力支持。

然而，不久林则徐这位民族英雄，竟然被诬，遭清政府革职。1841 年 7 月底，林则徐受朝廷之命前往黄河河东防汛。云茂琦不改初衷，对林则徐深表同情，百般安慰。他在信中写道："天下事如风云烟雨，本自无常，宦局宠荣，于吾性吾分，何增毫末？独惜世间产一英俊，千难万难，不得展布，致命跆伏，旁观亦抱歉疚，欲搔首而问彼苍。"世事无常，风云变幻，恩宠荣耀，于云茂琦而言，都不能改变情性之一丝一毫。唯独感到非常可惜的是，人世间难得出现一位英雄豪杰，在国家需要他力挽狂澜之际，他却不能施展其抱负和才能，致使命运跆伏，连旁观者也极其抱歉内疚，百思不得其解而问苍天。云茂琦不计个人恩宠，却为林则徐的遭遇深感悲愤，因为这时林则徐的命运也就是国家的命运民族的命运。所以，这愤慨，其实就是云茂琦那种民族正气的喷发，一种气节的坚守。受到林则徐的影响，在艇匪扰及文昌清澜港时候，云茂琦率领乡绅百姓反抗，保卫了一方的安全。

主讲琼台书院

道光二十四年（1844）二月，云茂琦乞养回籍，七月回到文昌故里。道光二十五年（1845）四月初受聘主讲琼台书院。

云茂琦在致林则徐的那封书信中，有一段话袒露了他的心迹，能让世人理解他为何发生了命运的转折。他写："某于甲辰春，以家严年逾八旬，乞养回籍，侍奉年余，遽遭大故。今春服阕，本可出山，缘赋性迂拘，与波上下不能学步，近日宦场诸多棘手，展布万难，且素喜恬静，今作风尘外一闲人，亦足寻清逸之趣，不为世缚。连年当道延主讲敝府书院，于人于己，两无裨益，徒滋愧棘。敝郡士风古朴，虽近乔野，欲畏法易治，连岁丰收，殊为乐土。"乞求为八十多岁的父亲养老送终，服丧终了，却因秉性与官场不相适合，因此云茂琦乐于做一世外闲人。然而，他后来依然受聘主讲琼台书院，尽管他视故里殊为乐土。此时，他把以万姓身家为图的信念落脚到主讲琼台书院上。

振兴教育是云茂琦的夙愿。在沛邑书院他亲自督课，在六合书院他带头捐廉俸五百千。琼台书院的前身是丘濬创办的奇甸书院。虽然岁月苍茫，但一踏进大门，云茂琦就顿时产生敬意。他在琼台书院他捐铜钱二千四百缗，又倡捐得八千余缗。文渊阁大学士倭仁在《云茂琦墓志铭》中评述了云茂琦一生的功业，其中一段话是有关教育的。他写道，云茂琦"以倡明理学为己任，著有琼台学规五则。日坐讲堂，耳提面命。尝云，读书所以致用，不可徒作章句之学，不可徒存科第之心。"云茂琦为办好教育，呕心沥血，"没之前一日，尚力疾就讲，席诏诸生缅缅论学"。他一向提出和坚持学以致用，不要把读书作为猎取功名的途径，这体现了云茂琦的教育理念。《琼台书院学规》（五则）文虽不长，却体现了云茂琦的教育思想和办学要求。其一，强调"立身有本，绩学有要"。"本者何？曰立志。要者何？曰敦行。"他把立志作为安身立命的根本，把敦厚之行视为治学之要。要奉圣贤为楷模，用心仿效，努力追赶，这就是立志落脚点。先培养美好身心，小心谨慎，不鲁莽做事，这就是行。说到底就是人品关乎人的一生，这是他一贯的主张。立志则人品有目标，敦行则行为端正。其二强调的就是"学业进益，全要刻苦精专"。离开了刻苦精神，学业不能进步。但是，还要精益求精，要专一，这些方法已被证实是有用的方法。这些都是他治学的经验，也是他讲究的方法。其三，关于阅读，云茂琦主张"诵读宜其中正"，《论语》《大学》等四书比较容易入门。"得力其数语，享用于终身"，这是他从一生读书中总结出来的经验。其四，关于择友。观摩贵有朋友。善择朋友的依据如何？首推谦恭谨朴、宽厚正直的人，一时得不到赞誉，但终究有长者风度。其五，如何改正一己过错。人无完人，关键的是要知错改错。总之，《琼台书院学规》

（五则）汇集了云茂琦几十年的立志、治学、读书、择友、修身的经验和人生指南。

云茂琦从政坛到杏坛，职位变了，但砥砺之精神不变，为人信念不变。他生也有涯，死而后已，但贡献之大，影响深远。琼台书院在清朝中叶以后，声名鹊起，位居广东第三，云茂琦跟吴典、王扬斋等人担任主讲时代，人才最盛。

单骑闯阵　戴笠躬耕

　　土地，从来都是权力斗争的焦点，是改朝换代的驱动力。为了"普天之下，莫非王土"这句话，在奴隶制度、封建制度的版图上，中国各种政治势力、各路草莽英雄，打着各种旗号，拼死厮杀了几千年。每一回，胜利者总是踏着失败者的尸骨和鲜血，登上了金銮殿，戴上了皇冠。"成则为王，败则为寇"，这是铁律，也是宿命。但是，一个王朝宣告建立，围绕着土地这根主轴，统治者与农民的斗争又开始了，而且随着掠夺、奴役、兼并、霸占的加剧不断升级，动摇着王朝的根基。

　　明朝，已经建筑了地坛，王公大臣四时祭祀，对五色土崇拜有加，却毫不例外重复着历代王朝运行的轨迹。在这个大背景下，本文的主人公登场了。

　　明朝嘉靖十一年（1532），时任湖广副使的林士元在衡州和永州练兵。此时，永州江华的地主、流民已经跟当地居民争夺土地而械斗经年，战火蔓延到了周围地区。林士元深知，土地历来都是农民的命根子，侵占了他们的衣食之源，岂不是把他们逼进绝境？但是，要把一场大火扑灭，绝不是一件容易之事。然而，林士元明白，他身系一地安危，哪怕利刃架在脖子上，也不能推却自己的责任。历史上关云长在杀机四伏、刀光剑影中单刀赴会，而林士元却凭一介文官之躯单人匹马闯进两方交战阵地。一身胆气，一场交锋，林士元逐渐掌握了主动。他大局在胸，挑明了利弊，指明了出路。于是，林士元不靠官威而靠个人的大智大勇和卓越的调解艺术，化解了一场危机，使双方罢兵停火。

如此火线"灭火"，在林士元并不是仅有的一次。

林士元，海南琼山人，生卒年月不详。明朝武宗正德庚午年（1510）乡荐，甲戌年（1514）考中进士。曾授传旨、册封等大事的行人，官声很好。一次，他奉使册封唐藩，人家馈赠金六十镒，他却坚辞不受，王爷非常器重。乙酉年（1524），他升任南京户部给事中。其时，光禄少卿史俊仗势滥杀无辜，而都御史汪鋐考证查实不公。眼看着行凶者逍遥法外，林士元坐立不安。该不该顶住压力，将不法之徒绳之以法，为受害者申冤？林士元面对着考验，不计个人安危，最终选择了弹劾，同时向数十个办案官员宣战。天网恢恢，那些办事不公的枉法者最终遭到罢免，"仕路一清"。之后，他先后上疏数十篇，皆切中时务，十分合乎事理。

在海南教育史上留有英名、曾任琼台书院主讲的王承烈对海南诸位先贤无比崇敬。在《拟王赞襄琼南人物风俗对》一文中，他赞颂了海南独特的山川风物，突出评价了"而要其理学经济，无忝名儒，亮节孤忠，卓绝当代"的丘濬、海瑞，如数家珍评介钟芳、王佐、王弘诲、薛远、唐胄、许子伟、邢宥等杰出人物的功业，也对林士元给予应有评价："劾罢不职，仕路澄清，廉公威严，裁抑侥幸，则于林士元、郑廷鹄见之。"王承烈持论公允，这其实也是历史的一个结论。

林士元之廉公威严、刚正，缘于他一生秉持廉洁的品行，不畏权贵的胆识。虽然没有欣赏到他那些抒情言志文章，但他清如明镜之心，即便从他给别人撰写的墓志铭中也能略知一二。

他撰写的《明赐进士第升授奉政大夫工部都水司郎中周务斋公墓志

铭》一文，题目有二十五个字，把主人的出身、主要官职以及姓名都写得一清二楚，让人一目了然。这不是标榜，而是当时一种为文惯例。其实，这题目也是这篇铭的纲目。文中，林士元交代了周务斋的家世。"公有奇节，稍长颖悟绝人"一句，既是周科场得意的注脚，也是他品行的落脚点。当时，南京工部靠每年税收所得，维持正常运转。但贵族与庵寺，相互倚靠、勾结，从中获取私利。尚书何石湖，特意上疏，把务斋名节公之于朝廷，并推举他，奉皇帝印授执行差事。周务斋稽查首恶者数家，按明朝法律处置，剥夺其贪赃之利而归还于百姓。一些为官者莫不摇手相互告诫。周务斋禀性刚强耿介，遇事敢为，所取与所予，一丝不苟。林士元对周务斋产生强烈的思想共鸣，因此才在《铭》中运用这些事例，揭露封建权贵的腐败行为，歌颂了一个官员廉洁奉公，不畏权贵的斗争精神，这其实折射出林士元的品行和操守。

同样，《奉政大夫广西按察司佥事竹庵吴公墓志铭并序》一文，也写官员吴竹庵的身世、家世，选取他从政经历中的一些典型例子，突出表现他严惩权奸，心系百姓的斗争精神与胸怀。"选湖广荆州府推官，公至狱如老法吏。寻视篆郡，当州湖之冲，供亿繁数，目睹宗室禄数日增，民弗堪命。公措理有方，政通民和。"皇帝宗室俸禄逐日增加，而百姓却生活在水深火热之中，但许多官员却视而不见这强烈的反差，而吴竹庵不但见到了，而且处置有方，办理得力，这无疑得益于他的威严和政治智慧。其铭叙述吴竹庵多次被推荐，委以重任。"奉玺书整饬左江一道兵备，兼理分巡事……"，并建功立业的史实。与上篇铭有所不同的是。这篇铭还着力写吴竹庵致仕后的生活。"公归，橐橐肃然，如未官时。乃就先人旧庄，导泉为田，得二百亩，结草墩课诸子孙，为终焉计。"一个为官多年的要员致仕之时，竟然囊空如洗，这还不能说明问题吗？而此时他引泉水造良田的举动，则更表明了他想过起自食其力的生活，回归一个普通百姓。

毫无疑问，林士元就是通过为他人撰写的墓志铭寄托自己的情怀。

林士元转任广西参政，在征战大藤峡中督饷纪功，提升浙江按察使，但未赴任。遭到父母的丧事，从此告别仕途。他晚年居家，有时戴一顶竹笠，在烈日寒风中耕作。春去秋来，俨然一介农夫。乡下人，无论男女老少，都称赞他为可敬的贤良。

这是一种百姓生活的回归，一种情结的释放，就像吴竹庵一样。当然，其中也有他对家乡一草一木的挚爱。《员山里记》披露了他的这种感情。在这篇记中，林士元写了员山如布棋的地理形势，写了"未有若员之文士之接踵，官员济济如此里也者"之气势，员山之得名有本可究，员山里人文之胜亦洋溢笔端。这篇记还状写员山"金鸡贵人，排衙列旌"的奇特胜境，列数松、竹、麋鹿、野雉等物产。"岁时伏腊，祈报登科，饮毕唱和，争以诗对相尚"，写了员山里的风俗，更礼赞它的文明礼尚。字里行间，洋溢着他作为家乡一个子民的自豪感，幸福感。

林士元一生著有《学思子》《中庸孟子衍义》《读经录》《读经附录》《孔子世家颜子列传论》《北泉论草》以及《文集》十卷。他对儒家经典深有研究，对这些经典的解读自有心得。本文前面所引的文章，见之于他由海南出版社出版的《北泉草堂遗稿》。该书除了收有文章四篇，还收进林士元的诗作数首，大多为怀人之作，感情真挚。《过丈人墓有感而作》写道："泰山叹其颓，遗蜕埋黄阳。宿草覆如被，封石磊若堂。凄其追往行，忠信笃耕桑。贻子孙以安，远慕襄阳庞。昔别公尚健，勉我事君忠。今归公不见，凄凄白杨风。胜地龟浮水，长眠首丘东。年年坟前拜，渐长二孙龙。"全诗八十言，或渲染环境悲凉气氛，或歌颂丈人的德行。缅怀中有惋惜，回忆中充满感激。人生莫测，亲恩难忘，而子孙平安，渐长成龙，生生不息，则延续着一个家族的希望。大而言之，这其实也是人类的希望。读罢全诗，人顿时产生许多感慨。

今人犹说黄河清

家书

当我还是孩童时，就经常听到乡下那位叔公哼着"父生母育，乾坤之德难忘……"，他时而慷慨激昂，时而脸带愁容，痛哭流涕。我不知道他哼的是啥诗，为何这么动情，却听身旁有的叔叔也跟着他往下念："闻雨点，点点生悲，听虫声，声声带泪……"

久而久之，终于从大人的嘴里明白，叔公念的不是唐诗，也不是宋词，而是《答夫书》里的句子。而且，黄河清这个名字也跳进了我的记忆里，触动了我的心弦，不过凡夫俗子如我，到底奔波于生计，那思绪也渐渐被淡化了。

但是，我终究回到这个人物上。

这《答夫书》不是一个妻子所写，而是黄河清替一个姓薛的女人代笔。其时，他已经在乡下执教多年。那么，黄河清又为何要为人操刀呢？

陈圣玙是故事的另一个主角。早年他就是黄河清的同窗好友，十六岁就考中秀才。乾隆十八年（1763），两人一同参加乡试，同榜中举，陈圣玙还考了第一，因此也被称陈解元。后来，他与薛氏不期而遇。春草芳菲，郎才女貌。两人一见面，心就贴到了一块。陈当然不会错过这段姻缘，而薛复俊也早看中这个女婿。他是陈的老师，早就对这才华出众的学生爱惜万分。当这对新人在洞房花烛夜执手相视互诉衷肠时，那跳动的烛光也在为他们祝福。然而，一个偶然的机会，一向正直的陈圣玙竟因得罪了一个姓胡的道台，无辜被革除了功名，还被下诏缉拿。陈圣玙被迫远走天涯，以求避过这场大祸。丈夫出走，妻子难舍难分。陈安慰妻子，近则一年，远则三年五载，他就回来跟妻子团聚。然而，妻子倚门相望，多少个花好月圆之夜过去了，多少声呼唤随凄厉的寒风远去，游子依然没有踪影，连片言只语也没有捎来。万般无奈之下，薛氏只好请求黄河清代写家书。这是第二封家书。之前，黄河清受薛氏之请，给陈圣玙写了第一封家书，也曾经激起陈回归的念头，怎奈他到底遽然放不下那些学生，其时，陈已经出任崖州最高学府德化书院主教，当然，他还跟一位女子另结秦晋。只见新人笑，哪闻旧人哭。或许陈圣玙正是如此，他最后选择了无言以对。

虽然出身进士，学富五车，但要是黄河清用那些八股腔调应酬一番，这《答夫书》就不可能在民间流传得这么久远了。动笔时，黄河清诚然已经变成那个可怜的薛氏了，至少那文字里有她的苦，有她的泪。有她的血，有她千回百回的呼唤。"今君视新欢如掌上明珠，弃旧缘如道旁苦李。""一年十二月，月月受饥寒；一月三十日，朝朝无饱暖。""膝下犹无子女，家门瓦解，囊橐尽空。""眼泪长流，枕边裳袖尽染。""欲抱琴别调，则节丧名污；欲悬梁自缢，难免蝇蚋蛄蛆……""劝君舍乐土风烟，觅故土桃李……免双亲为有子之孤魂，免贱妾为有夫之寡妇。"引文有限。这封家书涉及古今正反事例，至情至理，婉转情深，哪怕铁石心肠也不会无动于衷。

其实，陈圣玙也不是薄情寡义之人。他远在天涯，亦时有诗作，怀念妻子，收进《民国儋县志》的《重阳日偶吟》等四首，全是怀亲之作。《独夜遗怀》云："浮梗踪无定，寒萤夜近人；谁怜流寓在，黎火自相亲；山院黄昏雨，停琴卧小斋；却因风露冷，归梦隔阳台；漏鼓三更点，虫声四壁秋；旅人当此梦，旧恨惹新愁。"诗歌营造的是一个凄冷孤寂的环境。虽然他乡有他情投意合的新欢，有他挚爱的事业，但他还是自视为浮梗一般的旅人。他要给亲人捎去归梦，却有风露中的阳台阻隔，旧恨又惹起新的愁绪。但是，别说归去，就是这般情深意切的诗也不曾给亲人捎去。这就留下一个谜了。但是，这一次陈圣玙接到第二封家书，不等读完，就失声痛哭。悔恨乎？痛心乎？总之，第二天，他就从今乐东县乐罗镇出发，骑上快马，踏上归乡的路途。然而，人到昌化江边，山洪暴发，急流滚滚而下，而陈圣玙竟然不为所动，策马扬鞭，冲向浪涛滔天的江心……

黄河清闻此噩耗，一时惊呆了。他万万没有想到，他在家书中所写的安知"江河流水，非君掷骨之滨"竟一语成谶。本来，他只是想用这话激一激好友罢了。不禁深深自责，痛悔不已。他在家书中借薛氏之口指责陈圣玙"抛贱妾义固无取，背双亲罪更难逃"，这时却为陈圣玙辩白，说他历经二十多年只身在天涯海角执教，有几人能做到？关山阻隔，音书难得，这思亲之苦又有几人忍受？德化书院一百一十四位门生为失去这样一位主教悲痛万分，他们竖立一块"报恩碑"，黄河清带领学生，不畏路途遥远，前去祭奠。这可以告慰他的同窗好友了。

惊魂之变

惺惺惜惺惺。黄陈两人选择了在乡村执教作为献身的事业，是为同道。因此，黄河清对陈圣玙那番感情是可以理解的。

但是，黄河清是如何考中进士的，又如何远离了官场呢？

康熙六十年（1721）黄河清出生于儋县徐浦一个书香门第。家学渊源，加上天性颖悟，年幼的黄河清便显得卓尔不群。蒋秀云的专著《黄河清》发掘了许多历史资料，对黄河清的一生事迹做了比较全面、中肯的评述，其中记载了一个故事。有一天，黄河清跟陈圣玙一同去拜访一位设馆掌教的老先生林大茂。这位掌教颇为自负，有意难为眼前这两个小童生，把脑壳摇了几下之后，拖长了老腔，念了一行出句："一枝花插在门中林大茂。"黄河清略加思索，脱口而出："三杯酒放流海内黄河清。"对句跟出句一样，把各自的名字都嵌进去，不但对偶工整，而且把内涵提升到家国层面，境界更为壮阔，难怪老先生十分佩服，惊呼黄河清日后必成大器。

然而，直到乾隆十八年，已经三十二岁的黄河清才考中举人，乾隆二十六年才进京参加会试。只有会试前六十名才有资格参加殿试。关隘阻隔，千山万水，大海风波，行程的艰难险阻可想而知。况且，前后要在京城盘桓一年，这笔开支可不是小数目。然而，此时的黄河清早已像长了翅膀的山鹰要冲上九霄，乡亲也凑足了银两。于是，他踌躇满志启程了。

幸运的是，黄河清经过了种种关卡，通过了会试，考中了贡试。这期间，他开了眼界，一些事闻所未闻，萌发了一些疑问和困惑。但他来不及理清头绪，就等着殿试一关了。幸运的是，黄河清考中了三甲三十四名。按照新例。要从各省分甲第引见。当时，广东省考中进士的有五名，如果单从甲第考虑，黄河清当然无缘被引见。但是，黄河清是当朝琼州府唯一考中的进士，更是儋州二百多年来唯一的进士。因此，事情就有些周折了。在这关头，黄河清由于生性耿直，不肯行贿，得罪了权奸，为他后来的命运埋下伏笔。

不管怎样，黄河清终于踏上丹墀，准备等待觐见乾隆皇帝。三呼"万岁"礼毕，乾隆一看名字，不觉龙颜大悦。"黄河清，天下平。"他马上传唤这位意味着带来太平盛世的新科进士。而黄河清也许太兴奋，太好奇，太紧张了，似乎不太在乎这些礼节，总之，他听到传唤，就那么抬起头来，斜着眼睛望着皇帝。这一来，他的命运顿时急转直下。当时，有一位大臣迫不及待上奏，说他睥睨陛下，犯了欺君大罪，理当问斩！他一听，丧魂落魄。幸运的是，最终黄河清死里逃生。关于其中的经过，流传各种版本，但很难令人信服。莫非黄河清随机应变，而乾隆也不愿意在为他母亲做寿之际破了杀戒大煞风景，并且斩杀了"黄河清"这三个字的象征意义呢？确实的是，黄河清归班铨选，等待录用，回到了儋州故里。

心血化育春风桃李

鲁迅说过："有谁从小康人家而坠入困顿的么，我以为在这途路中，大概可以看见世人的真面目；我要到 n 地进 k 学堂去了，仿佛是想走异路，逃异地，去寻求别样的人们。"

这段话之于黄河清并不十分妥当，但他们都经历命运的落差。对于官场而言，黄河清是要寻求"别样的人们"去了。

他在"归班铨选"的十年，有时间研读经史，苏东坡居儋三年，留下了大量的佳作，办载酒堂，招纳岛内外学生，为弘扬教化做出独特的贡献。这就成了黄河清的精神资源，使他在困惑中看到了前行的目标。他经历了这么重大的变故，他的思想也悄然发生了变化。尽管他仍然胸藏家国，但儒家的入世思想，已渐渐融入道家的出世思想，显得随遇而安。《儋县志》中这样给黄河清画像："余暇则牵犊饮溪边，持竿垂纶，兀坐忘倦。或劝之仕，指犊与竿曰：'未遑也。'"人过得这样悠闲、自在，令人想起望着鲦鱼出游从容的庄子。人家劝他去当官，他却指着小狗和鱼竿说："我没有功夫呀。"这期间乾隆曾下旨让地方官为黄河清建造进士第，黄河清也尽了力，但这并不能夺其志。

后来，在一些大臣的请求下，乾隆记起了这位朝考失礼的进士，决定起用他，特地派一位钦差大臣到儋州，请他赴京任职。黄河清闻讯，书写了明代罗洪先的诗句："笼鸡有米汤锅近，野鹤无粮天地宽。"并将它留下，嘱咐家人一番，就躲避他乡。

从此，黄河清得以安下心来，专注于教育事业。

四十年时光，黄河清始终如一，让心血化育春风桃李。《民国儋州志》这样评价他的办学："远近生徒来就教者，岁常百人。窭而力学者，每周之粟。讲授甚勤，成就者众。"

寥寥数语，浓缩许多史实和传说。由于黄河清的为人所钦佩的师德和人品，教之使之有能，化之使之有才的宗旨，办学教学成绩显著，吸引本地和外县学子，前来投师门下。每年有一百多人就读，这在当时是不小的规模。为此，黄河清颇感自慰。蒋秀云援引黄自拟的一副对联："高弟集高堂会看近悦远来门外长深三尺雪，大儒营大厦将见后继胸中多富五车书"，可足为证。"三尺雪"以虚写见出热情，而"五车书"则虚实结合，写出为师者的豪情和希冀。黄河清不仅对于那些贫穷而穷苦的学生施以援手，经常周济米粟，而且充当伯乐，发现人才，引荐人才。陈京本家境贫寒，只读过几年书，却通过自学，长了学问。黄河清不嫌他居之陋室，登门相谈。陈家几副对联，早已让人刮目相看。茅屋破漏之处，竟贴有对联："壁破通君子，茅疏漏仲尼。"借景言志，口气不凡。黄河清惊叹不止。他想起刘禹锡的《陋室铭》，决定举荐他到自己执教的徐浦当塾师，以先解决眼下衣食之忧，徐图大的发展。后来，陈京本考中了举人，不求官，只在乡里执教，弘扬教化，并写了《劝学文》。立论明确，事例有说服力，文采飞扬，影响一方，这就是他对恩师最好报答。

黄河清为了在最大程度上解决学子就京赶考资金困难的问题，就购置学田，捐资，以解燃眉之急，他和儋州知州吴嘉炎做出了很大贡献。吴嘉炎在《公车北上宾兴题辞》一文中作了精要的叙述，其言也善，其情也炽："惟望儋之士一经术自励，以功业自期，毋安于小成，毋狃于陋习。他日里居，偶阅邸报，见有捷南宫，登仕籍者，当举酒遥祝，为儋地之山川庆也。"字里行间，有勉励，有期望，有割舍不了的深情。但是，吴在任上仅五年，就因身体原因辞官。他是山西沁州人，乾隆四十年任职。他出身于一个显赫的世家。四世祖吴典是康熙朝名相，其子、其侄、其孙、其曾孙都考中进士。吴嘉炎固然以一门六代进士为荣，但更感到一种责任。因此，官声很好，百姓称颂，他临别之日，万人为之送行。黄河清为父母官为挚友写了《赐进士出身奉直大夫州尊吴老先生归钱序》。一篇八九百字短文，借友人之应答，称誉吴的家世家风，称赞吴完成前任所不能做好的修学宫、置学田，请黄河清执掌载酒堂之举，显得客观，又饱含情意。吴初下乡时，"农夫牧子，初不识州太守，马首请所之。先生亦笑而语之。乃争用手披竹叶、拂树枝、向前引道，盖往来如是"。吴虽然家世非同一般，又掌管一州大权，但他下乡只是轻车简从，不摆官架子，不盛气凌人，因此百姓才争相为之引路。黄河清用这生动的文字，凸显吴的人品、官品，其实是在透出他的心声。

文品中的人品

黄河清以文取胜，考中进士，可惜流传下来的佳作少之又少。然而，我们不能低看其造诣。《答夫书》写得那样文采焕然，哀婉动人，在推心置腹的倾诉中表达了一个美丽少妇对于爱情的坚守，盼望丈夫浪子回头的强烈愿望。事事以伦理道德为依归，却显得入情入理。没有超值的同情心，没有伦理观念的秉持，就不能写出这样的文字。《答夫书》在海南民间流传得这么久远，是有道理的。

《民国儋州志》中收进黄河清的一些诗文，足见其人品，《余、黄唱和诗》尤值一读。

余，指余之焕。《民国儋州志》载，他是安徽徽州府黟县附贡生，乾隆五十三年到儋州任州牧。黄，当然指黄河清。按此推算，黄河清此时已年近古稀。他执教四十年，从不关起门来教习经史，人不在庙廊之下，有时如野鹤闲云，胸中却不减家国情怀。

短短十首唱和诗，就能品读出两人不同的立场和志趣。

"儋州承乏三年过，积欠皇粮十载多。易俗移风吾岂敢？殷殷抚字寓催科。"余到任已经三年多了，但他并不深入民间了解民生疾苦，他所念念不忘的就是百姓还欠十多年皇粮，忙着去催粮纳税。

"晨熹千旌绕甸过，从驺犹惜露沾多。我公何故身劳役，慰我农夫苦科多。"黄的和诗首先把余催粮的场面写出来了。天蒙蒙亮，遍插旌旗的车子就绕着郊外而去。难怪随从都嘟哝着说，露水这么多，把他的靴子都弄湿了。结句设问，见出黄的诙谐，而答句的反语，则在讥讽中透出他对百姓的同情和关切。

"晚风披拂蓣薯香，烟火万家透夕阳。牛背牧童归去也，歌声宛转出沧浪。"余之焕这首诗，选取的是农村傍晚的情景。炊烟袅袅，夕阳西下，晚风轻轻吹拂，送来蓣薯香气，牧童骑着牛，唱着山歌，愉快地归家。几个意象，表现的是太平盛世下的乡村傍晚景象。

"午风轻淡树生香，引得浮烟色载阳。嗟我农人犹力作，汗泥满面发沧浪。"跟余之焕不同，黄河清这首诗选取的是农人正午在田间辛苦劳作的情景。他们一身汗一脸泥，由于忙，也顾不上抹一抹。倒是午风轻拂，树散清香，天空也送来云彩，遮住烈日。在这么有人情味的自然物上，黄河清寓托了他的同情心。

儋州是久负盛名的诗乡歌海。黄河清也曾参与民歌创作，创作了大量脍炙人口的民歌。

黄河清八十二岁善终。其平生可用一句话概括：哪怕不身居庙廊之上，只是委身民间，只要有所为，也终成大器。他的门徒举人唐典初赋诗《拟送黄先生河清入乡贤祠》，写道："功名未了经生事，品学能邀圣主知。要与乡贤同俎豆，文庄忠介是师资。"这是他对老师恰如其分的评价。

"传承"：渡到彼生的桥

在海口市府城达士巷石板上款款而行，你可以分享现代化的浓浓气场，也能够感知到来自历史深处的回音。一座庙宇，几潭古井，默默无言，胜于有声。这曾经的海南历史文化名人聚居之地，始建于明代，哪怕一些名人故居经历沧海桑田，已经朱颜不再，仍然潜藏着时光无法带走的人文气息。阴阳阻隔，楚河汉界，我却觉得一个个身影浮现眼前。那不是崖州大儒钟芳吗？那不是明代进士郑廷鹄、郑宗结吗？这些名贤都同达士巷缘分颇深。我的思绪纷至沓来。恍然间，眼前一个穿着长袍的学者兀地出现……

身世与家世

王国宪出生于清咸丰三年（1853），卒于民国二十八年（1939）。所以，他是一个跨越迥然不同的两个时代的人物，这决定了他人生的大致走向。

咸丰朝代，清朝已经是内忧外患，王小二过年——一年不如一年。但作为一个封建帝国，它仍像老牛拉破车一样，艰难地爬坡过河。照样山呼"老佛爷"，仍然三年开科取士。因此，他能迎来人生一个重要机遇，于光绪二十年（1894）参加甲午科秋试，获得广东第一名优贡，这经朝廷考试后可按知县、教职分别任用。

虽然科场得志，但比起先祖王居正，王国宪的出身未免显得相形失色。王居正生于1087年，乃一介南宋名臣。他二十六岁中举人，二十七岁考中第四名进士，三十三岁被皇帝赐翰林院编修。1133年授兵部侍郎，之后，又授文华殿大学士兼枢密察，赠太师。

王国宪固然没有其祖那样显赫，但他的基因却在其祖那里，而且在另一个高点上同先祖遥相呼应。后来，王居正被秦桧陷害，海口成为他最后的归宿之地。王居正本来跟秦桧交好，但他一旦看清秦桧的嘴脸，就参了秦桧一本。因此，王居正这位忠义之士，也像李光、李纲等一批贤臣一样遭受秦桧的迫害。八百多年间，从王居正到他的子孙王承烈、王沂暄等，都是依靠"传承"两个字维系着一个庞大绵延的诗礼传家之族，王国宪也在"传承"中，定格和延续他的人生。

四十年功夫不寻常

书是人类不可或缺的文化载体。但是，书的问世何其难也。从竹简、雕版印刷到铅印、胶印，人类在不断的探索和工艺革新中，一步步改善出版条件，提高出版水平；从神话到民间经验的记录、书写，从集体研究、创作到个人的著述，也不知道耗尽了作者多少心血。创作中的酸甜苦辣，唯有作者体会。大家如王安石，也为运用一个"绿"字，而反复推敲，几易其稿。所以，出版物的形式和内容日渐门类多样，不断丰富、提高档次，绝对是一代一代人努力的结果。这样，书的保存，也就显得极其重要。深感于此，丘濬专门写了《藏书石室记》一文，写出自己的深刻感受。他连用四个排比句和四个"千万世"写读书的作用之大："合千万世之心术，聚千万世之治迹，传千万世之语言，演千万世之理道，皆于书乎是赖。"因此，也曾为借书饱受白眼。

但"顾南方卑湿，竹帛不可久藏，竭平生积聚，鸠工凿石以为屋"。可见，丘濬把藏书看作传承文化极其关键的一环。

我们不妨从这个切入点认识王国宪。

王氏一族虽然不是钟鸣鼎食之家，但家学渊源之深厚却是众口一辞。王国宪年幼失怙，但母亲孙氏贤惠，勉励儿子，继承祖训，刻苦攻读。王国宪从小就在母亲的殷切期望和深厚的家学渊源中长大。他年少聪慧，酷爱读书。家里珍藏的那些善本，抄本，给了他一个广阔的天地，他一头钻进去，就像鱼儿遨游于大海。他熟读四书五经，有的是董仲舒"面壁十年"的专注、忘我，铁棒磨成绣花针的钻研精神。他肯定读过丘濬的《藏书石室记》一文。这位对丘濬无比景仰的学子，赋诗"五指高无极，溟渤渺无边"，礼赞丘濬，丘濬的思想必然影响了他。因此，他由爱书而藏书，由崇拜丘濬而塑造自己的言行。根据孙民的专著《王国宪》所载，王国宪几十年购买、搜集，连同家中的收藏、保存，他的藏书量达到了三万余册，这些藏书为王国宪对海南地方文献的收集、整理提供了有本之木。

凭借这些丰富的藏书，王国宪着重了解海南先贤的思想文化成就，他们对中华文化所做的独特贡献。他对丘濬等有明一代那些大儒、先贤的高度评价自不待言，就是对一些知名度不太高的人物也给予应有的评价。他为其曾祖王承烈的诗作《扬斋集》写序，所论中肯："海南风雅盛于有明，其时人文蔚起，出而驰誉中原，垂声海内。自丘文庄、王桐乡、唐西州、钟筼溪、海中介、王忠铭而后，有专集者数十家。海外风雅之盛，莫盛于是识。不仅理学经济，文章气节，震动一世。"清代那些"尚在深闺人未识"的一些举人的成就，也在他的视野之内，给予足够的肯定。他在该序中写："吾朝乾嘉时，人才辈出。王慎斋、李卓斋、符书圃、林粟水诸先达，振兴古学，有声于时。先曾祖扬斋公，从慎斋、卓斋学，能集其成……海外风雅复盛于是时。"

王国宪全局在胸，如数家珍，把海南人文的财富和遗产引为无比的骄傲和自豪。但是，他站在一个高度上审视，也感到有些遗憾。这就是，固然有许多先贤的传世专集流传下来，但一些先贤的诗文还没有结集，很可能湮没于岁月的烟云之中。基于这种认识，王国宪感到他肩负一种义不容辞的责任，应该为海南先贤做一些工作，填补某些空白，弥补几许遗憾。

王国宪于后半生的四十多年时光里，经历了改朝换代的变革。在"城头变换大王旗"的时局动荡之中，达士巷决不是世外桃源。他不可能把自己关在书斋里，生活、心灵上受到的冲击可想而知，不可能心静如同一潭古井。但是，即便这样，他仍然在文献典籍中，在故纸堆中，挥洒自己的学识和精力。在这漫长的时光里，王国宪整理、编纂了大量的海南先贤文献、地方志，撰写了许多人物传记，居功至伟。

他整理了丘濬的宏编巨著《大学衍义补》以及《琼台会稿》等数部著作，多达四百卷。《大学衍义补》阐述了正朝廷、正百官、固邦本、制国用、明礼乐、崇教化、备规则、严武备等内涵，突出了治国平天下的要旨。它涵盖政治、经济、文化等领域，"考据精详，论述该博，有俾政治"（明孝宗语），其时被当作治国经典。整理这部博大精深的巨著，可谓一项浩大工程。没有渊博的知识和深厚的学养，没有磨穿砚台的精神，只能望洋兴叹。王国宪整理的其他文献还可以开出一份长长书单，不仅校对了《丘海合集》，海瑞的《备忘集》、《白玉蟾全集》、王佐的《鸡肋集》、邢宥的《湄丘集》、王弘诲的《天池草》、钟芳的《钟筠溪集》、张岳崧的《筠心堂集》等名贤名著悉数上单，而且《许忠直集》等也赫然在列。这些名著反映当时海南社会和人文的方方面面，不仅富有文献价值，而且体现高深的艺术造诣。不识其堂奥，就难以登堂入室。此外，王国宪还整理、编纂《琼山县志》《儋县志》《明朝诗选》《琼崖耆宿集》等多部地方志和诗文选。

当时，由于战乱、气候、藏书条件等原因，海南古籍的流失成了令王国宪头痛的问题，抢救古籍自然成了他不容忽视的大事。在经济条件困难的条件下，王国宪仿效丘濬，建立百城书屋，把多方得到的古籍善加收藏、保管。他费尽周折，大海捞针，才从《滇南诗选》编选者的后人中获得手抄本，使这部沉寂了二百九十年的诗选得以面世。这部诗选由明代进士陈是集编选，收有丘濬、邢宥、薛远、王佐、夏升、韩俊、唐胄、钟芳等二十二家诗作。王国宪不仅重视名家，补进海瑞的诗作，还补入刚烈的林淑温等五家"闲媛诗"，体现了他对那些名不见经传的女诗人的关注。海瑞的《备忘集》是一部重要的著作。但是，在封建社会，官方对于文献的保存工作缺失应有的重视，加上海南条件的局限，不少文献几乎流失，名望之高如海瑞，也不能幸免。王国宪怀着一种对先贤无比崇敬的心情，抢救海瑞这部著作，可谓不遗余力。他同曾对颜等人搜集《备忘集》，花了十年时间进行校对，这其中的艰辛和欢愉只有他才知道。

　　王国宪很有才华，能诗善文，笔力所逮。他撰写了《唐李卫公传》《李德裕传》《李纲、李光传》《宋赵忠简公传》《赵鼎传》等人物传记，为这些被贬琼州、为传承与弘扬海南文化的历史人物立传。但为了传承海南历史文化，他把修志当作自己倾心的事业。他身为海南修志征访员，一生很多时间和精力都花费在修志上。王国宪编纂的《琼崖志》翔实地记述了海南的沿革、风物、气候、人文等各方面情况，有较高文献价值，在海南的志书中占有一席之地。

　　王国宪为出版这些海南先贤的著作，奔走呼号，筹措善款，于1927年以七十四岁高龄，与王梦云等同道创办海南书局。这是前所未有之举。这不是为了挂一块招牌，而是着意于拥有一个阵地。他与诸位同仁合力，立项，征集文稿，《海南丛书》得以问世，为以后海南先贤著作的出版提供底本。四十年如一日，王国宪不计报酬，殚精竭虑，全力以赴，为收藏、搜集、抢救、整理、编纂、出版海南先贤文集和地方文献，为传承海南文化，做出了巨大贡献。文史专家朱逸辉等高度评价，实至名归。

从"出仕"到"为民"

王国宪一生横跨两个朝代。在这个社会剧烈动荡的历史转折时期，他无疑既受到传统文化的影响，也受到西方新学思潮的冲击。他曾一度参加科举考试，考取功名，但也接受新思潮的召唤，热望着接受新的洗礼。因此，他于1892年跨越琼州海峡，到达时代气息浓厚的广州，进入久负盛名的广雅书院求学。这时，他已三十九岁，将届不惑之年。该书院由曾任湖广总督等职的张之洞创办。他是中国近代史上一个绕不过的历史人物，其办学宗旨是为国家培养精于洋务的优秀人才。他曾说："中国不贫于财而贫于人才；不弱于兵，而弱于志气。"他一贯强调广大学子要刻苦读书，砥砺奋进，造就自己，"出仕则为国家栋梁，为民则为社会中坚"。为了适应形势需要，广雅书院在教学方面进行改革，开设经学、史学、理学经济之学等学科。后来，广雅书院和其他书院做了许多改革，"中学为体，西学为用"这种理念遂成为主体思想，影响着当时教育的走向和变革。

可以说，这个大背景为王国宪的人生提供了一个构架。他在广雅书院求学两年，像海绵一样吸收各种新知识，像新笋一样破土而出。前文已经指出，他于清光绪二十年（1894）参加甲午秋试，获广东第一名优贡，并被授予教谕之职。这在当时是被许多学子视为荣宗耀祖的大事。一时间，他成了街头巷尾议论的焦点，许多父母都举他做为望子成龙的标杆。王国宪于宣统二年（1910）被特授四等嘉禾章和状，选授乐昌县教谕。民国初年，担任广东省参议员。但是，在广州任职不久，王国宪就毅然辞官了。对此，众说纷纭，莫衷一是。有人说，他不屑于跟贪官同流合污；有人说，他要效仿陶渊明"不为五斗米折腰"，才挂冠而去。但我想，无论如何，传承海南教育与文化始终是他的牵挂，他有一种时不我待的紧迫感，一种"我以我血荐轩辕"的献身精神。于是，他经历了从"出仕"到"为民"的心灵博弈，最终选择了后者。然而，与其说他为民则做社会中坚，不如说他为民则做传承教育与文化的中坚。他为发掘、整理、出版海南文献付出艰苦卓绝的努力，为传承海南文化取得可以刊之于名山的业绩，也为海南教育的传承树立丰碑。

人们也许会感到惊讶，王国宪既然在传承海南历史文化中投入四十多年的时光和精力，又如何能在传承与发展家乡教育文化事业中积聚成一种中坚力量？其实，一个人只要对事业爱得执着，爱得无私，他就能在持久奉献中焕发巨大的能量。从一个封建王朝跨入中华民国，尽管风云变幻，命运莫测，但他始终系心于斯，发力于斯，这是他毕生献身的两大目标，是他人生不停地驱动的两个风火轮。

琼台书院是久负盛名的府立书院，海南教育的重镇。追溯它的历史，必然追溯到海南教育史上许多重大的事件和历史人物。一方时空，一砖一瓦一花一木，由于一个个进士的孕育，一批批人物的发光，而负载太多的故事，张扬传奇的魅力。道光三年（1823）接力棒传到了王承烈手上，他是王国宪曾祖父，曾在乡试和会试中夺魁，但他并不向往高官厚禄，而选择了琼台书院。近百年后，王国宪在研经书院主讲多年之后，又掌教于琼台书院。曾祖父的事迹对于王国宪而言，是一种传承，是一种感召。在琼台书院的日日夜夜，王国宪用"师道尊严"四个大字，贯穿到他的言行中去。琼台书院也曾沐浴着皇帝的恩宠。乾隆元年（1736）书院掌教谢宝的高足张日旼殿试上榜，进士及第，乾隆亲自为他题写进士匾。从康熙到道光，琼台书院发生过许多大事，先后刻十多块碑文，以记其胜。王国宪面对这些珍贵的历史文物，更多的是感到一种责任。他勉励学子，要树立为国效命的远大志向。"苟无济代心，度善亦何益。"李白这一格言，于他是一种宣言，唤起和振奋爱国之心的宣言。"非学无以广才，非志无以成学。"王国宪经常用诸葛亮《诫子书》里这句话勉励自己，教诲学子。琼台书院汇聚了各门学科的学者、名流，博学如王国宪，也经常向他们请教，跟同仁一道探讨一些学术上、教学上的问题，增进自己的学养，为学子释疑解惑。身教重于言教，王国宪严于治学，严于治教，凝聚着一种榜样的力量。

王国宪还在 1917 年担任琼山县立中学校长，年过花甲，壮心未已。1923 年，他又同省第六师范教员冯官尧等十三人发起创办琼海中学（今海南中学）。1924 年他积极投身创校活动之中，担任校董、总务主任、国文教师。一个年逾古稀的老人，为海南教育事业的传承、发展而呕心沥血，又为他的人生增添浓墨重彩，定格他是海南教育史上一座路标。

当时，由于清朝政府的腐败无能，西方列强乘虚直入，不仅强迫清朝签订许多不平等条约，掠夺我国资源，把一个偌大的中华民族当作一只羔羊来宰割，而且妄图通过传教等渠道从精神上奴役国人。每念及此，王国宪痛心疾首，保持清醒的头脑。他一方面写文章，揭露西方列强的险恶用心和行径，一方面利用讲坛、教坛，发表自己的政见，大声疾呼，希望广大师生擦亮眼睛，明辨是非，点燃他们的爱国热情，激发他们的民族自信心。在这种情况下，王国宪认识到发扬和传承中华优秀传统文化，对于抵御外敌具有重大意义。因此，他做了许多工作。应该在这个角度上看待王国宪和一些好友在一起，重修琼山等地学宫的工作。清光绪二十三年（1897），已经把这项工作付诸行动。王国宪得到众人信任，任总重修，扩建其规模，从用人、施工到财务开支，他一一把关，历时一年，完成了琼山学宫重修，不仅扩建其规模，而且使之成为一个民族教育阵地、一个传统文化阵地。

王国宪一生跨越两个时代，但他从来不做封建遗老，而是与时俱进，凭思想的敏锐，接受了民主革命思想，参与维新变革，站在时代潮头，承先启后，在传统文化传承、教育文化传承方面，做了许多具有开创意义的工作，尤其卓有成效。在一定意义上说，他是在特定的环境下继承、完成先祖王居正"编修"未竟的事业。"何必画凌烟，辉煌美金碧。"（林之椿诗）王国宪固然不是将相公卿，也并不头戴显赫的大师桂冠，但却能在八十六年生涯中以一介布衣终成社会中坚，实现人生的蜕变和升华，成了海南近代文化、教育史上的一座丰碑。因为"传承"，王国宪成就了近代海南文化与教育事业，而海南文化、教育事业也成就了王国宪，成了他渡到彼生的桥。

附录 传世诗文

丘文庄公遗像（郑华画）

进《大学衍义补》奏

丘　濬

　　臣见宋儒真德秀所撰《大学衍义》四十三卷，于《大学》八条目中有格物、致知之要，诚意、正心之要，修身之要，齐家之要，而于治国平天下之要阙焉。臣不揆愚陋，窃仿德秀凡例，采辑五经诸史百氏之言补其阙略，以为"治国"、"平天下"之要，立为十二目：曰正朝廷、曰正百官、曰固邦本、曰制国用、曰明礼乐、曰秩祭祀、曰崇教化、曰备规制、曰慎刑宪、曰严武备、曰驭夷狄、曰成功化。又于各目之中分为条件，凡一百十有九，共为书一百六十卷，补前书一卷，目录三卷，总一百六十四卷，名之曰《大学衍义补》，所以补德秀前书之阙也。前书主于理，而不出乎身家之外，故其所衍之义大而简。臣之此书主于事，而有以包乎天地之大，故所衍之义细而详，其详其简各惟其宜。若合二书言之，前书其体，此书其用也。今已缮写完备，谨撰表文一通，附写卷首以进。伏念臣浚远方下士，叨冒朝廷厚禄，六转官阶，以至今官。一家温饱三十余年，今年近七旬，常恐一旦委命九泉，有负国恩，无以为报。幸天假之以年，以衰朽之余，任师儒之职，无政务之扰，得以暇日纂成此编，第以性质昏庸，学识迂僻，加以老耄，精力衰惫，所见不能无偏，所纂不能无误。然区区一念，忠君爱国之诚，盖有出于言语文字之外者。况臣所纂辑者，非臣之私意杜撰，诚无一而非古先圣贤经书史传之前言往事也。参以本朝之一制，附以一得之愚，虽曰掇拾古人之绪余，亦或有以裨助圣政之万一。伏望皇上宽其妄作之诛，察其愿忠之意，以清闲之燕，时赐省览，遇用人则检正百官之类，遇理财则检制国用之类，与凡臣庶有所违，请朝廷有所区处，各随其事而检其本类，则一类之中条件之众，必有古人之事合于今时之宜者矣。于是审而择之，酌古准今，因时制宜，以应天下之变，以成天下之务，而其大要则尤在于审察其几微之先焉。《易》曰：惟几也，故能成天下之务。此臣妄意著书之本指也。臣之精力尽于此书，皇上亲政之始而缮写适成，盖有幸然也。冒昧进献不敢自谓其皆可用，傥采于千百之中用其一二，见于施行以成治效，使臣平生竭力尽瘁报国之忠，得以少效其万分之一，则臣学为有用，而殁为不朽矣。臣不胜恳悃，愿效之至。为此谨具本亲赍以所撰《大学衍义补》书四套，计四十策，随本上进。谨具题知"钦奉圣旨，览卿所纂书，考据精详，论述该博，有补于政治，朕甚嘉之。赏银二十两，纻丝二表，里书月誊副本，发福建布政司著书坊刊行。礼部知道，钦此。"

南溟奇甸赋

丘　濬

伏读太祖高皇帝御制文集，其劳海南卫指挥敕，有曰：南溟之浩瀚，中有奇甸数千里，地居炎方，多热少寒。是时琼郡入职方，仅再期。其地在炎天涨海之外，荒僻鄙陋。而我圣祖即视之以畿甸，而褒之以奇之一言，岂无意哉。谨按文集若干卷，其中劳天下军卫诏敕，何啻百数。大率叙其边徼险远，将领勤劳征戍，艰苦而已，未始有褒美其疆域若此者。噫！圣人之心与天通。物之美恶，必豫有以知其后之所必然于千百载之前，则夫吾郡之在今日，民物繁庶，风俗淳美，贤才蔧兴，无以异乎神州赤县之间。且复俊迈奇诡，迥异常俦，有由然哉。濬世家于海南，北学于中国。偶有所见，谨拜手稽首为之赋。曰：

爰有奇甸，在南溟中。邈舆图之垂尽，绵地脉以潜通。山别起而为崑崙，水毕归以为溟渤。气以直达而专，势以不分而足。万山绵延，兹其独也。百川弥茫，兹其谷也。岂非员峤瀛洲之别区，神州赤县之在异域者邪。有奇一士，全锺其气。北学於中国，颉顽乎天下之士。於是叫闾阖，呈琅玕。翱翔乎玉堂，徘徊乎道山。肆言六合之外，驰骋百氏之间。自诧所生之奇胜，敢为高论，恣为大言。翰林主人闻之，骇而讶焉。曰吁，子来前。子生寰区之外，涨海之边。学何所受，道何所传。何所从而至此，何所见而云然，试为我一一言之。吾将即子之所云云者，以纪载於简编。士曰唯唯。乃作而言曰，自夫天一生水，融而为川。地十成土结而为山。川者天地之血脉，山者天地之肌骨。血脉流行於肌骨之中，浃于中而外出。出乎外而环其中，是为一大堪舆也。具元气之浑沦，容日月之出没。然而大堪舆之外，突起於浩漾之中。而为小堪舆者，又不知其凡几窟穴也。是故其大而显者，为帝王之宇。其小而幽者，为神仙之丘，帝王之宇，是为神州赤县。神仙之丘，是为员峤瀛洲。一则非骨蜕羽化莫能到，而非常理。一则虽声明文物之所萃，而非真游。惟走所居之地，介乎仙凡之间。类乎岛夷而不夷，有如仙境而匪仙。以衣冠礼乐之俗，居阆风玄圃之暆。势尽而气脉不断，域小而结局斯全。九州一大宇，兹为其奥。四海一通川，兹为其窍。上至北极，仅十九度。於天为近，远至神京，几一万里。於地为大，茫茫巨浸兮。与天为界，漠漠平川兮。壮地之介，岂非天造地设。藏此奇胜於辽绝之域，用以见天听之孔卑。表王化之无外耶。其为甸也，可谓奇矣，然奇而不怪焉。翰林主人曰，子之言辩矣。岂其然欤，载考诸古。兹地禹贡之所不载，职方之所不书。郡县始汉武之世，分野仅星纪之馀。在汉七世，固尝弃之。盖不以之为有无也，且甸者主畿之名。非所以为遐外之域，奇者殊常之称。不可以加寂寞之墟，子之言，何所据而云乎。士曰，兹岂走之言哉，於是乎惕然兴。悚然惧，举手加额。北望向天，百拜稽首而飏言曰：此我太祖圣神文武统天大孝高皇帝金口之所宣也。大哉皇言乎，自吾兹地而得兹言。地益增而高，物若加而妍。山林草木，濯濯然如在昆吾御宿之近。封疆畛域，整整然如与侯服邦畿以相连。嗟夫地以人胜，从昔则然。兰渚以羲之而著，天台以孙绰而传。夫以残山剩水之胜，一经骚人墨客之所赏咏，尚扬芳於四外，流美於当年。矧兹奇甸，环海以为疆者，馀二千里。纵步以行兮，地虽甚遐。仰首而观兮，天则伊迩。一经大圣人之所品题，山势骎骎而内向，波光跃跃而立起。物则且然，人可知已。然则走所言者，岂无所以邪。主人乃仰然而思，俯然而叹曰：良有以也，愿闻其所以。士曰：走也少而游庠序，壮而走四方，虽生於是甸之中，而甸之所以为奇也，容有所不能详。盖尝历考夫禹益之所纪，缅想夫章亥之所步。古往今来之宙，上下四方之宇。天左舒而起牵牛，地右辟而起昴毕。天有四维，地有四极。东至於泰远，西逾於邠国，南讫于濮铅，北底于祝栗。管子言名山三千，墨氏云名川三百。三百之川，总归汇于东南。三千之山，皆发源於西北。是则海者，川之所委。岭者，山之所积。兹甸也居岭海之尽处，又越其涯而独出，别开绝岛千里之疆，总收中原百道之脉者也。原夫天下之山，皆自夫崑崙而来，越戎而夏，出险即夷。分为两戒，折为三支。其中一支，自中条经淮越江，而极于衡霍，遂散乱而分披。至北而地势将尽，乃益险。崭岩垒嶵，嵂崒岣嵝。孰知一脉透出於瀛海之外，其地可画而井，无以异於秦晋之近圻。观夫天下之川，皆至於溟渤而止。滔滔汩汩，虽日趋於东，然皆折於南西而后已。大起而为国都，小起而为洲坻。其尾闾收万水而潴众流，遂浩漾而无涯涘。自此而水势益下，弱莫能起。潋灩沆漾，渺沔濯濯。孰知一岛孤峙于瀛海之中，其地可苇而航，无以异於湖江之流水。海可度兮，不逾百里。山可登兮，不逾寻丈。舟之行也，朝斯往而夕斯返。人之游也，足可履而手可杖。意其巍巍礧礧，乃尔坦然夷旷。意其汗汗油油，乃尔悠然平漫。蕞尔小方外之封疆，宛然大域中之气象。阳明胜，而气之运也无息机。土性殊，而物之生也多奇相。草经冬而不零，花非春而亦放。境临乎极边，而复有海渫其菀气而无瘴。地四平以受敌，无固可负。岁三获以常穰，有积可仰。通衢绝乞丐之夫，幽谷多耆老之丈。古无战场，轼语信乎有徵。地为颇善，符言断乎非妄。民生存古朴之风，物产有瑰奇之状。其植物则郁乎其文采，馥乎其芬馨。陆摘水挂，异类殊名。其动物则彪炳而有文，驯和而善鸣。陆产川游，诡象奇形。凡夫天下之所常有者，兹无不有。而又有其所素无者，于兹生焉。岁有八蚕之茧，田有数种之禾。山富薯芋，水广鱻蠃。所生之品非一，可食之物孔多。兼华夷之所产，备南北之所有。木乃生水，树或出酎。面包于榔，豆荚于柳。竹或肖人之面，果或像人之手。蟹出波兮凝石，鰌横港兮堆阜。小凤集而色五，并黄游而数偶。修虾而龙鬣，文鱼而鹦嘴。鳞登陆兮或变火鸠，树垂根兮乃攒金狗。鼯缘树杪而飞，马乘果下而走。鱼之皮可以容刀，蚌之壳用以盛酒。波底之砂，行如郭索。海澨之贝，大如玉斗。花梨靡刻而文，乌檀不涅而黝。椰一物而十用其宜，榔三合而四德可取。木之精液，炼之可通神明。鸟之氄羽毛，制之可饰容首。有自然之器具，有粲然之文绣。天下皆有于菟，兹独无之，岂天欲居民之蕃息于此。常夜户不闭，而无触藩之虞乎。江南皆无蛛蟵，兹独有之，岂天欲寓公之久居于此。使照璧见喜，而无北风之思乎。噫，斯地也，近隔雷廉，仅一水耳。而物之生也，乃尔不同。远去齐晋，殆万里兮。而气之通也，胡为无异。若是者虽云生物之偶然，安知造物者之无深意也。然则兹甸之所以为甸，而奇之所以奇者，庸有在于是。主人曰然。此物之奇尔，如人何无。乃奇之为奇，独锺于物，而遗于人耶。士曰不然。天地盛大流行之气，始于北而行于南。始也黄帝北都涿鹿中，而尧舜渐南而都于河东。其后成周之盛乃自丰镐，又南而宅于洛中。盖自北而渐南，非独天地之气为然。而帝王之治，亦循是以为始终。盖水生天一，而坎位于北。而艮之为山，又介乎东北之间。自北而东，折归于南。其气之所以融结而流行者，非止乎一水一山。山之余而为岭，水之委而为海。而是甸居乎岭海之外，收其散而一之，透其余而出之，所以通其郁而结其解。其域最远，其势最下，其脉最细。是以开辟以来，天地盛大流行之气，独后其至。至迟而发也迟，固其理也，亦其势焉。是以三代以前，兹地在荒服之外，而为骆越之域。至于有汉之五叶，始偕七郡而入于中国。曼胡之缨未易也，椎结卉服之风未革也。持章甫而适之，尚懵而未之识也。魏晋以后中原多故衣冠之族，或宦或商，或迁或戌，纷纷日来。聚庐托处，薰染过化。岁异而月或不同，世变风移。久假而客反为主，劘犷悍以仁柔，易介鳞而布缕。今则礼义之俗日新矣，绲诵之声相闻矣，衣冠礼乐彬彬然盛矣。北仕于中国，而与四方髦士相后先矣。策名天府，列迹缙绅。其表表者，盖已冠冕佩玉。立于天子殿陛之间，行道以济时，而尧舜其君民矣。孰云所谓奇者，颛在物而不在人哉。主人乃离席而立，拱手而言曰：神矣哉，圣神之见乎。其所谓奇者，盖至是乎验矣。士曰不然。何地不生才，而才生不择地。人才之生，何地无之。奇哉奇哉，岂止是哉。当我圣祖肇基之初，舆图际天地，兵卫极边鄙。丝纶之音，云汉之章，无日而不下，无处而不至。然而奇甸之言，乃独以专美乎兹。地非甸而谓之甸，未奇而豫期以奇，岂无意哉。盖帝王之言，代乎上帝。圣人之心，通乎天地。故能握乾符而妙夺神功，阐坤珍而斡旋厚势。远移而近书，轨合以皆同。质变以文声，教暨而靡异。咫尺之间，振举乎万里。斯须之顷，流通乎百世。化庸腐以为神奇，变杂驳以为精粹。遒兮如迓，未焉如既。凡其所期兮，罔或不遂。引而弗替兮，终万古而常常如是。是则斯地之所以为甸，而甸之所以为奇。虽造设于天地，然所以表而章之。昭示于万世者，实本乎奉天启运宰制山河之圣帝。翰林主人聆兹言也，辗然以咍，怃然以喟，曰秘矣哉。天之藏此地也，远矣哉。圣人之期此地也，自夫天开地辟。以至今日，不知凡几运几世矣。自夫开疆辟土以建此区，不知凡几王几帝矣。然而多视之以穷荒，或遂至于遐弃。孰谓其今日有是哉，不假词臣之代言，不出辅臣之建议。一旦无上事发渊衷，运启睿思，形之于言，以为丝纶之制，夫岂无所为哉，帝皇之言，天之意也。士言及此，亦奇士哉。于是三复士言，而继之以歌曰：明明我圣祖兮，载辟地而开天。惟上帝眷顾兮，付以其所覆之全仁。周八表兮，顾独惓惓于穷海之一墺。奇哉斯甸兮，何幸得圣人品题之言。千秋万祀兮，长炳炳琅琅乎天地之间。

藏书石室记

丘　濬

予生七岁而孤，家有藏书数百卷，多为人取去，其存者盖无几。稍长知所好，取而阅之，率多断烂不全，随所有用力焉，往往编残字缺，顾无从得他本以考补。时或于市肆借观焉，然市书类多俚俗驳杂之说，所得亦无几。乃遍于内外姻戚交往之家，访求质问。苟有所蓄，不问其为何书，辄假以归。顾力不能收录，随即奉还之。然必谨护爱惜，冀可再求也。及闻有多藏之家，必豫以计纳交之，卑辞下气，惟恐不当其意。有远涉至数百里，转浼至十数人，积久至三五年而后得者，甚至为人所厌薄，厉声色以相拒绝，亦甘受之，不敢怨怼，期于必得而后已。人或笑其痴且迂，不恤也。不幸禀此凡下之资，而生乎遐僻之邦，家世虽业儒，然幼失所怙，家贫力弱，不能负笈担簦以北学于中国，中心惕然。思欲以儒自奋，以求无愧于前人，反求诸心，似知所爱慕者，甚欲质正于明师良友。引领四顾，若无其人。不得已而求之于书，书又不可得，而求之之难有如此者，乃喟然发叹，自盟于心曰，某也，幸他日苟有一日之得，必多购书籍以庋藏于学宫，俾吾乡后生小子，苟有志于问学者，于此取资焉，无若予求书之难，庶几后有兴起者乎。岁己未补郡庠弟子员。甲子领乡书。戊辰上春官。卒业太学。甲戌第进士，即入翰林。自此日积月累，所得日多。岁庚寅丁先妣忧，归故乡服阕。敬谒先圣于学宫，怵然动其宿盟。顾南方卑湿，竹帛不可久藏，竭平生积聚，鸠工凿石以为屋。凡梁柱楹瓦之类，皆石为之，不用寸木。广若干尺，长若干尺，经始于成化九年二月，落成于癸巳年七月。为钱总若干。督其工者，乡友吴云也。中为木柜若干，内庋以书。仅成，予即北上，窃恐后人不知予得书之难，而易视之，或者又取之以去也，乃自书其事而为之记曰：书之功用大矣。由一理之微，而可以包六合之大；由一日之近，而可以尽千古之久；由一处之狭，而可以通四海之广；由一事之约，而可以兼万物之众。其惟书乎。呜呼，圣人死也久矣，而道德万世如见；古人往也多矣，而事业终古常新。合千万世之心术，聚千万世之治迹，传千万世之语言，演千万世之理道，皆于书乎是赖。士也生乎千年之后，而知乎千年之前。具乎一物之形，而悉乎万物之理。处乎一室之间，而周乎万里之势。非书曷以致之哉！人生天地间，不为儒则已，有志于儒，以从事乎圣贤之道，未有舍书而能成者也。古语有之，通天地人曰儒。一物不知，儒者所耻。一书之不读，则一书之事缺焉。书之在天下，自五经而下，若传、若史、诸子、若百家。上而天，下而地，中而人与物，固无一事之不具，亦无一理之不该，学者诚即是而求焉，则可以贯三才，而兼备乎万事万物之理，儒之道其在是矣。虽然，书不贵多，而贵精。学必由约，而后可以致于博。精而约之，以尽其多与博，则气质由是而变化，心志由是而开明，德业由是而崇广。析其精而至于不乱，合其大而极于无余，会其全而备于有用，圣贤之道，夫岂外乎是哉。区区积书之心，诚有在乎是。所以期待吾乡之后贤君子者甚远且大，其必有副予望者乎？使诚有之，恨予耄矣，不及见也。虽然冥漠之中，无知则已，万一有知，亦将畅然快，辗然笑也。谨书此以俟。若其规条名目，则悉具于碑阴。

海瑞像

（据吴郡名贤图传赞）

严师教戒[*]

海 瑞

尝读至论，谓尊崇正学在君师，绍明绝学在宗师，至发蒙后学而提督之，又有师教职焉。此欧阳永叔祖韩昌黎之严谨而宗风之者。师固足重也。若人能攻我之病，我又能受人之攻，非义友耶？故尼父在善为芝兰，臧孙在恶为药石。君子能降师亲友，则雾扫空澄，纤毫不苟，浩然之气塞乎苍冥。果何至是，得力于师友者良多也。夫人外无师友之益，而欲所行之协于道，亦难矣。

瑞为此惧。一旦召神立腔子下，诲之曰：瑞，女知女之得生于天地之间者乎？有此生必求无忝此生而后可。无忝者，圣人我师，一一放而行之，非今所竞跻巍科、陟肰仕之谓也。女今亦小寓于其间矣。入府县而得钱易易焉，宫室妻妾，无宁一动其心于此乎？昔有所操，今或为恼恼者一易之乎？财帛世界，无能砥中流之砥柱乎？将言者而不能行，抑行则愧影，寝则愧衾，徒对人口语以自雄乎？质冕裳而有媚心焉，无能以义自亢乎？参之衣狐貉而有耻心焉，忘我之为重乎？或疚中而气馁焉，不能长江大河浩浩然而莫御矣乎？小有得则矜，能在人而忌，前有利达，不能无竞心乎？讳己之疾，几百所事，不免于

---

* 别本自"夫人外无师友之益"句起，题作《自誓词》。

私己乎？穷天地、亘古今而不顾者，终亦不然乎？夫人非无贿之患，而无令德之难。于此有一焉，下亏尔形，上辱尔先矣。天以完节付女，而女不能以全体将之，亦奚颜以立于天地之间耶？俯首索气，纵其一举而跻己于卿相之列，天下为之奔趋焉，无足齿也。

呜呼！瑞有一于此，不如速死！三复斯言，凛若严师丁宁夏楚之督尔上，纷如直友箴规啐詈之诤尔旁。

借山亭记

海 瑞

才满天下，事不立于天下。天下之所少者，非才也，气也。何谓气？曰是不可名。苏子称"卒然遇之，王公失其贵，晋、楚失其富，贲、育失其勇，苏秦、张仪失其辩"，气之谓也。"行有不慊于心，则馁矣"。始资学力扩充之功，终在长育涵泳之力。

秀水继山沈先生，其主事刑部，一日出有庙廊之言：不死，远戍。鸣阳蔡二守就阳江邑中之隙，捐俸构亭为讲习所，扁之曰"借山"。"借"之为言，天地万物本同一体之义也。一旦上心有悟，山亭或非久居继山之所。继山先尹番禺，继属西部，日可见之行，未大也。鸣阳何取于继山而期之若是？曰期之以气。琼楼盛子必余记之。

夫气充体无可见，而君子必此观人。气在我则我大也。我大，天下之物为小。欧阳修以谏官事宋仁宗，牵复剖子言："今言事之臣规切人主则易。"继山时处其难，浩然天地之间，继山之谓矣。夫俗说亦有一端之执，养气而助之长者，非善养气者也。请与继山别白言之。孔子称管仲于今受赐之功，孟子无取，孔孟有异道哉？孔子取一时之急，盖医家治标之论；孟子言王道之全也。嘉、隆中，正胡广中庸之会，岳老目击其后而一扫新之。祖法如见，其短其非自在也。此则短中特见之长，时指之刑名，目之操切，如雷发声，物同应之。夫操切言把持人力强斩齐而人不便也。《大学》："絜矩天下"，言顺天下之情，不言徇一人之便。《孟子》七篇，王道天下可运之掌。齐国，天下莫强焉，不足置意中也。功烈如彼其卑，孟子自不得为管仲让。纷纷疏议，邈乎未有轲氏意也。

操切刑名，我心何据。瑕掩人瑜，我又何别可以服天下之人？操切人而人怨，然则须因循苟且，听之日趋废坠而取悦人耶？天下有望治之人心，不见有行治之官吏。民之疾苦，尚先日也。今舍格心正本勿论，道有急于此乎？操夫人必痛之而后畏之情，可收一切之效，不能清贿赂之原本，不能峻追赃之警后，犹幸兴事考成，窃窃然扶衰有助也。求之言者之言，或并大小而无有矣。相公以一人身应天下国家莫大无穷之变，邻人之追羊不获者，曰岐路之中又有岐焉。或过不及，相公不可护谓无有。天下事有义理，义理之中又有权要，不思之天下势而已矣之中，不求之一二日万几之隐，恍惚怨言，隔靴搔痒。朱子指熙宁、元丰之争，其说多出安石规模之下，余于今亦云。以此而气，是曰助长之气。无已则王乎？孟子不操切人也，五亩百亩之规，为庠序孝弟之申谨，交邻有道，一怒以安天下之民，挞秦楚之甲兵，平廛市之征布，时食礼用，鸡犬墙桑，未尝一事弛废。结缨孔悝之难，孔曰："若由也不得其死然。"请以是记。

相公身任天下之重，恨不见此短长也。瑞请更一一明之。纷纷今日之言，或不足为相公服也。陆子静谓上不足以取信于裕陵，下不足以解公之蔽，反以固其意，与今大抵相似。末用子路死卫辄之事，应前"不死，远戍"死字。附记。

讲学篇赠以中陈子

钟　芳

陈子以中服阕，将北上，告别于钟子，请曰："愿有言。"钟予曰："予何言？试质子欲言者。"陈子曰：《易》曰：蒙以养正，圣功也。夫圣者人道之极，蒙视之若天壤，然固可入乎？"曰："可哉！学以致志，至矣，愚可明，柔可强，矧乃养以正哉？故曰三知三行，其究一也。"陈子曰："知行若是乎判也，不其支离矣乎？"曰："支离云者，象山以矫俗崇行焉，岂可混也。夫知有精粗，行有难易，知以利行则不蹶，行以践知则愈明。知未至而圣人博之于闻见，岂曰诬之，理无内外故也。或乃厌闻见而求德性之知，则陷于异端，失之矣。子不闻颜氏之博乎？博以明道，非外骛也，探奇索赜，攦摭骋炫，广异闻以资谈谑，必非颜所为。盖其博而精之者，乃人伦庶物之懿，三千三百之仪，义利是非之辨，圣人揆物经世之用，斯道充周流行之妙，应乎外而孚乎内者也。内得所养则正，外适所宜则中，积久而诚立明通，无攸弗贯，至微而至大，至幽而至显，至粗而至精，萃阴阳之和，契天地之奥，前乎三王，后乎百世，不能外也。此孔颜之所以乐也。是故道者物之经也，圣者道之会也，致一者学之要也。以圣为归，以颜为据，而志以致之，于道也其庶乎！虽然，子之往也，仕也。仕主行道，与隐异。学颜不至，人不见知，则将以不校为懦，若无若虚为愚，遵轨不变为无能。故交亲者誉延，孤立者寡助，惟能不以欣戚毁誉动念，信吾所志而必致之，磊磊落落，无少牵系，斯诚善学颜者，将无往而不善矣。芳鄙劣无似，徒慕寻乐于颜氏，而竟无所就。今老矣，犹寤寐影响焉，岂非愚哉！念子俊茂，终当远到，故恳恳属望，吾乡固有主张斯道者，尚往质之。"

祭王阳明文

钟　芳

嗟乎！道之不易明也。濯旧致新，则本源莹焉，由中制外，则节文详焉。故学有定本，教有成法，自孔氏以来，莫之能易也。先生资禀超绝，名重一时，才猷事业，复出流匹。又悯俗学支离驰骛乎外，欲使学者求言自近，实践精思，力排多闻，专务守约。遂于程朱之说每多龃龉，群言沸兴，挺然弗顾，可谓果于自信，瞠视千古者矣。昔子贡方人，而夫子警之，欲其反求诸己也。

先生之教，警策学者反己之功为多，要自宋儒理学大明之后，此等议论在天下决不可无。校之辞章绮靡之习，奚啻径庭，空谷足音，良足自慰。说者徒以其贰于程朱少之，而不知存诚涵养，正惟孔氏家法，要其指归固不出程朱范围内也。某岭海末学，忝在交游，宦辙所经，每亲绪论。退而取其大旨，略其异同，循其所可循，而不辨其所不必辨，盖其过激处于圣教未尝损，而鞭辟近里处于学者则有益也。呜呼！先生已矣，是是非非，久将自定，九原有觉，鉴此哀恫。

王弘诲像
（本画像原存于广东南华寺）

定安县学重修记

王弘诲

　　琼州去京万里，督学使终岁不至。有司者愳愳然徇常簿书之外，其于学校率蔑弃迂视之无论已。若阳邀崇奖之誉，顾逊难自逸，即鞠为园疏弗理，日觊迁去免者，比比也。又其悖者动不度时，劳费罔恤，则化理无裨，而先既以其民困矣。是数者，其失均也。张侯之治吾定也，独不然。侯讳文献，别号古濠，闽之瓯宁人。始下车，释菜学宫，见诸栋宇蠹蚀，墙壁倾圮，且明伦堂卒为污莱，师生弦诵几辍，喟然叹曰："嗟乎！学之废一至是哉！"已进诸生问故，佥曰兹学创自洪、永，迄成、嘉间，尝一再修之。嗣后仍弊就简，浸至大坏。侯曰："是吾责也。"维时帑无羡储，且属有修城之未就。侯念信未孚而遽以劳民，不可，乃弛禁节费，均役清讼，小大事咸既厥心。越一年，政通民和，废典坠举，爰白其事请于上官，报可。乃集议计赀，鸠工聚财，明伦堂五间咸即其故址而重建之，中三间为正，左为书籍库，右为祭器库，诸如宫庑门墙，缺者增筑，旧者更新。自丁丑正月经始，阅月而落成，为财若干，咸取于官之赎而民不知费。为役若干，咸董于乡之良而民不知劳。盖侯于士民教之欲以成其材，爱之不欲伤其力。故其筹之甚勤，而就之固有绪也。先是，不佞尝念琼州学宪不至，教化废弛，疏请得比甘肃，以海南兵宪兼董一道学政。至是天子始下其章礼部，如所请。命下之日，士无少长贤不肖，咸踊跃欢传，有奋迅蒸变之意。适安定修学事峻，华采焕发，今昔改观，王子喜而扬言曰：於休哉！继自今吾邑人才之盛顾不在兹乎？夫发祥者兆几，集事者乘会。琼州阅二百余年始更学政，而定学载兴，适维其期，譬新沐者弹冠，新浴者振衣，几会所值，岂偶然哉！《易》之义，以去故为革，就新为鼎。故圣人序《易》，先《革》而《鼎》继之。改隶学政，有革之象焉；修学宫，有鼎新之象焉。庶几乎定安士习，因之去故就新，底于丕变也哉。愚闻之，山川与人相待而成。五指为琼之绝域，自丘文庄公一品题之，天下瞻仰，不啻终南、太华然，矧文笔在定近境，空青峭壁，前列戟门，独擅离明之胜，有能绍往绪，润鸿业，黻藻经纶，宣昭代人文之盛，意在斯乎？《诗》曰："高山仰止，景行行止。"游焉息焉于兹者，可以深长思矣。予既颂张侯之功，且念吾党之士，自今兴起未艾，而予之疏请更学政造就贤才者，先自定安征之焉。会张侯书来京师，属予记其事，爰不辞而系以诗。诗曰：

於赫明皇，蒸变华夏。丕立学宫，作人弘化。维定有学，岁久而圮。吏顾愕然，累政相继。张侯下车，循视喟然。曰是弗修，化源孰赞。信之未孚，侯则需时。厘政樽费，起我疮痍。翌岁政成，上下咸可。庀役捐金，侯志斯果。诜诜民士，义动而勤。斧斤版锸，群从如云。乃修学宫，学宫翼翼。师生攸处，有堂有室。遐哉琼厓，学政久弛。疏请更之，自今伊始。几会所遭，孰时使然。若鼎而革，咸与维新。笔峰吐奇，人文丕振。翊相明时，登庸贤俊。昔有文翁，侯则媲之。济济髦士，尚攸宜之。成美弗忘，敬哉有位。史有铭诗，贞珉斯视。

重刻文章正宗序

王弘诲

自秦汉以来，古文歌诗作者无虑数什百家，皆显书深刻，汗牛充栋，不无雅俗并陈之消。予尝以为必有统宗会元之地，使群言若出于一，而后观者得其旨归。方欲自编而牵于举业弗遂。已得真西山氏所选《文章正宗》读之，殆所谓先得我心者。第其书流传既久，亥豕多讹，予乃参互考订，付剞劂氏以传，而为之序。

或曰：文以正宗名，何也？予曰：忧业文之失其正者作也。夫标准于的，射者趋焉；揭象于轨，艺者由焉。正宗者，固文之轨的也，故曰正宗。正者正也，宗者中也。此《正宗》之所以作也。或曰：太上立德，其次立功，其次立言。夫以言自见，已非上世，矧言之饰而文也与哉？予曰：然，有是言也。不曰言之无文，行之不远乎？夫民生有欲，不能无言，言而精焉，文斯出矣。孔子曰：有德者必有言。乃于郑国之辞命，美其兼长数子，而及门高弟，若端木氏、宰予氏，俱以言语名科。至其陈诗示小子，谓其可兴可怨，以及于鸟兽草木之多识。由此言之，文章何尝废于圣人哉！第古之学者，道德、文章合而为一。今观典说训诰，赓歌飏言，则其人皆已有得于道，故发为文章，第发抒其胸中之所自得，不求文而文生焉。后之文人极力模仿，非无一二之近似，而于道未必有得，则亦优孟之学叔敖而已。是古今之变，非文之病，空文之病也。

或曰：文章与时高下，故朱子谓六经为治世之文，《国语》为衰世之文，《战国策》为乱世之文，而诗自《离骚》以下，迨于唐世，分为三等。真氏乃文祖《国语》，诗宗汉魏，果可擅作者之林乎？予曰：此朱子特概论文章之与时而变者然耳。夫维纯与驳，何代无之。如以时而论，则皇帝王伯递降而下，即五经已不可同日语。惟其本诸道，发诸性情，则古今固不能易也。且夫太虚垂象，玄默示人，而云霞卷舒，终日为之万状，即仰观天文且不能一律，而况人乎？嗟夫！六经铸群言之品，固文字之鼻祖也。一变而孔孟扬其波，大宗之宗也。再变而汉唐以后，名人学士衍其派，小宗之宗也。余若诸子百家者，则支庶之昧其本宗者耳。窃谓自有删述以来，文之载道者，尽入孔笔，后之续圣人者，似不当更出其上。然而好古君子节取其间，则以其于道不乖，犹可为六经之羽翼焉耳。学者必始之六经，以求其端；参之《语》《孟》，以尽其变；考之百家诸子，以博其旨趣。俾大宗小宗灿如指掌，则深于正宗者矣。不然，弹雀之喻，买椟之讥，识者嗤之，而何正宗之足云？盖里有好忘者，与人终日言笑，仅能识其身与身之所自出。询其氏系，则默无以对。故夫宗古文而不知祖圣经，是亦里人之忘其自出者也。或者去，因次第其语，书之篇端，且以告夫世之读《文章正宗》者。

征士程君（吉辅）墓碣铭

薛　远

　　太常卿兼翰林侍讲学士程君，以书告远曰，惟先高大父征士君之葬未有铭。先襄毅公欲请于执事，未果也。敏政不佞，尝摭拾遗行为阡表一通，然违世既远，事多漏书，近考诸公牍，家乘而谂，夫失爵之故，谪戍之由，尚未之白，失今不图，则使先德遂将泯焉，敢以为请远与襄毅公同榜进士，平生之托岂可孤也，乃序而铭之。序曰：君讳吉辅，字昌佑，晋新安太守元谭之后也。太守十二传至梁将军忠壮公灵洗，又十四传至唐御史中丞都使公泛，子孙极盛，其居休宁陪郭，则自中丞次子南节公始，南节五世，生宋开州团练使，全死节于金子，先孙永奇并受学朱子，永奇五世生荣秀君，曾祖也，元江浙儒学提举，妣刘氏彭城县君祖文贵饶州路德兴县铜冶场提领，妣郑氏考社用荐为承奉班都知不赴，妣吴氏，生二子，长即君，次国胜，事太祖高皇帝，为帐前管军，上万户死节伪汉，追封安定伯，加赠开国辅运推诚宣力武臣荣禄大夫柱国安定侯，谥忠愍，庙食康郎山。君生而端悫，气宇不凡，美须髯长及半体，见者以为异人，从学陈实卿、赵子常二先生，涉猎诸经史，尤好兵律星筮之学，要必为有用，至正末，红巾盗起，婺源人汪同起义保州里，忠愍侯发兵应之，君悉力持家，以佐军需，会天兵下徽州，卫国公邓愈得君兄弟，奇之，送京师入见君，固辞乃留忠愍侯置帐下，而释君还。洪武庚戌，诏江南诸郡县大家一人赴阙，君与行上亲御奉天门，赐宣谕将留官之君，复辞归丁巳，求诸功臣后，而忠愍侯无子，有司以君应诏时汪公广洋为丞相汪公之先居休宁旃城忠愍侯夫人其从妹也，君因客其家，汪公为言于上将俾嗣爵而难作君亦被系获免，凡汪公建白，一切报罢君，既归，益韬晦郡邑，累征辟，皆不就。壬子，黄公希范出守徽郡，与休宁令有旧好，令数遣君遗书黄公，黄公雅重，君每事咨访，或屏人与语，至夜分乃罢，是岁太宗文皇帝入靖内难黄公被罪休宁，人有憾于令者，奏其事，诏俱逮之，君之子杜寿亦上言，某尝以书算在官，与黄公致书者某也，老父实不知，由是令坐重辟，而杜寿发从戎，河间君居，家严而有法，尤笃于行义周贫恤匮至倾囊弗恡。晚岁家益落，去隐邑之葆真山，不复问世事，日与道流者居，怡然自适，初伊川先生子孙从南渡，居池州，一还居休宁，与陪郭程氏，互相择继，君虽出南节，实伊川之裔也。永乐戊子十一月十二日，终于家，享年七十有九。距生元至顺庚午十二月十五日，配吴氏同里人，克相君子媚郋称之，卒年八十有五，合葬县东北三里水桥干。子男三人，长即杜寿，累赠兵部尚书兼大理寺卿，次元泰，福建尤溪典史，次道宗。孙男五人，长晟，初赠吏科左给事，中累赠官如其父，次斌、次昱、次宣、次旭。曾孙男八人，长信，正统壬戌进士，历官中外为时名臣，赠太子少保，谥襄毅。次佲，沈阳中屯卫指挥金事。次伦、次俭、次伟、次俊、次杰、次俏。玄孙男十九人。长敏政，成化丙戌进士及第，历今官正学高文，时论攸属。次敏德，詹事府主簿，改判蕲州卒。次敏行、敏功、敏文、敏通、敏事、敏聪、敏时、敏恕、敏膺、敏芳、敏亨、敏哲、敏庸、敏宏、敏才、敏坚、敏导。五世孙男八人，长垣，早世。次埙，锦衣卫百户。次圻、次垲、次璧、次坛、次堂、次埏。

铭曰：呜呼苍天，报施善人，不在其身，必在子孙，卓彼程君，趾美韬真，勋猷未建而发祥于曾玄者甚伟，爵秩未加而延庆于武卫者，方殷惟前之屈惟后之伸，是宜执笔大书为来者劝而永其闻乎。

桐璞墩

薛　远

　　璞墩西望见桐墩，幽径遥通不闭门。琴古再逢虞岁月，璞存不说楚乾坤。阳乌倒影山辉乱，老凤栖余露叶翻。自有满前闲景象，五弦三玉未须论。

散耀垂文理宣其奥

希高慕古翰動若飛

翰生張岳崧

张岳崧书法作品

養花種樹得春氣

讀畫聽香生妙思

翰山張岳崧

殿试策

张岳崧

奉天承运，皇帝制曰：朕寅绍丕基，覃熙宙合，仰荷上苍鸿佑，祖考眷贻，海宇乂宁，雨旸时叙，而深宫劼毖，益廑治安，弗佻小康，冀臻大同。兹御极三十四年，值朕躬五旬，庆节诞，敷纶诏，特开恩榜，嘉与天下，普锡蕃厘，同跻仁寿。思所以昌明经学，会通典礼，正士趋而裕民食者，非博采刍言，曷弼予治？尔多士扬对大廷，其敬听咨询，各抒所蕴言。

《易》首称汉学，其授受源流皆有可考。上下经原，目于乾而讫于丰，今之篇目何时所定？先儒十翼，次第不同，其以文言分附乾坤二卦者何人？荀爽九家《易》列诸逸象，能约举欤？孔子删书继自唐虞，而周官外职史掌三皇五帝之书，其书有见于他籍者欤？《洪范》、《九畴》与《八卦》相为表里，能畅其旨欤？《诗》首二南。《诗》谱云："得圣人之化者，谓之《周南》，得贤人之化者，谓之《召南》。"厥旨安在？诗之同于乐者，国君以《小雅》，天子以《大雅》。然燕飨所用，或上取或下就，见于书传者凡几？《周颂》为周定，太平德洽之诗作于何时？《鲁颂》果奚斯作欤？宋无风而商有颂，其义安在？《春秋》宗公羊者几家？宗谷梁者几家？平其异同者。几人修《左氏》？传者自何人始？条例二家不如左氏数十事者何人何事？能确指欤？经曲之父，损益之道，莫备于礼。汉时后仓最为明礼，授弟子三家者谁氏？其名为《周礼》、《尚书》、《周官》者何谓？作十论七难以排之者何人？其释论难，使《周礼》义得条通者何人？《周礼》为末，《仪礼》为本，岂有真本难明而末易晓欤？《周礼》注者多门，注《仪礼》止郑康成。其为章疏者二家，孰举大而略小？孰举小而略大？《礼记》则大小二戴，既共氏以分门。王、郑两家复同经的异注，其为义疏者则有南北九家五家，可缕指之？至若唐之《开元礼》、《曲台新礼》、《续曲台礼》，宋之《开宝通礼》、《太常新礼》、《太常因革礼》以及《通典》、《续通典》，诸书源流得失，其参互论，继以为定。

衡古用人首德行，次才能。汉举孝廉及贤良方正，有未仕而举者，有既仕而举者，何欤？魏陈群立九品官人之法，刘毅谓九品有八损而官才有三难，所谓八损三难者，撮举其略。唐取士多沿隋制，常贡举之科有几？其择人有四事，而犹必先德行者，本末先后不较然欤？觅举之讥，最为士习之痼弊。宋太宗谓科级之设以待士流，岂容走吏冒进窃取科名，言之何切笃欤，国家求贤取士，非徒以阶荣进之路，多士学占入官，宜何如束身自爱以副贡选之盛典也！

食为民天，《周礼》仓人藏粟雄师，聚粟人，委积其为储蓄甚备。常平、义仓、社仓无论，《元史》所载河西务十四仓，京师二十二仓，通州十三仓，即今制所由。肪顾天庾转输，丁胥丛杂，回漕挽和之弊何以杜之？平粜之法所以便民，其后或定和粜之制，或筑人之仓，或置东西市之粜，厥为何代？《管子》守国守谷之说，李悝粜三粜二粜一之论，所言果有当欤？字文融之受诏，益贮九谷，孙成之发仓贱售，薛讷之不兴仓粟，皆有可采欤？夫粜运多则囤积不免，存贮久则夫朽堪虞，果何道而使市无腾踊，谷无湿烂欤？大覃研经籍为致用之原，参稽礼制为建中之准，先器识后文艺而后登进之法，严三馀一九馀三而后储备之道，广斯数者，皆经国之要图，立政之先务也。尔多士坐言起行，先资拜献即在于此，其勉殚素学，悉意敷陈，以备遴选焉。

应殿试举人：臣张岳崧，年三十七岁，广东琼州府定安县人。由优贡生应嘉庆九年本省乡试中式举人，应嘉庆十四年恩科会试中式，恭应殿试，谨将三代脚色开列于后：

三代：曾祖戴琛，不仕，故；祖宏范，不仕，故；父基伟，不仕，存。

张氏族谱序

张岳崧

嘉庆癸酉，某奉先君制家居，族人来谂曰："家谱阙修三十馀载矣，惟荒略是惧。而旧谱系手录，传写易讹又难久也，盍续修俾付刊焉？"某韪之，爰同族人就旧谱详加考订，疑者阙之，略者补之，冗者汰之。人事繁剧，阅三载始竣事。

某阕服将入都，聚族人谨告焉曰：

"凡谱之要有三。其一曰：正本源。吾张族姓繁衍。诸谱或遐稽汉魏，溯始轩辕，得姓受氏，详哉博矣。夫古者士大夫不备庙祭，始祖逮所自出，非至尊不能。宋儒以后始有祭，所知之说斯以滥矣。乃举所不知者纪之祭之，庸有当乎？吾谱始于闽，而断以琼山令尹守恭公迁琼始，纪实也。由宋至今，坟墓斯存，里居斯稽，迁徙斯辨，数百年如一日，千百人如一体，本源正则尊亲重，尊亲重则爱敬生矣。

其二曰：别宗派。《周官·小史》掌'奠系世，辨昭穆'，《礼记·大传》辨继别继祢，大宗小宗。后世此义不明，故孙旗与孙秀合族，李揆以辅国为亲，植党营私风孔炽矣。吾谱自列祖纂修，源流派别，考核綦严。故虽以长支珩祖之后而世次不明，则宁从阙略。四支亦然，二支、三支、五支之考核详慎亦然。严冒滥之讥，即以致亲睦之意。夫族姓流失有骨肉等途人者矣，然惩其弊而滥焉，或途人而骨肉者矣，阙失维钧。要兢兢乎不敢任臆而矫，徇众而党，致蹈通谱鬻祖之戾，则宗派明而情谊挚矣。

其三曰：示劝惩。世俗以世望相高，君子惟辱先是凛。吾谱自琼山令尹以后，虽巍科肮仕落落晨星，然如凤彩、廷臣之书、诗，汝临之宦迹，至元之乡贤，敬宇之文章，以至孝悌力田、醇悫朴茂之气，尚有典型。今族益蕃而俗弛矣。夫乡人为善，慕义者且熏其德，不肖者尚畏其知，况祖宗遗训昭然乎！诚按谱稽之，若者宜法，若者宜戒，兴齿让，重人伦，敦诗书，服农亩。暴慢邪僻之气屏勿近，父诏兄勉，子弟率由以绍令闻而无忝先泽。《诗》不云乎'无念尔祖，聿修厥德'。《诰》又曰：'聪听祖考之彝训'。此尤谱之所系而凡吾族人所当永永绎思者也。"

族人佥曰："子言良当。"因书以为序。

牵儿谣

张岳崧

　　予髫初垂，予齿初龀。予不能诵读不能胼胝。胡业之不习，而舍焉以嬉？胡行之不能，而就劳且危？予稚而痴，谁使予为？维达官之故兮，予无而訾。

名实辨

王　佐

　　成化初，西蜀冯公孜守延平，昆陵盛公颗守邵武，咸得二郡欢心，于时巡抚大臣以故事奏请于公换郡，顿失二郡民心。夫二公之郡政绩各无加损者，君子曰："古人凡行事之善，书诸史籍，后世莫不趋其名而行之，然而不知其所以行之也。"何也？盖古人之应世也，譬犹夏葛冬裘，饥食渴饮，此非有所役于其名也，安其实而已矣。古人行事，安其实而名存；今人好事，趋其名而实丧。是故井田，三代致治之良法也，王莽趋名行之，则为乱天下之具；泉府，周官立法之美意也，王安石趋名行之，则为祸熙丰之术。好名之弊，岂止一事乎？尝考《汉史》，薛宣为冯翊时，部内频阳县北当上郡西河，为数郡辏，其令平陵薛恭本县孝者，功次稍迁，未尝治民，职不办。而粟邑县小，僻在山中，民谨朴，令巨鹿尹赏久郡用事吏，举茂材，迁在粟。宣以令奏，赏与恭换县。二人视事数月，而两县皆治。史笔书之，以为美谈，而后世慕焉。后之为此者，地必频阳、粟邑，人必薛恭、尹赏，为之不为，不为过也。一或反是焉，虽则为之，犹不为耳。是故延平为郡，北当西折诸路，居八闽冲，庶务烦剧，频阳之似也；邵武为郡，僻在万山中，事简民淳，粟邑之似也。冯、盛二公皆由名进士出守，治郡皆所优，为此，则非孝子久吏不能相为者之似耳。不可易而易之，此其所以无加损也欤？

愚尝观古人立事之善，其初一而已矣。后世趋其名而行之者，始离而为三：有名实俱存者焉，有有名无实者焉，又有名实俱无者焉。是故事势出于所当然，不如此则事不成，民不可得而治，先无行之之心，不得已而行其所无事，故事成而民治。此古人遗意，名实俱存者也。事势未必然，而其形迹适与古相似，行与不行，而于事与民无所损益，然而以为形迹类古也，古人行之而得济事之名，吾何为而不求此名？古人行之而得治民之名，吾何为而不求此名？先有行之之心，得已而不已，则事不加损，民不加治。此皆古人粗迹，有名无实者也。若夫不在名不在实，事体出于爱憎之私情，特假古人更贤育民之美名，而以济吾平日逢迎不足之细故，此最下不足言，名实俱无者也。世之纷纷为此者，名欤？实欤？吾未暇悉也。姑举近代之最明白者二人以例其余，而冯、盛之事可知矣。

宋南渡嘉定间，黄勉斋直卿守安庆，徐侨守和州。古舒跨据大江中，当西北上流之冲，而为荆襄、两川、江淮之辕，杭京咽喉，莫要于此。历阳州虽亦内郡，然比古舒为稍偏。直卿以有道之学，而济经纶之才，虽则遭值南渡厄运而不得施，然其端绪已微略见于治郡。观昔金师之压汝宁也，三楚之南，莫不震恐，再破黄州也，而淮东西皆震。当此之时，从容运筹，而安庆隐然一敌国，卒使强虏按兵不敢东西，而一方安堵。言者不曰"为一郡生灵谢"，则曰"生我黄父"，故时论有以直卿治才方之诸葛者，此岂无证之空言？古舒固其所也，于时历阳之绩安在哉？夫何乃有不相说者谗诸制使，为请诸朝，而以直卿徐侨易郡。命下之日，上下骇愕。直卿累上词请，而朝廷卒莫之强。噫！直卿之所以不为此者，非小历阳也，要知为之虽则于事无所损益，而亦事理有不当然者。徐侨虽亦同出师门，同为大贤之所陶铸，但其历阳政绩，初无可考。要之，疏通之士而与直卿异趣者欤？古之钟馨不谐于里耳，置诸常所逸乐之处，而旦旦听焉。新乐声之可以悦人者，乃置之散地，而或时奏之。此岂常人之情所能久安也哉？盖必有移易变置之所，不待智者而后知也。直卿尝言：此非朝廷本意，乃一二友误制使。殊不知，彼当时之不相悦者非惟一二友，虽制使之心亦必思为直卿之所也久矣。

吾来邵武，知冯、盛二守之事甚详，请举其性行之一端言之。盛好今而不好古，宋丞相李忠定公纲郡人也。比有欲上请为忠定立祠者，以白公，而公不可。言者竟言之得请，而公大不悦，甚至于不相能。冯好古而不好今，李忠定公有祠，黄简肃公中之子孙则归其数百年入寺之田，使贤者之泽不斩。其性行大略如此。若语其政绩，则皆表表，为八闽称首。然其所以遭时之好恶，变动移易，使不得始终安其治者，大率与古人相类，吾不得而言之也。今之守令，凡有移易郡县者，往往以得事简之郡县者为不称，一或得之，则皆郁郁不乐就。虽或就之，甚至于赧颜丧志，无异贬谪。而当道之为其上者，又皆往往弃目任耳，而遂亦以此少之，是亦不即直卿所遭之时之事观之耳。夫苟观焉，则上之待士必不以此而失人，士之自待亦不因此而失己。要知今日之所以移易我者，名欤？实欤？是非得失，人之贤否，殆将有任其职者，吾何与焉？冯守秩满将行，其意若有不豫焉者，余作《名实辨》以解之。

桐乡记

王　佐

　　琼无桐，是乡之以桐名者，刺桐也。奚取于是？盖土所宜木，吾所居乡适门巷多是木，故以名乡，非别有所取义于木也。

　　大凡有所取义而立名者，其重在物物己也，无所取义而适名者，其重在己物物也。己物物则视夫天高地卑，万物散殊，无往非物，而我之心常囿天地万物于一腔之中，如毫芒然。物物己则己乃一物，而视夫天地间万物无一物而不高且大，彼挟其高且大者以临我，则我之心常眩瞀迷惑而无所主。此桐乡之名，桐实尸之，而其重有所在也。天下纷纷名草木可珍贵者，吾非不爱慕之，而欲取以名也。然则非吾乡所有，虽强名而爽实，司造化者亦肯使之服吾用哉？其不见愧于木也者几希，而况于人为欺人，于己为自欺耶？惟是吾乡所有，吾以名乡，是将焉辞？

　　或曰："刺桐之用有三：行列其封植，可以界藩篱；赭其枝叶，可以粪田壤；斧而火之，可觅下其灰水，可以色蓝也。"天地间无弃物，惟人所用。虽至恶劣如是者犹曲取，而曲当其二三，况天下良材，甘心朽老于长山大谷之下，然则世有负材而不见用者多矣，宁不因小而可以概大也哉？曰不然，吾知吾乡有是，姑以名乡而已，不知其他。书以为桐乡记。

槟　榔

王　佐

　　桃李虽不云，下自成径溪。所珍桃李如，市里争奔驰。自注云：此言不求售而人自趋之。茫茫烟岛深，漠漠千园林。云落羽扇乱，日高华益森。就之千万株，青翠悦人心。就人所见言。繁霜开夏花，清香飘水沉。湛露满秋实，溅齿寒淋淋。昨看嫩秀茎，青子何离离。风霜飒变易，红紫离披垂。年年炎洲叟，独擅居货奇。小贩纳岁月，巨商守藩篱。主翁但坐笑，索价万层梯。言种者坐而享利。风味何所嘉，非蜜非饧饴。冲淡紫烟外，世人那得知。入体散无声，满面春熙熙。点唇脂失色，登颊酒无姿。风味寻常事，酝华世俗肌。所嘉花草部，尤足重伦彝。言风味容色未足嘉尚，所尚者有关诸彝伦云。婚姻重然诺，河山誓不移。宾客交堂阶，鞭霆来恐迟。陆羽随先倡，杜康张后师。三千周《曲礼》，孰敢事先施。第六节言行礼最为急切先举。消息忙归女，风情属赘儿。银刀开宝匣，金蒂趁花枝。交际尤珍重，蓬山路不迷。故人京落缶，游女汉皋缡。俗尚恒为命，人情固自怡。木双轻楚帛，树本越神赀。俗尚至此极矣，以其有厚利而人趋慕之，如下文所云也。二广同风俗，八闽均礼仪。车航隐囊橐，山海平路歧。此推极至于闽广俗尚人情之同，无间远迩，故趋利者视车航为囊橐之隐，而冒山海之险如平地，决性命以求之者，有由也。怪落金盘里，能光刘穆之。此总结诗意，言俗尚人情如此，无怪乎刘穆之虽贵至公卿，亦以金盘盛一斛，夸耀于人也。前汉《李广传》："桃李不言，下自成蹊。"注云："桃李以花实之故，非有人召呼而人争趋之，其下自然成蹊径"。以比槟榔亦然也。

　　按：《舆地》云："琼人以槟榔为命。"《襄阳传》："李衡橘千头，号木奴，岁得输绢数千匹。"《酉阳杂俎》："唐元和初，洛阳村民王清买枯树，将为薪，经宿为邻人盗斫。夜有神见形于树，作人语曰：'我王清木也。'盗警去。及明，王薪其树，掘根下，得散钱二大瓮，遂至巨富。"

五子字说

邢　宥

文昌邢氏，居南文者为世族。族之子曰顺、曰显、曰灏、曰政、曰敞。方成立时，而其父田叟已没，五子者谨事母读书，皆能世其家而大之，敞且今为县学弟子员。

始予幼时，尝与顺、显二人同读小学书。及举于乡，而灏、政、敞三人又从予学，谓予叙在族诸父，且有师友之素，宜字其名而表之，而予以会试来京师。又九年，始以御史得告归省。五子者复请字于予，予乃告之曰：

所贵于人者，德而已矣。凡天付与于人者，人能得之于己而不失，斯谓之德。君子所贵莫尚乎德，字宜从德。夫顺其性者，践其形也，践其形即践德矣，字顺曰德履。显乎外者敬乎内也，敬乎内即敬德矣，字显曰德恭。世多白首，独商老以灏称，则灏云者，将不在皓而在纯然者矣，字灏曰德纯。政，正也，欲正人之不正者，必正己德以先之也，政之字其曰德先。敞，宽也，心体宽大者，由道充而德裕也，敞之字其曰德裕。顺其履哉，所当履者能履而不失，期无往而不顺矣。显其恭哉，所当恭者能恭而不忽，斯无往而不显矣。灏其纯哉，匪年之隆，惟德之充，则自然纯厚矣。政也何先？先之孝友，孝友不达，则施于有致矣。敞也何裕？裕于循理，循理而行，刚敞乎荡荡矣。

若以同流合污为顺，是非君子之所宜顺；浮华虚誉以为显，是非君子之所宜显；徒白以为灏，徒言以为政，任放以为敞者，又非君子之所宜灏宜政宜敞也。凡吾所不欲以告，皆非君子之道也。道非君子，宜深戒之。五子曰："唯，请书以为训。"

琼州府学大成殿记

邢　宥

　　夫子没，道在六经，天下郡县凡有学，以崇诗、书、礼、乐之教，必尊吾夫子为先圣，塑其像祠之庙。学有时废，庙则未尝废也。历代追封，尊极王爵加谥，备于大成礼，改额大成殿。夫子位正南面，从游贤哲咸以封爵序坐乎左右。庙貌有严，审法象之器，正轩昂之乐，谨飨祭之时。吁，何其隆耶！周室衰，圣王不作，教化凌夷，吾夫子固天纵之圣，而不得位于帝王，独与其徒讲明道学，阐圣教于遗经，寓王法于鲁史。尧舜禹汤，文武之道，晦而复明；君臣父子，夫妇、长幼，朋友之礼，坏而复立。天下之人，得不沦于左衽者，谁之力欤？后世斯文宗主，舍吾夫子其谁欤？褒崇之典不如是，不足以报其功，所谓盛德百世必祀者也。

　　琼州府学庙，志以为宋庆历间建，迨今四百余年。灵址在今府治之巽隅，地亢气朗，兴复相继，规制整备。顷者学堂增广，而殿犹仍乎旧。郡守倅上饶蒋侯淇、长乐马侯叔文，受值兹土，殿适凋敝，虑无以彰我朝崇圣报功德意，谋新其作，乃出赏罚余钱，遣工师逾海之北求巨木，得木名铁力者，选什一于千百，趋驾以归。辰卜既吉，工集其良，群之于肆，且斫且陶，百作并兴，饩具食纾，敕事森严，而功自倍。于是撤其敝，崇其址，鼎新建置。工始于成化丁酉岁之秋，明年夏告成。殿总若干楹，广袤视旧无所增，而高过之。飞檐层出，百度森如，材坚甓完，不华不朴，望之巍然。时佥事俞公璟按节海南，适观于庙，见诸像与图不相肖，而位且相迫，复购良工按图彩塑，端其位次，内外一新，允足以展严祀之多仪，当崇文之杰作矣。落成日，礼行释菜，衣冠聚会，皆尝从事乎《诗》《书》而愿学焉者。仰瞻圭冕，神光流动，其心宁不悚然起敬乎！不知皆能信其道而笃于行，不为邪说惑否也。至若春秋仲月礼行释奠，主之陪之，亦皆学优而仕，资其食于民者。登降殿陛，参越圣灵，其心宁不自荣于得共事乎？又不知皆能行所学以泽斯民，法不寇于货否也。署学教谕陈颙走书求予记，言工作之勤。首以夫子所以永垂世范者告，终则愿于业儒者行思仰止，穷于所义，达于所法云。

王桐乡摘稿序

唐 胄

文章自六经以后，作者多矣。间有称为大家者，岂特监其辞哉！文运与世运相关，豪杰应时而生者，天资既遇，而其趋向之专，积累之厚，宏博蕴蓄，遂肆所发，大则熔经以伸理，小则阐道以论事，在己若不经意，而旁观者已若星斗江汉之不可探矣。近世于作者，莫不鄙其相习于浅小，未足及乎古人，殊不知既欲负其名，而所学不博，所见不高，则借艰深以文其浅陋，亦岂势之得哉！

吾乡王桐乡先生，弃世二十余年矣。余久得藏其遗稿，近于学政之暇，始出而编次之。读之若寻常，无可惊异，而大方家每服其词之平易温雅，气之光明俊伟，当比拟于古诸大家。盖先生自少颖迈，正统末弱冠以礼经魁乡闱，与陈石翁同庚俱英妙，榜中称为二俊。寻游学京师多年，祭酒吴节、司业阎禹锡，屡擢为元，名誉大振。偶铨选佐郡，所至惟行道惠民。公余手不释卷，或行部所至，物无一嗜，独携书自随，舟车满载，文雅德誉藉甚。虽低徊于广、闽、江右、高凉、邵武、临江诸郡之间二十余年，一官不徙，而去多遗爱。及耄，悼艰衰明，独令人咕哔听之，则其所以得此者，岂偶然哉！

余尝叹后世文章，自汉司马子长，至唐始有韩昌黎，可谓难矣。逮宋文人酷嗜韩文，莫深于穆伯，莫醇于欧阳，莫博大于眉山、临川。

先生生乎其后，师法有年，其内蕴闳深，而外则无一字相袭，有续我皇明文冲之作者，谅不能遗此，而独具卓识。论文者必能辨其家数之所自，谓非一时之杰出，岂公论乎？但其平生所作，如《鸡肋集》《经籍目略》《琼台外纪》《庚甲录》《金川玉屑集》《家塾原教》及《珠崖录》已经进御，今皆不能尽择也，故曰摘稿云。

重修儋州儒学记

唐　胄

　　儋，琼之属州也。宋苏文忠公南迁时，琼士仅得姜公弼、黎子云、王公辅、符林数人，而黎、王、符皆儋产，公于子云载酒问奇，尤加敬焉。昔扬子云论弃朱崖为捐之力，否则介鳞易我衣裳，公不然之，盖有感于此也。厥后王霄举、符确辈继出，儋遂为名州矣，而况积至今日之盛乎。正德乙亥冬，湘源蒋侯以郡节推摄州事，感俗之旧与士之良，可大造也。以学宫虽前守陈侯衮内迁之便，然大如殿堂尚未就，何以讫所教事。乃肆力缮完，且次举庑斋门号诸建，以备其制。迨至明年春即告就，命其庠吴寿椿、李一夔二士来请记。余惟治固莫先于立学以教士，然学宫特以聚教，而六经则所以为教也。汉武承秦后，能兴学以启后世，隆儒之美，可谓盛矣。然当是时，博士虽置，而《尚书古文》《诗毛氏》《春秋左氏》皆不列于学宫，世读之者少。两汉之士，所以喜功名而不通时变者，则学焉而不知经之过也，惰陋于辞章，不足为道。独恨宋以文儒立国，何至庆历始知立学。维时天下郡县，且多假公济私，苟且应文。观文忠在儋有士如此，到游城东学，尚有馔阙徒散之叹，余可知矣。未几《新经》行，而《周礼》《春秋》又废，则其所以为教者何物？痛哉！我太祖方天戈指婺州，即开学延叶仪、宋濂为经师，太宗继又表章六经，颁赐学校，非独恢耀武功，自开辟以来所未有。则文教昌明，尊经之隆，自汉以降，岂有能先之者哉？

百五十年来，文化浃海内外，侯于是州，又能拳拳独宣右文之意，儋虽荒陋，亦应倍加奋跃。况儋在前两塾无人之时，士之忠信已如此，今复尔，则所造尚可量哉！侯讳缵，字世荣，识敏而政通，在郡甚得人心。余尤重是兴，故因求记而推言学之所教，以成其志，使州之民俊，游斯者知重六经之教，得身心伦理之大，不为章句利禄之谋，则学而为贤为圣，仕而尧舜其君民，是则天下士矣，岂徒自庆曰琼之有士始乎儋，琼之士亦莫盛乎儋，如苏端明、折枢密辈当时之所称与而已哉！

紫清白真人像 本道藏全書繪入

弟子鄒道熾恭摹

白玉蟾像

福海院记

白玉蟾

　　琼山居士白玉蟾曰：尝谓象者数之体，数者象之用，经营建立存乎象，兴废盛衰存乎数。惟佛也，超乎象数之表，其所立之教，无乃囿于象数之内欤。天下最胜福地曰庐山，距浔阳以南，山前后庵岩三百六十，其尤胜者，今福海也。昔自梁朝有谦禅师，不知何许人，一锡东来，诛茅结草于铁船峰之下，修法华行，德韬道腴，遐迩皆北斗之。武帝锡以御札、莲华贝叶，仍赐福溪以名其庵。由梁而唐，改溪为海，庵为院，遂以山腹秀麓之中址厥院焉。圣宋靖康间，适丁元二纪，碣不存。绍兴之初，无相长老谷堂彦详禅师禅德馨著，度僧六七人，以甲传乙，流水往持。详既寂，弟子云庵光誉大德，趾其往勋，造佛塔，塑佛像，设香灯、供具，种种庄严。誉亦西归，上足惠月嗣其道，兢兢业业，勤俭柔和，树法堂，建僧舍，将谋一新，未遂志而厌世。月之长子志勤，嘉泰初，挟复江浙，遍参耆宿，发明心地，密印机缘，已而赋式微，省侍月老，将复有湖海志。无何，月老圆寂。是时，此山未有宰者。徒弟四、五人，义逊夷犹。前太守，今文昌袁公，爨帖僧录，集其徒诣铃斋，躬自勘辨，选可主者。次与志勤论议，一问一答，如印圈契钥，函盖符节。公首肯之，即席命笔给符，请董是刹。勤初视院事，耻表里未完，廊庑凋弊。盖其畴昔游方，眼阔志大，观此隘陋，未惬意也。由是罄囊竭技，择材运甓，刻栱雕甍，月斧交飞，星槌竞举，丹青粉垩，中外一新。今焉，佛有殿，僧有堂，行有寮，客有省，爨有厨，粥有鱼，斋有鼓，茶有板，警有钟，坐有轩，寝有室，储积有库，粟麦有仓，举动经行，各得其所。周载落成，俨然一化乐天宫也。见者闻者，咸加敬叹，谓言山阴诸律，此其甲也。院之田不过二顷，院之徒日食不下三百，指常仰给于斯。朝翻奥典，暮演灵诠，法律森严，香灯汗漫，规行矩步，济济跄跄，皆勤之绳墨也。云衲憧憧，延迎不倦，来者欢，去者赞。院之居，林峦环抱，松竹周遭，状若鸾翔，形如燕处。院之左，则有月轮云顶，罗汉祥云，翠巘千重，峨峰万叠，是真法窟，如幻龙宫。院之右，则有碣石之门，锦绣之谷，茶香水绿，花媚草灵，河伯飞轮，曼殊现相，天地圣灯，万颗呈祥为瑞，屋头妙音宰堵，七层倒影分形，水底锦云密布，彩雾轻舒。居其前，则有崇冈一七里，岊嶔二九峰，龙侯虎溪连珠，东西大林映带，面乎淮甸，背彼铁船，万壑风清，千岩月皎，野猿献果，仙鸟衔花，桂子飘香，木奴灿彩，烟霞不老，水石长秋。是院也，始创于萧梁，中振于李唐，迄于有宋，至是僧勤始大盛欤，岂其象不因数也？物换人非，不知其几岁；兴坠起废，不知其几人。嗟乎！勤公何其高也。佛言五百世后，荷担如来，续佛慧命，建佛塔庙，当知是人庄严劫中，曾供养十二百转轮王，有大功德海。大福量海，其勤公之谓乎！尘沙劫中，叹莫能尽，聊书小偈以祝南山云。

庐阜新兰若，龙天古道场。殿妆金彩焕，佛放白毫光。竹长真如翠，花开般若香。禅波风浩浩，慈荫日穰穰。鼻祖其谦老，中兴乃谷堂。僧勤今继志，万载一炉香。

华阳吟（三十选三）

白玉蟾

其一

家在琼崖万里游，此身来往似孤舟。夜来梦趁西风去，目断家山空泪流。

其二

海南一片水云天，望眼生花已十年。忽一二时回首处，西风夕照咽悲蝉。

其三

一从别却海南船，身逐云飞江浙天。走遍洞天寻隐者，不知费几草鞋钱。

尚友书院记万历二十二年甲午

许子伟

大宗伯忠铭王先生，自乙丑释褐，读中秘书，讨国史，典教成均。徘徊两京吏礼卿亚，以迄今官，三十年于兹矣，亦既尽友天下之善士矣。归而建书院于是邑学宫之左，题曰"尚友"，盖曰"予从此尚论古人，论其世，知其人，如子舆氏旨也。江山有助，夙志为酬，请以记属吾"。子伟不获辞责，窃自维曰：先生今日，始友古人耶。两朝侍从，以经术人材事明主，上肩禹皋，下不失迁固，先资之谓何也？今日独友古人耶，所昕夕韦带之士，而畦畯之俦也。行不越井里，声不彻都会，安得谓一乡也者，只今人也者而摈远之？伟敬有质于先生，先生襟期朗旷，不立城府，每每脱略于形骸声势之外，而一种天趣，盎如融如。伟月旦先达，尝僭拟刚峰冬也，而先生阳春，春者仁也。先生自适其适，而又适古人之适者也。

夫世莫古于性，性莫古于仁，以其不忍人也为爱，以其不私己也为公，以其天地万物一体而痛痒相关也为觉为活，总之乎"己立立人""己达达人"而已矣。好仁者无以尚之，是曰"尚友"也与哉！虽然，伟又质于先生，先生曾著论曰："用则行，舍则藏，惟孔与颜有是也，有是者有所以行、所以藏之之具也。"夫孔子安仁，颜子不违仁，藏则仁一身一家，行则仁天下，仁人不过乎物，此物此志也。先生进而友颜，又进而友孔，所以行、所以藏之具，犹之乎"己立立人""己达达人"而已矣。中人以上，可以语上也，是尚友也与哉！乃先生则致书伟曰："予异日者，引士子敬业乐群于其中，而以其后堂虚一龛，祀先大人乡贤府君焉，若而可耳。"嘻！兹正伟所为质于先生者也。引士子者所以仁士也，祀亲者所以仁亲也，故君子终身仁礼，蕲以信今传后世。任则舜，不任则乡之人。乡人也，而友于乡之善士不可得，矧其曰国天下，矧其曰上古，伟反而质诸吾心，宁不涔涔汗浃踵耶？易忍即爱，易私即公，易冥顽即觉，易槁枯即活，易仪衍即善所以行，易沮溺即善所以藏。友孔、颜，友尧、舜，伟且广与天下士图之，而近与琼定士图之。若曰一日复礼，天下归之，为仁由己，非由人也，则惟先生自质己尔。

是举也，经始于癸巳之冬，落成于今岁之春。前后堂两廊仪门，以楹计者若干，用白金以两计者若干，用夫以名计者若干。厥地南面对文笔峰，襟大江，控金鸡岭，盖形家羡白眉云。首事者邑尹姚君志崇，粤右人，成之者署邑陵水尹邵君希皋，浙西人，而董役者里老李宗章，即先生邑人。先生科第勋名，在宇县甚著。计且焜彤史，而范来禩，不之及。

五指山和丘文庄公韵

许子伟

　　翠壁峻嶒五岳连，恍疑仙掌出扶天。回环遥镇千滇浪，暧霮长浪百瑞烟。似鼓群山来北拱，已标奇甸正南悬。阳春雅调应相续，俊羽清商起太原。王尚书索和，结句及之。

郑提学廷鹄示主洞教谕崔柏帖

郑廷鹄

一，本洞学规，实千圣教人之法也，主洞教官及诸生各宜遵守。

一，讲学修身，然后及人，此洞学大旨也。愿诸生以致知力行为一事，以进德修业为良能，不负先贤垂教之意。

一，洞主、教官务宜正身勤德，以倡率诸生。每日平明升堂会讲，主洞官先讲。或诸生复讲前书，有疑者以次升问。日晡夜分，不必大会，有问止命直学引对。朱子有言："若能领袖诸贤，同心倡导，不以彼己之私介于胸中，则后生有所观法。"诚为至训。

一，洞规旧有堂长、直学，今诸生各宜以齿为序，月轮一人为堂长，旬轮一人为直学。如首一人为堂长，第二人为上旬直学，三人中旬，四人下，第五人又为堂长，第六人以后直学，分旬如前，周而复始。少者不必轮次。

一，洞不设规矩禁防之具，其待学者为不浅矣。今考朱子集，有答长贰书云："败群不率者，亦且革心。"其与叶永卿诸公云洞中事，又恨当时所以相切磋者，犹有所未尽。岂不谓学者亦必以规矩，而后有所持循哉？仰朱子切磋之志，莫如一仿吕氏乡约，以盟其心，互相规正，自可为进德修业之助，亦无复有败群不率者矣。

一，吕氏乡约云："德业相劝，过失相规。"此洞中益友第一事。

又云："礼俗相交，患难相恤。"虽不甚切洞中事，然朝夕礼让，岁时存问，小有疾病，更相医药调济，亦势所不免，堂长、直学相而行之。凡德业可劝，过失可规，并能守礼恤患者，悉书于簿，如乡约之的正，直月当有大益。

一，堂长、直学内不得给假，有大事不得已，始令以次堂长、直学代之。诸生给假出洞，次日即销。星子县旷五日，都昌等县旷十日，各府旷十五日者，堂长即书于簿，以记其过。限外各再旷五日者作旷。有婚丧事者不在此限。

一，南唐刘氏读书洞中，手抄《孟子》，其子孙子清之藏之，云是洞中日课，朱子有取焉。诸生行有余力，宜有日课月课，直学者司之，洞主官亦可因此以考验其所养。但不可辄萌进取之心，为公所弃也。

一，洞官每季终，宜启报一次，封送星子县当官验过印封，入铺递来。启报正宜开具五款，不必繁文：一、在洞中诸生若干名，某人某人；给假若干名，某人某人；不到及作旷若干名，某人某人。一、本府给到供应若干，给过诸生若干，扣除作旷若干，无则止。一、堂长簿书某人德行，过失某事；直学簿书某人过失某事，无则止。一、日课月课簿见送批点过，优等若干扇，有考卷亦然。一、本月所讲书，或某史某章，全章或某节，其若干次，某人复书，或贯通或不贯通。

玉龙泉铭

郑廷鹄

郡城之西南十五里，有泉出自石窦，寒冽异常，其味甘洁。喷涌之势如飞珠走玉，琳琳可掬，虽大旱不竭。郡中祷雨，往往迎龙取水焉，罔有不应。好事者因凿为石龙，置窦中，遂以龙泉目之。自泉东流十步，右转而为篁溪。右又十步，乃汇而为石湖，溉田千顷，名曰西湖。西湖奇胜甲于一郡，以泉得名也。岁久湮芜。予在籍侍养，时来抚玩，其间有枕漱之志。乃募工葺石，漱为方池。又取白石凿为龙首易之，并易其铭曰"玉龙泉"。嘉其以洁为用，不可穷也，铭之。铭曰：莫渊者泉，谁适澄之？莫神者龙，谁适絭之？然匪泉则龙无所蛰，匪龙则泉何以为灵也。故今逝者如斯，能与细细，能与巨巨，能与高高，能与下下者，泉也。至究其然，能若是神者，非龙其谁以之？故曰龙变无常，能幽能章。君子临之，在小不大，在大不究，狎而不溷，习而不挠。放而淋雨六合，卷而莫施其劳。兹其为用，所以不穷也。苟若亢龙往而不返，《易》曰"有悔"，不可长也；潜龙入而不能出，《易》曰"勿用"，不可贞也。今既翘然而自见，谓非九二在田者乎？《易》曰"利见大人"，德施普也，非君子孰能当之？

独对亭

郑廷鹄

彩亭遥积翠，清景向人开。
奇石阶前出，飞泉树杪来。
剧谈挹五老，高调咏孤台。
独在山桥晚，春风到草莱。

家劝十六条

云茂琦

一，立身以品行为重，绩学以志趋为先。幸列章缝，宜瓣香曩哲，取式名贤，谨幽独凛。屋漏省察于念虑之微，检防于言动之著。学不博则义蕴不明，学虽富而宗旨贵正。敛其心于准绳矩矱之中，专其精于修己治人之道，验其学于伦纪日用之实，扩其识于风尘流俗之表，举平生之恶习陋态而净涤之。勿惮劳瘁，勿避非笑，勿为文饰，勿事因循。日加淬厉，是犹恐非，进犹恐退，断不为暴弃自甘，让古人以独步，方算读书中人。族中得一文士，众即刮目待之。倘徒工竞病，博科名，猎声誉，与波上下，即失宗党望。若性格不轨于正，庠序其躬，市井其行，不尤玷辱门风乎！我先世勋德彪炳，书香不坠，所望各自砥砺，与先哲印心源，即为乃祖绵世泽。士志奋而农工商贾皆得模范，统归绳尺矣。

一，家运兴隆，在有志有识。不为远大计，非志也。专为鄙细谋，非识也。志汩于俗则不高，识囿于近则不卓。我本有万物皆备之理，蓄之扩之，则大富；我本有超然物表之趣，葆之全之，则大贵；我本有不死不敝之神，珍之摄之，则大寿。厥田甚腴，厥爵甚尊，厥赢甚奇，只在方寸心耳。非勤学无以扩此心，非穷理无以明此心，非实践无以验此心。偏私去，心乃廓；气质变，心乃真；纠虔密，心乃纯。

光祖父，益君民，全以治心为上上策。心若坏，本蹶矣，他奚济？

一，嫁娶丧葬祭家必不免，宜取古人典礼，参以土俗，斟酌举行。屏繁文，裁冗费，不畔古，不骇众，贫毋貌富，贱毋僭贵。昔文中子谓婚姻论财，夷虏之道。若不论门楣而索重聘，计厚奁，扳权势，贪殊色，便乖家道。丧以敬哀为主，用浮屠，喧鼓乐，皆属不经。葬取安骸，非以求福。过泥风水时日，任听暴露，是挟私忘亲，古贤深戒。高曾祖考，遇令节必精洁致祭，父母忌日，亦宜具奠。丰俭随时，勿率勿慢。盖不诚不享，不诚如未察也。

一，训子宜严紧。坐立言动，必遵仪矩。食饮衣服，勿涉奢靡。束发受书，严师宜择。慧者必加勤苦，钝者亦使讽诵。多读一字，即多晓一理。长而笞挞，何如幼先检束。即四壁徒存，一丁难识，而义方之训，钳勒之严，究胜舐犊致纳于邪。至女子自七八岁以上，必习织纺，勤女红，学烹饪。不可离母左右，不可轻赴人家，不可轻见生客。其性情宜静顺，声气宜舒缓，容止宜安详，切忌涉暴戾、蛮悍一派。然闺阃之肃，在先正其身。心已正，而后刑于有本，子女受范也。

一，守绳检者，时防失足。顾身家者，严绝非为。凡大犯律例，得罪名教，卑污苟贱，奸险叵测，专计囊橐，不恤体面者，皆害人自害。我不顾族，族岂顾我？与其责惩而后悔，何如预防而免悔。至博弈鸦片，酗酒恋花，放者谓可悟情，识者叹其丧德。身既不端，家何以教？望后叶常相告诫，勿溺其中。

一，敬祖必睦族。骨肉而忍离析，必对祖未诚挚也。人众则意见性情断难一致，居远则觌面促膝时更多疏。一事龃龉，移身嫌隙，皆识量浅狭故也。人果量宏识远，四海中皆可含忍曲恕，况同血脉乎。近亲固加爱敬，远脉亦宜联络。受彼诽谤，处之以聋；遭彼轻侮，待之以敬；吃其小亏，甘为忍让；大被吞夺，借众剖判。两相倾轧，曲以解之；两有仇衅，婉为释之。下聊城之矢，平蛮触之争。勿作模棱，勿故偏袒，勿为嗫嚅。便善弥缝补救，务期雍穆成风，淳庞复古，阴消其黠戾凶残之气。其有大出范围，惩治摈斥，亦万不得已之苦衷，而怜悯矜恤，隐寓其中，盖济以义，适以成仁也。

一，士有诤友，不陷不义。不知其人，观其所友。果日亲直谅多闻，饫领谠论，以古训相切劘，以义理相启迪，以非僻相警惕，欲不为端人伟人得乎？使日与奸狡骄惰、淫暴轻肆者处，相煽以邪，相艳以利，日鼓以气，始而喜其亲媚，移而入陷阱，堕家声，虽悔可救乎？故欲进德创业，必慎重交游。然我不虚怀纳谏，益友不我亲矣；无皮里阳秋，黑白不分明矣。是贵先有特识。

一，古谓好讼之家必破。与乡党雀角，使人传播，已可羞，况以骨肉亲戚，联跪公堂，虽胜不偿失，况负而受刑乎？闾闬之辱不能忍，吏役之辱即忍之；言语之毒不能甘，桁杨之毒即甘之，非得计也。果知乡断未必不如官判，则忍耐退让，究可委曲周全。如听讼师簸弄，讼又添讼，仇又添仇矣。保家先忍气，望以为韦弦佩之。

一，境遇不外顺逆。处顺而骄奢淫佚，不知稼穑艰难，家必中落。处逆而怨怼游惰，甚至放溢为非，门何能大？有志节者，处亨如困，日慎一日，恐宴安之有毒；茹苦若甘，日奋一日，知运气之可转。且温饱宠荣，似顺非真顺也，何敢肆情而纵欲；坎壈落拓，虽逆岂终逆也，何可挫气而玷节。一知畏，一知奋，不为境累矣。

一，自强自立，在礼义律身，寓正直于和厚中耳。倘外情理而学教师，尚武艺，逞膂力，习拳棒，稍有睚眦，挥拳攘袂，以强梁为荣，以跋扈为威，以蛮悍为得意，戾气所触，不辨尊亲，而祸害即暗随其后。自诩无敌，而敌己者偏多；专喜戕人，而戕己者立至。孔子谓有勇无义，为盗为乱。左氏云不义而强，其毙必速。是必勇于义，怯于不义，方算人豪哉。

一，卑幼之于尊长，固宜恭顺听诲。自雄自大，藐视老成，必是不才。然尊长宜先自检矣。日为不法，自逾短垣，专以大经大义绳后进，无怪反唇。况挟私以噬，伏机以搤，逞贪以妒，仗老以胁，被辱者忍不一忍，偶顶撞即坐以犯上名，一驳斥即诬以凌长罪，是不可责惩乎？夫欲人敬我，当先自敬。望各加修敕，植其品，以为先路导，无倚其势，以滋后辈议也。

一，吃斋念经，家奉众佛，皆妄念邪说。而端公圣婆，左道惑众，尤王法所必诛。僧道师巫，勿许到门，建寺进香，勿听其诱。盖消灾降福，非求可得，徒然耗财。心正则百邪皆避，心疑则万怪纷乘。此妇人所易迷，而男子宜明理守正，以身先之，以刚御之。

一，村中家中，宜定静谨严，不可藉端演戏，以戏词多淫秽媟渎，足荡人心。且昼夜喧阗，男女杂沓，往来如梭，恐更有可羞可危之事，亟宜遏绝。

一，术业贵择其正。如商贾易射利，然甚危险，且恐人贪诈，习奢华，致坏心术，究不如力农为本分。若目为耕，砚为田，笔为末，义为种，利尤万倍。家有诗书，气象无不勃然兴者。故薛文清云，舍读书为善，别无安乐法。

一，襟期要开阔，不可做自了汉。如营营俗务，无大害事，然龌龊矣。天地祖宗倚赖我者何事？海宇生灵所托命者何人？忍恝置而专为身计乎？故识量大，作用大，方是大人。

一，君子小人，只判于邪正敬肆，义利公私。自爱者断不学小人。然细细默勘，究难信为全归于正与敬、义与公，而一无夹杂。惟常返观内照，省察克治，刻不放松，德自进，品自崇。

上制军林少穆书（节选）

云茂琦

　　窃某久隶仁斿，渥承恩睐，展觐时三次抠衣，渴饥未慰，今炉篝载更，心轮驰逐，子墨难宣。敬维大人望隆泰华，才轶韩欧。挽既倒之澜，先从岭海；作擎天之柱，伫卜金瓯。翘首卿云，曷胜忭舞！

　　某宦吴时，于仁政所颁，德威所动，以及文章翰墨，耳目所共见共闻者，固已钦佩服膺，而细察其严明中之深浑，宽大中之谨密，敏决中之从容，简重中之详细，清而不激，诚而不迂，正而不泥。筹备于人未及觉之先，斡旋于人难措手之后。他人或得此遗彼，或优彼绌此，大人则时出不穷，动中肯綮。具此真纯德性，非常经济，积年学养，犹复执冲含和，虚怀若谷，不自知其尊显，此尤俯首至地，愿为执鞭。遇人称述，谓间气所锺，世实无匹，狄公斗南一人，不足方也。云泥势隔，以寒暄冗套渎陈左右，迹近援上，故积愫未抒耳。

　　方今鸦片盛行，关心世道者徒蹙眉头，而乏起死回生之术。天子以粤海为其来源，整顿挽回，大人是属。阅邸报及询乡人至都者，备悉擘画精详，出人意表，不竞不绿，遐迩感戴。向来星使莅临，官苦骚扰，大人清简四闻，诸事裁省撙节，人喜其便，德积于阴。闻近省垣地面大有转机，抱旧癖者逐渐戒绝，即如敝府琼属附近郡城之处，惯贩买者率多惊避，此皆声威所震，故尔敛戢。但闻外县市镇尚置若罔闻，以差役既犯此病，不敢紧拿，关口税务不减营弁，陋规仍索，地方官以招解经费无从而出，赔累难支，故因循难免。近日洋船有集琼海，烟土甚贱，银价更昂。为今计，若办吸食辈，则触目皆然，惟先将兴贩开馆者访获，痛惩不少贷。虽弯远地界，踪迹诡秘，必穷搜剔。州县仅办数起，不准塞责，日催月促，不容松劲。屡取著名要犯，按法迭惩。风声所扇，积威之渐，未有不复念身家，回心易辙。且购买无路，民欲不戒，而有不得不戒之时；督责不宽，官欲不拿，而有不得不拿之势。积三两年，当有廓清之望。再安南新州，与粤西旱地毗连，洋船常泊，烟易交通，琼人贸易之船夹带甚多。剔弊总在关口，果沿海营弁十分搜拿，不使偷漏，不为始勤终懈，一时生意稍淡，而去一大害，阴救较多。以数十年锢习，官皆泄视，今幸大人专司督办，此机此会，千载一时，竹帛旂常，定当辉耀。叨在樾荫，偶有管见，斗胆及之。德量涵宏，当不嫌其亵而怪其率也。

某自抵都，百凡平顺。驾部事稀，易藏鸠拙。公余惟读书静养，颇无营营役役之苦。恨勇往不足，精进甚难，每仰前哲而增愧耳。都中查拿鸦片极认真，浇风似可遏绝。各省闻尚弛纵。新例虽严，处分虽重，其如概不办何？

员山里记

林士元

　　郡之南百里许，有里员山地，形势员如布棋，如运规，屈曲盘旋，故曰员山。或曰其山多猨，故取以为名；非也。嘉靖初，抚军谈公巡行方岳，适我琼邦，经历兹土，里中士大夫冠盖相见者，不下十百。公曰："此何地耶？人文若此其楚楚耶？"称赞久之。究其始终，乃云一族兄弟团居于此，不禁鼓掌大笑曰："吾巡视多矣，未有若员之文士接踵，官员济济如此里也者。"而员山之名遂相传至今。

　　按员山形势高爽，向背合局。远而望之，隐隐然陂陀。自金牛山下，略大江而止。金鸡贵人，排衙列旌。文笔峰掩映指顾间。俯而视焉，萦洄盘绕。中有巨塘，长广百亩，杂以荷花，鱼虾不可胜食。塘之外为石麓坡，起西转东，迄南直北，二里许，稍内屈而止。南以西有麓宽平，为径口，族人居之。有祖曰洁，开科于此。西以北为上山，有岭曰山樵，盖村主山也。高数丈，势如常蛇，连延数十里，岩石峻绝。又北而东，与麓对峙，为下山。草木繁植，松竹尤多。禽兽比昔虽减去八九，而狐兔鹧鸪麋鹿野雉之属，未尝不有，故一时刍荛苫盖畜牧祭祀之用，多取给于此。岭下有水田数十顷，源泉涌出。遇旱则决泉以灌之，水利甚溥。塘之尾有井曰甘泉，味甘而色清，饱饮而不饫。其腰有长桥卧波，外接石麓，为社学，内筑菱角池。

员之俗：岁时伏腊，祈报登科，饮毕唱和，争以诗对相尚。邑宰朱公尝见临而盛称曰："小吉安汝南周氏自四世祖宋进士渠公开基于此，迄今十余世，族大繁衍，科甲联芳，仕宦不绝，孰非乃祖之所赐！"《郡志》云："地虽小而巧，水环径通，周氏居之，读书策仕接踵，族夥而聚，虽绷檐叠雷逼侧甚于闬□（注：该字原缺。），终不舍而他迁。"《诗》曰："敦彼行苇"，此其"敦"之谓哉！

贞节莫孺人（节选）

林士元

一自良人逝，冰霜苦自持。

红颜身不死，白璧行无疵。

镜里铅华谢，胸中铁石期。

覆舟身不没，节孝有天知。

答夫书

黄河清

父生母育，乾坤之德难忘；夫唱妇随，山海之盟已奠。惟愿百年偕老，谁云一旦分离。今君掷妾游于东吴，妾系匏瓜于西蜀。追妾送君之日，忆君嘱妾之言，近则一岁二周，远则三年五载，岂料人情反覆，蹉跎二十光阴，道路迢遥，远隔三千余里，秋雁传书，传不到君家消息；春莺常唤侣，唤不回妾氏姻缘；堂前抛掷翁姑，膝下又无男女，家门瓦解，囊橐罄空。当此日之艰难，惜金钗而莫赎。一年十二月，月月受饥寒；一月三十朝，朝朝无饱暖。欲觅寻旧盟，则山遥路远；欲抱琴别调，则节丧名污；欲悬梁自缢，难免蝇蚋蛄蛆；欲赴投河，必丧江鱼肠腹；欲贪生畏死，必近凤只鸾孤。闻雨点，点点生悲，听虫声，声声带泪。眼泪长流，枕边裳袖悉染。时历风霜，身上衣裙蓝缕，形容已成枯槁，云发转为蓬松。独不思蔡邕已忘箕帚，遗臭万年；宋弘不弃糟糠，流芳百世。且鸠无义，尚知唤侣，况鹊无情，时时合欢。呜呼！人为万物之灵，反人不如鸟乎？昔汉高祖之弃吕后，刘玄德之弃甘麋，彼为争地图王。赵子龙之抛家室，百里奚之散燹廖，此为忠君爱国。今君既非争地图王，抛妻何故？又非忠君爱国，弃妾何名？原妾实无可弃之由，正妻岂可抛离之故？况卓氏淫奔之女，尚感白首而不娶，雀鸳改嫁之妇，尤还好音以相求。妾乃明婚正配。非雀鸾之可同，守节持贞，岂卓氏之可比？君何反正归邪，忘恩负义，今君视新欢如掌上明珠，弃旧缘如道旁苦李，抛贱妾义固无取，背双亲罪更难逃。凡人养子，鞠育多年，十月怀胎，分严父之血脉，三年乳哺，食慈母之脂膏，才能行，则喜气欢欢，稍得病，则忧心戚戚。子行而亲不往，则二回四顾；亲行而不去，则万喊千呼，望子成人，报答亲恩。昏定晨省，视膳问安。今君视双亲如同陌路，别亲坟等若荒丘。风吹雨洗，人人唾骂，处处哼嗟。君岂不闻董永卖身葬父，孙杰溺水求死。此古人报答双亲，捷如影响，所谓未有不葬亲，而有葬亲之儿；未有不孝亲，而有孝亲之子。且妾闻苏杭天台界，花柳池塘，朝游柳院，暮宿花街，日复一日，听歌声之乐耳；年逾一年，忘好合之初心。劝君舍乐土风烟，觅故园桃李，上葬双亲归土，下完林朝终身，免亡亲为有子之孤魂，免贱妾为有夫之寡妇。倘使钟声漏断，穿窬不出，时恐孟浪浮生，终身无处结果，狂风浪叠，必丧残生，那时摇尾乞怜，已悔噬脐而莫及，安知旷野荒丘，非君葬身之地，江河流水，非君掷骨之滨。书传君家可泪读，含悲沉玩宜旋归。

陋

黄河清

陋地难容圣道，故或人则指之焉。夫风不极其陋，其地犹其可居也。陋若九夷，虽在或人能不为夫子白之乎。若曰上古之世，屯蒙未开，虽天地陋机也。然此亦屯蒙未辟之初耳！自圣人出而教化行，属在版图。遂莫不彬彬然渐居文物声名之盛。此时之天下不几为礼仪之邦乎？不谓鄙野难堪，犹留其绪于化行难暨之乡也，则天地几为阮憾矣。今者，子欲往九夷而居之乎，使其为禹甸之山川也者，则居王土者尽王土。虽际未流，未必不可转为中天复旦之休，孰得已见自恃，目为苟且。抑其为我固这疆索也者，则仰王化者沾风。虽当叔季，安知不可挽而为黼黻隆平之美，孰敢妄行论议，别创底诬，乃子之欲居者固夷也。夷而以九名也，而曰勿陋耶！敷教泽于杏坛，子所言者尧舜尚矣。陋若九夷，尚可为尧舜之为乎？吾恐放熏，重华之盛德，迫而咸入谷迁乔之叹息也。纵令今移风易俗，儒者亦有徽权，而自尧舜至于今，从未有闻有渐之以仁，摩之以义，能以不陋化九夷之陋也，盖其耳未闻沐诗书之泽矣。自周游于列国，子所梦想者在东周矣。陋若九夷犹可为东周之为乎？吾恐父作子述之休光，难喻诸礼教未娴之习俗也。纵令革薄从忠，斯人各有其天性，而自三代以迄春秋，从未尝有娴以尔雅，泽以温文，能化九夷之陋为不陋也。盖其身从未与文明之治矣。吾于是而右鄙陋自安，虽有驰心命驾者，子且为之执裾而止也。盖习欲移人，贤者不免，即使草木卉服，决不得混我文物衣冠，而可以修儒之雅，入芜邃之境，终为息没。且于是而知固陋贻讥，即欲借为徜徉者，子且为之正言以疏也。盖汉阳诸姬，皆堪托足，即此被发左衽，决不得混我文章道德，而岂以文炳之望，对烟瘴之地，自作沉沦？子独何心而欲居之乎，而欲居九夷之陋乎。

《扬斋集》序

王国宪

  海南风雅盛于有明，其时人文蔚起，出而驰誉中原，垂声海内。自丘文庄、王桐乡、唐西洲、钟筠溪、海忠介、王忠铭而后，有专集者数十家。海外风雅之盛，莫盛于是时。不仅理学经济，文章气节，震动一世也。乃不数传，而专集之存于今者，文庄、桐乡、忠介、忠铭诸集外，皆不传于世。是岂文字之不能历劫不磨耶，抑当时专集有刊有不刊耶，后嗣子孙不能保存弗失耶，吁可慨矣。吾朝乾嘉时，人才辈出。王慎斋、李卓斋、符书圃、林粟水诸先达，振兴古学，有声于时。先曾祖扬斋公，从慎斋、卓斋学，能集其成。又出与辛酉同年若张翰山、崔鼎来、刘三山、林月亭、张绣山诸君缔交，驰骋词场者二十年。凡渡海宦琼如黄虚舟、张古冈诸诗人，皆投诗相质。海外风雅复盛于是时。是时人务实学，无好名心，不欲以遗集及身自定。先曾祖崇尚气节，以礼教人，亦不欲以诗人自居。虽有感怀纪事诸作，多不存稿。先伯祖雨岩公，传其家学，亲为抄存，藏之于家，已历三世。宪重校正，编定诗二卷、文二卷，并先伯祖《知稼轩诗抄》，同付手民。自今以往，未知能与文庄、桐乡、忠介、忠铭诸专集长留于世否。抑或不数传，遂归湮没，与西洲、筠溪、事轩、篁溪诸专集，遗佚无存，仅留遗诗遗文散见于志乘者，存其梗概欤。夫以前人读书稽古，耗数十年之精力，发愤有为，以其学显于当世，有明一代不下数百人。而此数百人中，有专集者仅数十人，亦云少矣。惟望藏诸名山，传之其人。后之尚论者，借此以考其平生之学问与志节之高下；观其传论，更足以知数百人之事实，此固一朝文献之所系也。乃何以流传不久，湮没不彰，并此至少者，亦不能存于数百年后，是谁之过欤。今以吾朝二百余年之著述，出而问世者，仅张翰山《筼心堂集》、云澹人《阐道堂稿》。其余尚有十余家，各藏私箧。则宪今刻先人遗集，追念前贤，不胜感慨。深愿后嗣子孙，保存弗失，俾二代专集，获与文庄、桐乡、忠介、忠铭诸集共传，不与西洲、筼溪、事轩、篁溪诸集并佚，是宪之所厚望也夫。

曾孙国宪百拜敬序。

登海南第一楼谒五公

王国宪

大海南来第一楼，登临怀古意悠悠。筹边次日谋尤急，抗蔬如宫志莫酬。望断帝京申身里，节悬天地照千秋。景贤坯后今方建，二百余年祀典留。

后　记

　　按下键盘，电脑屏幕上跳出"后记"两个字，我终于松了一口气，就像一个肩挑重担的人眼看目的地在招手时的心情一样。我觉得，我已然不是那个旧我。这三四年的爬格子，有意想不到的艰辛，有攀登途中的力不从心，但也不乏柳暗花明的愉悦，不乏一种问路而得的新体验。在这马拉松式的跋涉中，我消耗了大量蛋白质，也注入了一些新的基因。高山仰止固然让人觉得自己渺小，却也让人感知一种被忽略的视角之存在。

　　这个日夜闪耀在南海万顷碧波中的明珠，很久很久以前就是中华民族大家庭中的一员，但是历史却跟她开了一个玩笑。曾几何时，她被视为"蛮荒之地"、"鬼门关"，这种历史标签，往往催生和助长思维的某种惰性。当她终于以"奇甸"两个字为自己正名的时候，一些人仍然不愿意摘下几百度有色眼镜。然而，她那位杰出的儿子浩歌当空，抒发心声。一篇《南溟奇甸赋》，于广阔、深远的维度，列数她"草经冬而不零，花非春而亦放"的瑰奇之物产，"民生存古朴之风"，"今则礼义之俗日新矣"的人文景观。一篇赋适时问世，不仅让丘濬这个名字与史籍共存，更标识海南这片奇甸的人文鼎盛时代。

当你打开历史画卷，必定会看到海南一个个先贤先先后后出现在丘濬、海瑞这双子星座转动的轨道上，他们是那个时代的海南一笔不可或缺的精神财富。正因为如此，我作为一个出生于斯成长于斯的子民对于这奇甸和列位先贤的景仰，就像一坛窖封的老酒。但是，要让日渐浓厚的情愫化为文字，谈何容易？

不经意间，我终于察觉到我其实已经启动了这项工程。

当然，刚开始的时候只是零敲碎打，直到三年前的一天，我才下定决心，进行整体规划，由此避免了一些盲目性，增加一些合理性。然而，先贤林立，而我则学养所限，视野所限，史料所限，哪怕我有蟒蛇吞象的野心，也不能不忍痛割爱。何人入选本书？原则上定下几点：时间不设上限，下限则到清末为止。其人系进士出身，不论官职大小，但要为政清廉，为社稷为百姓做过有益的事，不仅政绩突出，而且有诗文传世，在历史上有影响。大海之大，只能舀其一瓢，如此而已。但是，也有几个例外。符确是海南第一位进士，找不到诗文，也予入选。王义方为发展海南民族教育事业做出重大贡献，当然也不能由于诗文之缺而让他缺席本书。白玉蟾没有取得科名，没有官职，但身为一个德行卓著的道教诗人，地位特殊，不能把他拒之门外。王国宪跨越清朝与民国，一介平民，但为传承传统教育文化不遗余力，贡献颇大，因之破格为之献上一些文字。所幸的是，虽然挂一漏万，但毕竟甄选出18位比较有代表性的先贤，21篇文字也意在让他们亮一亮庐山真面目。承蒙错爱，《丘濬：遥远的回响》发表在《中国作家》杂志上（2018年第十期），《丘濬的诗词世界》等数篇也发表在《海南周刊》上。衷心地感谢这两家报刊的鼎力支持！

本书附录先贤三十多件传世诗文。沧海遗珠，在所难免。其甄选也遵循一个原则。内容注意突出重点，体裁题材全面兼顾。因此，有关《大学衍义补》的奏疏，阐发朱熹理学、王阳明心学的文章，有关海南政治、教育、文化之类诗文等，都尽量予选载。但是，为避免饶舌，我在正文中已作介绍、分析的一些作品，则不予入选。之所以兼顾各类体裁，一则给读者提供文本，借以通过冰山一角了解当时一些社会制度、习俗以及文化，从多方面了解诸位先贤的思想轨迹。结合其生平与诗文，探索他们如何发扬和提升儒家文化，淬炼人品，强化经世致用精神，最终走上青史之路。

一篇篇对先贤的评介文章，于我是一次次艰难的攀越，一次次感情的提炼和凝聚。我下了一定功夫，先后拜谒了丘濬、海瑞、王泓诲、邢宥等多位先贤故居，拜读了丘濬的《大学衍义补》等先贤经典，涉猎了有关的海南地方志，拜读了海南著名文史专家、作家周伟民、唐玲玲主编的《海南通史》，参考了林日举、王启正的《丘濬》、张朔人的《明代海南文化研究》、蒋秀云的《黄河清》、刘云霞的《薛远》、冯青的《王义方》等专家的著作。感谢政协海南省委员会主编海南文化名人丛书，海南省地方文献丛书编纂委员会汇纂海南地方志丛刊。这巨大的文化工程，让我从中受益。

感谢上海人民出版社的大力支持，感谢曹怡波老师为本书的出版付出了不少心血。感谢著名文史专家、作家周伟民教授，在百忙中为本书热情作序，给予我肯定和鼓励！

通过本书，由衷地向海南父老乡亲致敬，向海南列位先贤致敬，向在这块七月流火的热土上劳作和奉献的祖先致敬！

2020 年 5 月于海南乐东荷口村

图书在版编目(CIP)数据

奇甸青史路/关义秀著.—上海:上海人民出版
社,2021
ISBN 978-7-208-17171-8

Ⅰ.①奇… Ⅱ.①关… Ⅲ.①散文集-中国-当代
Ⅳ.①I267

中国版本图书馆 CIP 数据核字(2021)第 117375 号

责任编辑 曹怡波
封面设计 傅惟本

奇甸青史路

关义秀 著

出	版	上海人民出版社
		(200001 上海福建中路 193 号)
发	行	上海人民出版社发行中心
印	刷	常熟市新骅印刷有限公司
开	本	720×1000 1/16
印	张	17.25
插	页	5
字	数	210,000
版	次	2021 年 8 月第 1 版
印	次	2021 年 8 月第 1 次印刷

ISBN 978-7-208-17171-8/I·1971
| 定 | 价 | 98.00 元 |